西村京太郎

十津川警部捜査行 愛と幻影の谷川特急

実業之日本社

実業之日本社文庫

十津川警部捜査行　愛と幻影の谷川特急／目次

十津川警部捜査行
愛と幻影の谷川特急

鬼怒川心中事件

1

FAX（六月十日）

〈平木《ひらき》先生

原稿拝領いたしました。前のお電話では、八月号の原稿は無理とおっしゃっていたので、がっかりしておりました。それが、本日、突然百枚の原稿が送られてきて、編集部一同、夢かと驚き、欣喜雀躍《きんきじゃくやく》しております。その内容も素晴《すば》らしく、早速、印刷へ廻《まわ》させていただきました。これで、八月号は、自慢できるものになります。本当にありがとうございます。

小説パーティ　編集部

長谷川《はせがわ》　真《まこと》〉

TEL（六月十五日）

「小説パーティの長谷川です」

——長谷川君？　私だ。平木だよ。

「ああ、平木先生ですか。ＦＡＸで、お礼を申しあげたんですが、あらためて、お礼を申しあげます。原稿をありがとうございました」

——何をいってるんだ？

「は？」

——今日、旅行から帰って来て、君のＦＡＸを見てびっくりして、電話をしてるんだよ。あの原稿というのは、何のことだ？

「十日に、百枚の原稿をいただきました。そのことですが」

——そんな原稿は、送っていないよ。

「しかし、先生、『鬼怒《きぬ》川心中《がわしんじゅう》事件』という百枚の原稿を、ＦＡＸで、送っていただいています」

——鬼怒川心中事件？　そんなものは、書いていない。

「待ってください。ええと、平木明《あきら》と、ちゃんと、書いてあります。もちろん、先生は、ワープロなので、その原稿もワープロですが」

——よく聞いてくれよ。私は、六月十日から十五日まで、韓国《かんこく》旅行に行かなければならないので、八月号の原稿は無理だといって、断わったんじゃないか。君のところだけじゃない。ほかの雑誌も、断わってる。それは、君だってわかっているはずだよ。

「たしかにそうなんですが、原稿が送られて来て、韓国へ出発される前に送っていただいたものだなと、感激したんですよ。先生の作品が載っていない小説パーティは、魅力がない。それが、思いがけなく頂戴《ちょうだい》できて、これで、柱ができたと、喜んでいたんですよ」

――しかし、それは、私の原稿じゃない。誰のいたずらか知らんが、とにかく、載《の》せるのは、やめてもらうよ。

「それが、もう、表紙に刷ってしまいましたし――」

――君もわからん男だな。それは、私の原稿じゃないんだ。

「しかし、先生。文章も先生のものだし、サスペンスの盛りあげ方も、いつもの先生の作品と同じですよ。いい作品なんですがねえ」

――いくらいっても駄目だよ。私が書いたものじゃないんだから」

「残念ですねえ。今も申しあげたように、すでに印刷に廻っているんですよ。表紙にも大きく、先生の名前を載せ、それを、八月号の売り物にしているんです。今から、あの小説だけ取り除くとなると、雑誌そのものが、成立しなくなってしまいます」

――そんなこと、私には、関係ないよ。私が書いた作品じゃないんだから。

「とにかく、今から、そちらへ伺《うかが》います」

――来たって同じだよ。

「とにかく、そちらへ参りますので」

2

編集長の長谷川は、平木の担当の青木美矢子《あおきみやこ》を連れて、急遽《きゆうきよ》、九品仏《くほんぶつ》にある平木邸を訪ねることにした。

「変なことになって、すいません」

と、途中の車の中で、美矢子が申しわけなさそうに、長谷川にいった。

「今回のことは、不可抗力みたいなものだよ。誰が読んだって、あれは、平木先生の作品だし、先生は、韓国旅行で、確認のしようがないんだから」

「でも、わかりませんわ。平木先生が書いたのでなければ、いったい、誰が、先生の名前で、あんな原稿を送って来たんでしょうか？」

美矢子が、首をかしげた。

「それなんだがねえ」

と、長谷川はふと口元をゆがめた。

「え？」

「あれは、平木先生が、書いたものじゃないかねえ」

「でも、先生は、絶対に書いてないと、おっしゃってますけど」

「そうなんだがねえ。ひょっとすると、ほかの雑誌に頼まれて書いたものを、間違えて、うちへ送ってしまったんじゃないか。平木先生は、てっきり、その雑誌に送ったと思っていたので、あわてたんじゃないかね。向こうの雑誌は、頼んだ原稿が届かないので、いらいらしている。そうしたら、うちの小説パーティに載っていたのでは、平木先生としては、面目《めんぼく》が立たない。それで、怒鳴《どな》りまくって、うちから取り上げようとしてるんじゃないかと、ふと勘《かん》ぐりたくなるんだがねえ」

と、長谷川はいった。

「もし、そうだったら、どの雑誌の原稿だったんでしょうか？」

と、美矢子がきいた。

「そうだねえ。平木先生は、あれで、格ということを気にするんだ」

「格って、何なんですか？」

「雑誌の格さ。月刊GとSが一流で、うちの小説パーティやNは、二流だといった格のことだよ」

「そんなものがあるんですか？」

「おれはないと思ってるが、あると思ってる人もいるのさ。平木先生も、その一人なんだ。あの先生は、差別反対を唱《とな》え、それを主題にして、小説も書いている。そのくせ、実生活では、うちの雑誌に書くより、GやSに書くほうが素晴らしいことだと思っている。もちろん口に出してはいわないが、GやSに書いている作品と、うちに書いている作品を比べてみれば、わかるさ」

「そういえば、うちの作品は、軽く書き流している感じなのに、GとSのものは、主題も重いし、苦労して、お書きになっているのが、わかりますわね」

「ところで、今度の作品、『鬼怒川心中事件』だが、いつも、うちがもらっている小説と、違うとは思わなかったかね？」

と、長谷川がいう。

美矢子が、頷《うなず》いて、

「そうですわ。今度の作品は、視点が、『私』になっているし、主題は、愛と裏切りで、重いものになっていますわ」

「つまりGやSにふさわしい作品なんだ。そう考えると、あれは、平木先生が、GかSのために書いたんじゃないか。それを間違って、うちに送ってしまったんじゃないか」

「じゃあ、GかSが怒りますわね？」

「そして、平木先生は、面目が潰《つぶ》れてしまうと思って、あわてたのさ。だから、怒りまくった」

「それなら、わかりますわ。だいたい、平木先生が、間違って、うちへ送ってきたんですよ。それなのに、まるで、うちが悪いみたいに、怒鳴るんですもの。正直にいって、腹が立ちましたわ」

と、美矢子が頬《ほお》をふくらませた。

長谷川は、そんな彼女の肩を叩いて、

「平木先生の前では、間違っても、そんなことは、いいなさんなよ」

と、いった。

平木の家は、九品仏の高級住宅街の一角にあった。

平木は、四十五歳。コピーライターから作家になった。多才で、恋愛小説からミステリーまで書くのだが、最近は、ミステリーが多い。

作家になる前、二十九歳で結婚していたが、二年前に離婚し、ひと廻り若い、新見《にいみ》ゆかと結婚した。

長谷川と美矢子が訪れると、まず、ゆかが顔を出し、

「主人、怒っていますよ」

と、小声でいった。

「どのくらいですか？」

長谷川が、きいた。

「それは、ご自身で、確かめてごらんになったら」

と、ゆかは、ちょっと意地悪な眼つきをした。

彼女も平木同様、気まぐれなところがあった。

(困ったな)

と、長谷川は思いながら、美矢子と奥に通った。

平木は、ロッキングチェアに腰を下ろして、庭を眺《なが》めていた。

「小説パーティの長谷川さんですよ」

と、ゆかがいうと、平木は、ロッキングチェアに腰を下ろしたまま振り返り、じろりと、長谷川を見た。

「本当に申しわけありません。何とか、このまま、雑誌を出させていただけませんか?」

と、長谷川は、とにかく、下手《したて》に出た。平木にへそを曲げられて、八月号が出せなくなったら、経済的な損害よりも、信用を失ってしまう。それが、長谷川には怖かった。

「君は、何もわかっていないようだな。私はね、自分の書いた覚えのない作品を、活字にされるのは真《ま》っ平《ぴら》なんだよ」

と、平木は怒鳴るようにいった。

「しかし、先生。これがゲラですが、どこから見ても、平木先生の作品なんです」

長谷川は、持参したゲラを、平木の前に置いた。

平木は、手に取ってから、

「『鬼怒川心中事件』――だって？」

「そうです。男と女のエゴが、ぶつかり合って、悲劇に突入するというストーリーで、平木先生らしい、いい作品だと思います。舞台である鬼怒川《きぬがわ》には、取材旅行にも行かれたはずですが」

「私が、取材に？　君と、行ったことがあるか？」

「いえ。私とではなく、おひとりで行かれたと、聞いたことがありますので」

「私は、鬼怒川などには、行ってないよ。何をいってるんだ？」

平木は、語気を荒《あら》げていった。

長谷川は、それらしい話を聞いていたのだが、ここは、逆《さか》らってはまずいと思い、

「申しわけありません。私の勝手な想像でした。それも、この作品の鬼怒川周辺の描写が、あまりにも見事なので、つい取材に行かれたんだろうと、思ってしまったわけです。こんないい作品を埋もれさせてしまうには、忍びません。いろいろとご不満はおありと思いますが、何とか、許可していただけませんか。先生の作品が載らないと、小説パーティは死んでしまいますし、それ以上に八月号が出せなくなってしまいま

す」

「勝手なことをいいなさんな。私は、自分の書いたものでもないものを、自分の名前で出すわけにはいかんのだ。そのくらいのことが、君たちには、わからないのか！」

と、平木は怒鳴りはじめた。

その口調が、あまりにも激しいので、長谷川は、

（おや？）

と、思い、原稿は、平木の書いたものという自信が、一瞬、消えかかった。

だが、もし、これが、平木の書いたものでなければ、いったい、誰が、何のために書いたのかという疑問が生じてしまう。これが、箸《はし》にも棒《ぼう》にもかからぬ作品なら、平木を恨《うら》む人間が、彼を傷つけようとして、小説パーティに送りつけてきたものと思うのだが、いい作品なのだ。たぶん、最近の平木の作品の中では、上等の部類に入るだろう。

そう考えてくると、どうしても、平木の書いたものなのだ。それなのに、平木が怒っているのは、何か、こちらに対して、要求があるのだろうか？

「何か、ご不満があれば、いっていただけませんか。できることなら、ご希望に沿うよう、努力いたしますが」

と、長谷川はいった。

「何のことをいってるんだ？」

「原稿料とか、単行本の初版部数などで、ご不満があれば、と思いまして」

と、長谷川はいった。

「平木は、じろりと長谷川を見て、

「君に、そんな権限があるのかね？」

「もちろん、私の一存では決められませんが、帰って、部長と相談し、先生のご期待に沿うように全力をつくします」

「そういえば、君のところは、最近、私より、早瀬《はやせ》君のほうを優遇してるじゃないか。彼は、たしかに人気があるが、これから、どうなるかわからんよ。それに、私の後輩だ。あんなに大きく扱う必要があるのかね？」

「わかりました。それも、注意いたします。とにかく、これから戻って、先生が満足される方法を考えて、また参ります。八月号の先生の原稿がなくなってしまいますと、どうにもなりません。先生、助けてください。お願いします」

と、長谷川は深々と頭を下げた。

長谷川と美矢子は、刷りおわっている八月号の表紙と、鬼怒川心中事件のゲラを置いて、神田《かんだ》の出版社に帰った。

そのあと、長谷川は、編集部長の足立《あだち》に会って、平木とのやりとりを報告した。

足立は、心配して、

「どうしても、平木先生が、この作品を載せないと主張したら、どうなるのかね？」

と、長谷川にきいた。

「そういわれても、いまさら、八月号の発売を中止できません。あの作品を抜いて、ほかのものと、差しかえるのは、もう無理なんです。私は、このまま出してしまおうと思っています」

と、長谷川はいった。

「平木先生から、抗議が来た場合は？」

「法律的には、問題はないと思います。平木先生のほうから、小説パーティ宛《あて》に送られて来た原稿ですし、うちが受領のFAXを送ったとき、先生は、奥さんと韓国旅行中でした。これ以上の連絡のしようは、ありませんでした。したがって、うちとしては、何一つ過《あやま》ちはおかしてはおりません。平木先生のほうから告訴されても、負けることはないと、思っています」

「それなのに、なぜ、平木先生は、文句をいっているのかね？」

「そこが、よくわからないのです。担当の美矢子クンは、勝手だと、平木先生に腹を立てていますが」

「君は、あの原稿が、月刊GかSに送られるはずのものだったと、思っているんだな?」

「ほかに、考えようがありませんので、そう思うんです。平木先生にしたら、ここまで来て、それをいうわけにはいかず、自分の原稿じゃないと、主張されているんだと思いますね」

「平木先生を真似《まね》て、誰かが原稿を書き、送って来た可能性というのは、まったく考えられないのかね?」

と、部長はきいた。

「可能性がゼロということはないでしょうが、あれは、どう見ても、平木先生の作品ですよ。しかも、いい部類に入ります」

「どんなストーリーだったかね?」

「『私』という一人称で、書かれています。『私』は、画家で、奥さんもいるんですが、若いモデルが好きになってしまう。友人たちからも忠告を受け、『私』はモデルを連れて、鬼怒川に逃げます。今までの名声を捨て、彼女との生活を始めようとするが、女のほうは、名声を捨てた『私』に興味を失ってしまう。その結果、『私』は、鬼怒川で彼女を殺してしまう。『私』は、死体を埋め、元の自分に戻ろうとして、東京に帰りますが、前のような画《え》は描《か》けず、自棄《やけ》になり、自殺してしまう。その死体が発見されたとき、鬼怒川でも、モデルの死体が発見されます」

「それが、心中ということかね？」

「形として、心中になったという結末です」

「なかなか、面白《おもしろ》いじゃないか」

「文章もいいし、いい作品ですよ」

と、長谷川もいった。

「私からも、平木先生に、このまま、雑誌を出させてもらうよう、電話で頼んでみよう」

と、部長の足立はいい、夜になってから、九品仏の平木邸に電話した。

電話口に出たのは、平木の妻のゆかだった。

「主人は、ちょっと、出かけておりますけど」

と、ゆかがいった。

「どこに行かれたか、わかりませんか？」

「いつも、行き先をいわずに、ふらりと出かけてしまいますので。帰りましたら、足立さんから電話のあったことを、伝えますわ」

「お願いします」

と、いって、足立は電話を切った。

腕時計を見ると、午後十時を廻っている。

　平木は、酒好きだし、女好きだから、たぶん、銀座《ぎんざ》か六本木《ろっぽんぎ》あたりのクラブで、飲んでいるのだろう。

「平木先生が好きな酒は、何だったかな？」

　と、足立は長谷川にきいた。

「たしか、シーバスリーガルです」

「じゃあ、明日、それを持って、もう一度、平木先生に会ってくれ。私も一緒に行くよ」

　と、足立はいった。

　翌日、足立が、長谷川と美矢子を連れて、平木邸に行こうとしていたとき、平木の妻のゆかから、電話が入った。

「平木が亡くなりました。昨日のことがあるので、そちらには、お知らせしておいたほうがいいと思いまして」

　と、ゆかはいった。

3

　死体が発見されたのは、六月十六日の朝、午前五時四十分ごろである。

晴海埠頭《はるみふとう》に、白のベンツが停《と》まっていて、朝の散歩に来た老人が、車内をのぞき込んだ。

運転席に、中年の男性が倒れているのを見つけて、一一〇番した。

男は、持っていた免許証から、本名神名明信《じんなあきのぶ》、ペンネーム平木明とわかった。いや、その前に、刑事たちは平木の顔を知っていたのである。したがって、免許証は、確認の役に立ったというべきだろう。

平木が毒を飲んでいることは、すぐわかった。

助手席に、酒を入れるフラスコが置かれていた。イギリス製のマルベリーというフラスコである。

中には、シーバスリーガルが入れられていたが、科警研《かけいけん》で分析した結果、青酸カリが、混入されていることがわかった。

捜査本部が置かれ、十津川《とつがわ》警部たちが、捜査に当たることになった。しかし、まだ、これが殺人なのか、自殺なのか、判断はつかなかった。

死体は、背広姿で、そのポケットには、小説のゲラが丸めて入っていた。題名は「鬼怒川心中事件」で、小説パーティ八月号予定原稿と書き込まれている。

十津川は、まず、平木明の妻、ゆかに会って、話をきいた。

ゆかは、平木と、ひと廻りは年齢が違うだろう。涙を見せても、それが美しく、魅力的だった。

「主人は、昨夜、九時ごろ、車で出かけたんです。きっと知り合いの作家の方か編集者と、銀座か六本木にでも飲みに行ったんだろうと、思っていました。まさか、こんなことになるなんて――」

と、ゆかは涙声でいった。

「このウイスキー入りのフラスコは、ご主人のものですか？」

十津川は、茶色の革の貼《は》られたフラスコを見せて、ゆかにきいた。

「ええ。旅行するとき、主人は、よくこれを持って行きますわ」

「車を運転なさっているときもですか？」

「ええ。もちろん、飲んだあとは、ベンツを降りて、タクシーで帰りますわ」

と、ゆかはいった。

「ところで、ご主人には、自殺するような事情が、ありましたか？」

と、亀井《かめい》がきいた。

「いいえ。そんなことはなかったと、思いますわ」

と、ゆかが答える。

「ご主人は、青酸を持っていましたか？」

「そんな恐ろしいものを、主人が持っていたなんて、信じられませんわ」

と、ゆかはいった。

「このゲラのことを、何か知りませんか？」

と、十津川が、背広のポケットにあったゲラを見せた。

ゆかは、ページを繰《く》るようにして、眼を通していたが、

「昨日、この作品のことで、小説パーティの編集長さんと、もう一人が見えて、主人と話し込んでいましたわ」

「どんな話だったか、わかりますか？」

「よくはわかりませんが、その作品を八月号に載せるかどうかで、議論していたようでしたわ」

と、ゆかはいった。


一時間ほどして、その小説パーティの編集長たちが、築地《つきじ》署に駈《か》けつけた。

編集長の長谷川も担当の青木美矢子も、青ざめた顔をしていた。

平木の突然の死が、それだけショックだったということか。

十津川は、二人に話をきくことにして、まず、問題のゲラを見せた。

「これが、平木さんのポケットに入っていましてね」

と、十津川はいった。

「昨日、平木先生に、お渡ししたものです」

と、編集長の長谷川がいう。

「奥さんの話では、この小説のことで、あなた方と平木さんが、もめていたということですが」

「ええ。それが、ＦＡＸでうちへ送られて来ましてね。うちとしては、喜んで、八月号に載せることになったんですが、十五日になって、平木先生が、駄目だと、電話してこられたんです。うちとしては、もう印刷に廻っているので、今になって、そういわれても困る。何としてでも、八月号に載せさせてくださいと、ご自宅に、お願いに上がったんです。奥さんがいわれたのは、そのことだと思います」

「それで、平木さんは、結局、オーケーといわれたんですか？」

「いや、私のほうで、何とかお願いしますといって、帰ったわけで、その後、先生から連絡は受けていませんでした。こんなことがなければ、今日、もう一度、九品仏の先生の家を訪ねて、お願いするつもりでいたんです」

「平木さんは、なぜ、この作品を小説パーティに載せるのを、嫌《いや》がったんですかねえ？」

と、十津川はきいた。

「先生は、自分の書いたものじゃないと、いわれていましたが、たぶんほかの月刊誌に送るつもりで、うちに送ってしまったんじゃありませんかね。それで、取り返そうとした。注文のあった月刊誌に、いろいろいわれるでしょうからね」

と、長谷川はいった。

「なるほど」

と、十津川は頷いた。

が、平木が死んだ理由は、依然として、わからない。

「警察は、先生の死を、自殺と見ているんですか？　それとも、誰かに殺されたと、見ているんですか？」

と、青木美矢子がきいた。

「今のところ、どちらとも、断定できません。平木さんは、自殺するようなところがありましたか？」

十津川は、逆にきいた。

美矢子は、長谷川と顔を見合わせていたが、

「自殺するような先生ではないと思いますけど、その原稿が、何となく気になりますわ」

と、いった。

「この作品のストーリーですか？」

「ええ。『私』が、最後に、自殺することになっていますもの」

「それは、読みました。しかし、これは、私小説じゃないでしょう？」

「でも、何となく、自伝的なところもあって、気になっていましたわ」

「しかし、平木さんは、奥さんを捨てて、若い女と駈《か》け落《お》ちしたことはないんでしょう？」

「ええ。ただ、先生の女好きは、有名だし、女のことで、ときどき問題を起こしていましたから」

と、これは、編集長の長谷川がいった。

長谷川は、その例を、いくつかあげてくれた。

クラブの若いホステスに六本木に店を持たせたのはいいが、それが週刊誌に載ってしまって、夫婦喧嘩《ふうふげんか》になったこと。新橋《しんばし》の芸者に惚《ほ》れて、身請《みう》けしたのはいいが、その妹分の芸者にまで手を出して、刃傷沙汰《にんじょうざた》になったことなどである。

「それじゃあ、この小説にあるように、若い女に惚れて、鬼怒川で殺したなんてことも、考えられるわけですか？」

と、十津川はきいた。

長谷川は、小さく手を振って、

「いくら、平木先生でも、そこまでは、やらないと思いますがね」

と、いった。

「平木さんは、鬼怒川に、よく行っていたんでしょうか？」

「よく行っていたかどうかは、わかりませんが、先生が、一カ月ほど前、鬼怒川に行ったのは、本当だと思いますよ。鬼怒川で、見かけたという人がいますから」

と、長谷川はいった。

「平木さん自身は、何といっていたんですかね？」

「きいたら、否定していましたね」

「なぜ、否定したんでしょうか？　鬼怒川に行ったからといって、世間の人は、変に思わないでしょう？」

「それは、この小説に書いたことが、すべて本当だと思われるのが、嫌だったからだと思いますね。今でも、作家が書くことは、すべて事実だと思う人がいますからねえ」

と、長谷川は苦笑した。

「平木さんが、殺される理由はどうですか？　彼を恨んでいる人は、いたと思いますか？」

傍《そば》から、亀井刑事が二人にきいた。

長谷川が、小さく笑って、

「何しろ、平木先生は、今もいったように、女にだらしがないし、自分勝手だから、敵も多かったと、思いますよ。しかし、殺すほど、憎まれていたかどうかとなると、これも、疑問ですね」

と、いった。

「しかし、自分勝手なんでしょう？」

「ええ。ただね、作家というのは、多かれ少なかれ、みんな自分勝手ですよ。そうじゃなければ、小説は、書けません」

「そんなものですか？」

「ええ。素晴らしい小説を書くから、どんなに素晴らしい性格の人かと思うと、これが、どうしようもない暴君《ぼうくん》だったり、だらしのない人間だったりするんですよ。そこが、芸術というものでね。聖人君子《せいじんくんし》じゃ、小説は書けない。そう思っています」

と、長谷川はいった。

「それに、作家で、恨まれて殺されたという人は、いないんじゃありません？」

と、美矢子もいった。

4

たしかに、十津川が知る限り、作家で殺された者は、いないと思った。それが、作家にとって、名誉なことかどうかは、わからない。意地の悪いいい方をすれば、それだけ、小説というものが、影響力を持っていないということでもあるからである。

十六日の夜になって、死体の解剖の結果が、報告されて来た。

死因は、やはり、青酸中毒による窒息死。死亡推定時刻は、十五日の午後十時から十一時の間ということだった。

妻のゆかの話では、平木は、午後九時ごろ、自分で、ベンツを運転して出かけたということだった。

「小説パーティの編集長さんたちといい合いをしたので、飲みに行ったと、思っていましたわ」

と、ゆかは証言している。

もちろん、飲んだあとは、タクシーで戻って来て、翌日、ベンツを受け取りに行くのだという。

ゆかが、嘘《うそ》をついているのではないかという声も、捜査本部で出てきた。

若い西本《にしもと》刑事は、

「彼女が、犯人だという考えもできます。夜の九時に、平木が、ひとりで、ベンツを運転して出かけたといっていますが、それが、事実という証拠は、一つもありません」

と、いった。

「つまり、彼女が、平木を毒殺したということかね？」

と、十津川はきいた。

「そうです。平木は、フラスコの中に入っていた青酸入りのウイスキーを飲んで死んでいますが、そんなことができるのは、まず、妻のゆかですから」

「動機は？」

「平木は、女にだらしがなかった。これは、小説パーティの編集長たちが、証言しています。芸者を身請けしたり、ホステスに店を持たせたりしています。妻のゆかにとっては、耐えられなくなったんじゃありませんか。それが、ずっと根にあって、毒殺したんじゃないかと、思いますね」

と、西本はいった。

「日頃《ひごろ》の恨みつらみからの犯行か？」

「そうです。ちょうど、小説パーティと問題が起きた。チャンスだと思ったんじゃありませんかねえ」

「そのごたごたから、自殺したと見せかけようとしたというわけかね?」

「はい」

「たしかに、その可能性もあるがねえ」

と、十津川はいった。

どうしても、「鬼怒川心中事件」という原稿のことが、引っかかってくるのだ。妻のゆかが犯人だとすると、この原稿は、事件とまったく関係がなくなってしまうからである。

その夜、十津川は亀井と、捜査本部に泊まり込んだ。

亀井の淹《い》れてくれたコーヒーを飲みながら、十津川は、問題のゲラに眼を通した。

読み返すのは、三回目である。


〈私は、告白する。

この言葉を、私は、何回、口の中で、呟《つぶや》いたことだろう? 五回、六回、いや、毎日のようにだった。ただ、それを文字にする勇気はなかったし、告白したことに、責任を取る気力もなかった。

私は、現在、画家として、ある程度の名声を得ている。自分では、甘い絵だと思うのだが、なぜか、若者たちの支持を受け、号百万で売れる。

私は、いつのまにか、傲慢《ごうまん》になっていたのだと思う。銀座のクラブへ行けば、ホステスたちが、ちやほやしてくれるのをいいことに、気に入った女と関係を持ち、彼女に店を持たせて、パトロンを気取ったりした。

芸者を身請けして、マンションに、住まわせていたこともある。自分には、それが許されるのだと、思っていたのである。

そんなとき、私の眼の前に、柳原《やなぎはら》マリが現れた。銀座のS画廊《がろう》で、個展を開いたときだった。彼女が、ふらりと入って来て、ちょうど、居合わせた私に向かって、

「私を描いてくださらない？」

と、声をかけてきたのだ。

私は、彼女の猫のような眼に、引きつけられた――〉

「警部」

と、急に呼ばれて、十津川は、ゲラから顔を上げて、亀井を見た。

「何だい？　カメさん」

「これを見てください」

と、亀井は、夕刊の社会面を見てその一カ所を指さした。

〈鬼怒川で、若い女の死体発見さる〉

という見出しだった。十津川は、亀井に促《うなが》されるままに、その記事の内容に眼を通した。

〈十六日の午後十時ごろ、鬼怒川温泉の裏山の林の近くで、K旅館《りょかん》の従業員、中田《なかた》透《とおる》さん（三十五歳）が、犬を連れて歩いていて、地中に埋められた死体を発見し、警察に届け出た。

死体は、腐乱《ふらん》しかけていたが、年齢二十歳から二十五歳の若い女性で、死後、約一カ月ほど経《た》っているものと思われる。警察は、殺人事件と見て、女性の身元確認を急いでいる〉

「どう思われますか？」

亀井が、眼を光らせてきいた。

「カメさんは、これが、『鬼怒川心中事件』のストーリーと、同じだと思うわけかね？」

と、十津川はきいた。

「そのとおりです。ぴったりと一致していますよ。小説でも、『私』が、鬼怒川で若い女を殺して埋め、一カ月後に、『私』は、自殺し、同時に、鬼怒川でも死体が見つかるんです」

亀井が、勢い込んでいう。

「だがね。まだ、この若い女の身元は、わかっていないんだよ」

十津川は、慎重にいった。

「きっと、平木を関係のある女だと、思いますよ」

と、亀井はいった。

翌日、十津川は、鬼怒川警察署に電話をかけた。

電話に出てくれたのは、この事件を担当することになった竹田《たけだ》という警部だった。

竹田は、突然、警視庁の刑事から電話を受けて、びっくりしたらしい。

「あの腐乱死体が、そちらの事件と、関係があるわけですか？」

と、竹田はきく。

「正直にいって、まだ、わかりません。まったく関係がないかもしれません。問題は、彼女の身元なんですが、わかりそうですか？」

と、十津川はきいた。

「女は、裸で埋められていて、身元を確認できるものは、何も見つかっていません。ただ、地元の人間でないことは、たしかです。二十歳から二十五歳の地元の女性で、行方不明になっているのは、一人もいませんから」

と、竹田はいった。

「すると、観光客ですか?」

「いま、その線で調べています」

「わかったら、すぐ、知らせてください」

と、十津川はいった。

十津川は、晴海埠頭での目撃者を見つけることに全力をつくした。

十五日の午後十時から、十一時までの間に死亡しているのなら、誰か、目撃しているのではないか。

だが、この時間帯、小雨が降っていたことがわかった。そのために、目撃者がいないのだ。

十八日になって、鬼怒川署の竹田警部から、電話が入った。

竹田は、嬉《うれ》しそうな声で、

「例の女の身元が、わかりかけてきました。一カ月前に、鬼怒川温泉に泊まっていた

「女だと思われます」

「やはり、観光客だったんですか？」

「そうです。五月十日から十五日まで、Wホテルに泊まっていた女だと思われます。宿泊カードの名前は五十嵐《いがらし》ユキで、住所は、東京都世田谷《せたがや》区祖師谷《そしがや》×丁目のヴィラ世田谷508号となっています。しかし、この名前も住所も、でたらめでした。世田谷区祖師谷×丁目に、この名前のマンションは、存在しないとわかりましたから」

「しかし、東京の女ということは、間違いないようですね？」

　と、十津川はきいた。

「そうなんです。Wホテルのフロント係やルームサービスの係にきいても、この女が、東京の人間であることは、間違いないといっています」

「女は、そのホテルに、ひとりで泊まっていたわけですか？」

　と、十津川はきいた。

「ひとりです。ただし、彼女が泊まった五月十日の夕方、彼女に、男の声で、電話がかかっています」

「なるほど」

「彼女は、十五日までの間、毎日、外出していますが、これは、電話の男に会いに出かけていたんだと思いますね」

と、竹田は、いった。

「彼女は、十五日に、チェック・アウトしたわけですか？」

と、十津川はきいた。

「十五日の午後三時に、チェック・アウトしています」

「そのあとの足取りは、わかりませんか？」

「わかりません」

「彼女の顔のモンタージュは、できそうですか？」

と。十津川はきいた。

「Wホテルの従業員の協力で、いま、作成中です。腐乱しているため、顔も、はっきりしていませんでしたが、これで、どんな顔だったか、わかると思います」

「できたら、すぐ送ってください」

と、十津川はいった。

一時間ほどして、そのモンタージュが、ＦＡＸで送られてきた。

眼の大きな、エキゾチックな顔立ちだった。

「ハーフの感じですね」

と、若い刑事たちがいった。

「これから、どうしますか？」

と、亀井がきく。

「もちろん、このモンタージュを持って平木の周辺の聞き込みをやる。平木が、鬼怒川の事件に関係していれば、自然に、この女の身元が割れてくるさ」

と、十津川はいった。

刑事たちは、モンタージュを手にして、聞き込みに走った。

結果は、あっさりと出た。

平木がつき合っていた木目《きめ》みどりという女子大生に、似ているというのである。

そう証言したのは、月刊センチュリーの編集長と、作家仲間の一人だった。

月刊センチュリーの編集長は、苦笑しながら、

「平木先生の原稿が載ったとき、雑誌を、どこに送りましょうかときいたら、四谷《よつや》のマンションに送ってくれというんですよ。それで、送るより、持って行ったほうが早いと思って、そのマンションに行ったら、彼女がいたわけです」

と、いった。

作家の広田《ひろた》は、十津川に向かって、

「私と平木は、いわば悪友でね。私も、女遊びをするが、彼も派手にやる。二カ月ほど前にね、今度は、女子大生と、仲良くなったというんだ。なんでも、四分の一、スウェーデンの血が混じっていて、すごい美人だといっていた。それで、見に行ったよ。

たしかに、美しかった。羨《うらや》ましかったね」

と、いった。

「その後、彼女を、見ていますか？」

と、十津川はきいた。

「それが、今月になって、平木にきいたら、もう別れたと、いっていたね」

と、広田はいった。

「そのとき、平木さんは、どんな様子でしたか？」

「べつに、変わった様子は、なかったと思うがねえ」

と、広田はいった。

十津川は、木目みどりという女子大生のことを調べた。

みどりは、鳥取《とっとり》県の出身である。

米子《よなご》に生まれ、地元の高校を卒業したあと、東京のK大に入った。

平木と知り合ったのは、三年になったときと、思われる。

米子には、両親が健在で、みどりの妹で、短大生のかおりと一緒に、住んでいると知って、十津川は、日下《くさか》と、北条《ほうじょう》早苗《さなえ》の二人を、米子に行かせた。

二人は、両親と妹に会い、みどりのことをきき、それを、電話で十津川に知らせてきた。

「みどりが、死んでいたようだと知って、両親は、ショックを受けています」

と、北条早苗はいった。

「両親は、彼女が、平木とつき合っていたのを、知らなかったのかね？」

と、十津川はきいた。

「木目家の教育方針は、不干渉《ふかんしょう》だそうで、二十歳を過ぎた娘のみどりの生き方には、干渉せずにきたので、どんな男とつき合っているか、知らなかったと、いっています」

「自由放任かね」

「それに、今度の夏休みには、家に帰るといっていたので、それを楽しみにしていたといっていますわ」

と、早苗はいった。

「夏休みに帰るといったのはいつなんだ？」

「先月の五月の十四日だったと、いっています」

「じゃあ、鬼怒川にいたときじゃないか」

「そうなりますね」

と、日下がいった。

「そのほか、木目みどりについて、わかったことはないか？」

「彼女が、両親宛に出した手紙を、何通か見せてもらいましたが、彼女が、平木とつき合っていたことを示す手紙はありません」

と、日下はいった。

「両親は、これから、鬼怒川へ行くと、いっています。私と日下刑事は、彼女の写真を借りて、帰京します」

と、早苗はいった。

二人は、帰って来て、何枚かの写真を十津川に見せた。いずれも、木目みどりの写真だった。

十津川と亀井は、木目みどりが住んでいた四谷三丁目のマンションへ行ってみた。

ヴィラ四谷の６０２号室だが、すでに別の人間が住んでいた。

管理人に会って、話を聞いた。

「じつは、困っていたんですよ。五月九日か十日に、旅行してくるといって、出かけられたんですがね。六月に入っても、帰って来ないんですからね」

「それで、どうしました？」

と、亀井がきいた。

「保証人の方に、電話しました」

「保証人というのは、平木さんのことですか？」

「ええ。部屋を借りるとき、作家の平木さんが、保証人になっていましたからね」

「それで、どういう返事でした？」

「木目みどりさんは、郷里に帰ってしまったので、荷物などは適当に処分してくれと、いわれました」

と、管理人はいう。

「そのとおりにしたんですか？」

「家具などは、売却しましたが、手紙や写真、それに衣服などは、処分するわけにはいかないので、神名さん宛に送りました。面倒でしたよ」

「そうでしょうね」

「それにしても今の若い人は、勝手なもんですねえ。何もかも放り出して、突然、故郷に帰ってしまうんですから」

そういって、管理人は溜息《ためいき》をついた。

管理人は、木目みどりがこのマンションを借りたときの契約書の写しも、見せてくれた。

なるほど、保証人の欄に、神名明信の名前がある。借りたのは、今年の四月だった。

そのころから平木と関係ができたということなのだろう。

「これで、平木が、女子大生の木目みどりと関係を持ち、鬼怒川で殺したことは、間違いないんじゃありませんか」

と、亀井が捜査本部に戻るパトカーの中でいった。

「木目みどりは、美人だよ」

「ええ」

「それに、若い」

「ええ」

「そんな木目みどりを、平木は、なぜ殺したのかね？」

と、十津川はきいた。

「それは、きっと、彼女が平木に、結婚を迫ったからじゃありませんか？

「奥さんと別れて、自分と一緒になってくれとかかね？」

「そうです」

「しかし、殺さなくても、何とか、説得することはできたんじゃないかね？　大学を卒業するまで待てとか」

「その誤魔化《ごまか》しが利《き》かなくなって、殺してしまったんじゃありませんか？」

と、亀井はいった。

捜査本部に戻ってすぐ、鬼怒川から、竹田警部が電話をかけてきた。

「いくつかの点で、進展がありました。まず木目みどりの死因が、はっきりしました。

脳挫傷《のうざしょう》です。背後から、殴《なぐ》られたんだと思います。それと、鬼怒川温泉のすべてのホテル、旅館をチェックしたところ、五月十日から十五日まで、Kホテルに平木と思われる男が泊まっていたことが、わかりました」

「やはり、平木も、同じときに、鬼怒川にいたんですか」

「平木ではなく、山本健《やまもとたけし》という偽名《ぎめい》で、泊まっています」

「十五日まで、泊まっていたとして、どんな行動をとっているんですか？」

「十五日の午後三時に、チェック・アウトしています」

「木目みどりと、同じですね？」

「ええ。そのあと、木目みどりを殺し、埋めたんだと思います」

と、竹田はいった。

「十日から十五日まで、毎日、鬼怒川のどこかで、二人は会っていたんでしょうね？」

と、十津川はきいた。

「男は毎日、外出していたそうです。だから、木目みどりと会っていたのは、間違いないと、思いますね」

竹田は、自信にあふれた調子でいった。

「二人が会っていたところを、目撃されたことがあるんでしょうか？」

「まだ、見つかっていませんが、遠からず見つかると思っています。鬼怒川は、たいして広くありませんからね。どこでデートしようと、目撃されているはずです」

と、竹田はいった。

「彼女の両親が、そちらへ行ったと思いますが」

「ええ、お見えになっています。辛《つら》かったですよ。何しろ、腐乱して、顔もはっきりしない死体ですからね」

と、竹田はいった。

「そうでしょうね」

「十津川さんは、犯人は、平木と思われるんですか？」

「七〇パーセントぐらいの確率で、そう思います。平木の書いた原稿に、それらしいことを匂《にお》わせる箇所《かしょ》があるんです。これからＦＡＸで送りますから、眼を通してみてください」

と、十津川はいい、例のゲラをＦＡＸで、鬼怒川に送った。

そのあと、十津川は、難しい顔で考え込んでいた。

「どうされたんですか？」

と、亀井が心配してきいた。

「作家というのは、どこまで、告白するものかねえ？」

と、十津川は逆に亀井にきいた。

「小説の形をとってですか？」

「ああ、そうだ」

「私は、作家じゃないからわかりませんが、あらゆる経験を小説に書いてしまうんじゃないですか？」

と、亀井がいった。

「殺人までかい？」

「小説に託《たく》せば、書く人もいるんじゃありませんかねえ。小説なら、突っつかれても、あれは想像の産物だといって、逃げられますからねえ」

と、亀井がいう。

「しかし、死体が見つかったら、どうしようもなくなるんじゃないのかねえ。書いたことが、命取りになりかねない」

と、十津川はいった。

亀井は頷いた。が、

「そこが、物書きの業《ごう》みたいなものじゃないんですかね」

と、いった。

「業ねえ」

「この小説の中でも、『私』は、告白したくて仕方がなかったと書いています。平木は、作家です。自分のやったことを、文字にしたくて仕方がなかったんじゃないんですか。主人公を画家ということにして、とうとう小説にして、小説パーティに送りつけた。誘惑に負けて、最後の河《かわ》を渡ってしまったわけです」

「そのあとで、これは、自分が書いたものじゃないと、小説パーティの編集長に文句をいって、掲載させまいとしたのはどういうことかな？」

「それは、いま、警部のいわれたように、この作品が命取りになりかねないからですよ。書いて送ったあと、それを思い出して、あわてたんじゃありませんかね。鬼怒川で、彼の関係のあった女の死体が見つかれば、否応《いやおう》なしにこの小説を思い出す。当然、警察が関心を持つだろう。そう思って、平木は、あわてて取り返そうとしたんでしょう」

「それができなくて、自殺か？」

「自殺とすれば、そうなります。平木みたいな男は、意外に世間体《せけんてい》を気にするものです。自分が手錠《てじょう》をかけられた姿を想像するだけで、絶望的になってしまう。だから、自殺した。彼の死が自殺とすれば、こうなります」

と、亀井はいった。

「しかし、カメさんは、自殺とは、思わないんだろう？」

と、十津川がきいた。

「そうです。自殺では、あまりにも、小説どおりになってしまいます。それが、私には不満ですね」

と、亀井はいった。

5

〈私は、しばらくの間、マリを女として意識しなかった。正確にいえば、それまでに、私が知っていた女たち、妻も含めてだが、とは、違っていたから、別の生き物のように見ていた。

もっと、あけすけにいえば、彼女は、二十一歳になっていたが、子供だった。ただし子供の猫なのだ。

ほかの女のように、私に甘えることもなく、私を喜ばせることもしなかった。いや、彼女らしいやり方で、私を喜ばせはしたが、次の瞬間には、私のことなど、忘れてしまったような顔をするのだ。

絵のモデルの話にしても、そうだった。自分から、描いてほしいといってきたくせに、三日ほど、大人《おとな》しく、モデルになっていたかと思うと、突然、いなくなってしまった。私は、彼女のわがままに腹を立てながら、彼女を探した。呆《あき》れたことに、彼女は、私が、一カ月間のモデル料として前渡ししていた金で、ボーイフレンドとハワイへ行っていたのである。

私は、彼女が約束を破ったことと、勝手に肌を焼いたことで、叱りつけたのだが、彼女は、なぜ、自分が叱られるのかわからないような顔つきだった。

それなのに、私は、彼女をまた、モデルに使って絵を描き続けた。彼女以外のモデルを使いたくなかったのだ。それに、彼女が何気ない調子で、ハワイへ行った彼とは別れたわ、といったとたんに、すべてを許す気持ちになってしまった。

どんな女に対しても、私は、自分が主導権を握っているという自信があった。才能豊かなインテリ女性に対しても、美貌に恵まれた女性に対してもである。

だが、マリに対しては、それができなかった。といって、彼女が主導権を握って、私を引きずり廻したというのではない。彼女には、男と女のどちらが主導権を握るかなどということは、まったく頭になかったにちがいない。彼女は、ただ、自由に、勝手気ままに行動していたにちがいないのだが、私は、そんな彼女の得体の知れない魅力に、勝手に引きずり廻された。

私は、なぜか、彼女を自分の檻《おり》の中に閉じ籠《こ》めようとした。金を使い、時には、卑劣と思われる手段を使った。だが、そのたびに、彼女は、するりと、私の手の中からすり抜けてしまった。

私は、四十五歳になる今日まで、女に対して、自分の年齢《とし》というものを、意識したことはなかった。

マリより若い女とつき合ったこともある。そのときだって、私は、彼女に命令し、傲慢《ごうまん》に振舞い、年齢《とし》の差など感じなかった。ところが、マリのとき、初めて、私は、自分の年齢というものを感じてしまった。そのうえ、マリは、どんどん美しく輝いてくるのだ。

私は焦《あせ》り、そのことに自分で腹を立てて、何とかして、彼女をしっかりと自分につなぎ留《と》めようとした。

友人たちは、なぜ、あんな小娘に振り廻されているのかと、私を叱り、妻は、私の行動に呆れて、離婚をいい出した。

しかし、このときの私は、友人たちの忠告も、妻の怒りも耳に入らなかった。ひたすら、マリにのめり込み、彼女を、完全に自分のものにしたいという思いだけに、支配されていたのだ。

そして、私は、マリを連れて、鬼怒川に出かけた――〉

十津川は、ゲラから眼を上げた。

そこに書かれていることが、これまで、調べあげた平木と木目みどりの関係に、ダブってくる。

平木の性格や女性関係は、小説の「私」にそっくりである。平木がみどりとの関係を持ってから、友人の作家が忠告したことも、小説のとおりなのだ。

そして、平木は、みどりを鬼怒川に連れ出している。それも、同じだ。

「平木の妻ゆかは、どうだったんだろうか？」

と、十津川は亀井を見た。

「小説では、主人公の妻は、離婚を考えていたことになっていますね」

「離婚をいい出したと、書いてある」

「平木の妻のゆかは、北条刑事の質問に対して、離婚を考えたことはないと、いっているようです」

と、亀井はいった。

「本当かな？」

「わかりませんね。自分の不利になっては困ると思って、嘘をついているのかもしれません」

「ゆかという女のことを、調べてみる必要があるね」

と、十津川はいった。

平木は、何人もの女と関係を持ち、揚句《あげく》の果てに、女子大生の木目みどりと二人で、鬼怒川に出かけた。そんな夫を妻のゆかが、簡単に許せたとは思えない。

十津川の指示で、刑事たちは、ゆかという女について、徹底的に調べることになった。

ゆかは、現在、三十三歳。夫の平木とは、ちょうどひと廻り年齢《とし》が違う。

ゆかは、資産家の次女として生まれている。小、中、高校と、美しいが、大人しく、目立たない生徒だったという。

大学時代、ゆかは文学少女で、感傷的で、涙もろかったと、友人たちは証言した。

大学四年のとき、大学の先輩で、新進作家のNと心中事件を起こした。Nには、妻がいたからである。

「あのときは、驚いたわ」

と、同窓の女友達の関根《せきね》冴子《さえこ》がいった。

「そんなことをするようには、見えなかったからですか？」

と、日下刑事は彼女にきいた。

「ええ。いわば、不倫でしょう。彼女なら、自分が身を引いて、じっと耐える人じゃないかと、思っていたんです。そしたら、彼と心中でしょう？　びっくりしましたわ。ゆかに、こんな激しいところがあったなんて、気がつかなかったんです」

「この心中事件は、二人とも、助かったんでしたね？」

「ええ」

「心中は、どちらから持ちかけたんでしょうか？」

と、日下はきいた。

「私はてっきり、Ｎさんが持ちかけて、ゆかが、彼の情熱に引きずられたんだろうと思ったんです。それなら、ゆからしいからですわ。みんな、そう思っていたんです。でも、じっさいには、ゆかが持ちかけて、Ｎさんが引きずられたと知って、あらためてびっくりしましたわ」

と、冴子はいった。

「平木さんと、結婚したことは知っているね？」

「ええ。結婚式に呼ばれましたもの」

「なぜ、彼女は平木さんと結婚したんでしょうか？　平木さんは、たしか、そのころ、前の奥さんと別れて間もなくだったし、女性関係が乱れていることで有名だったはずなんですが」

と、日下はきいた。

「あれは、見合いだったんです。彼女が、文学好きだったので、平木さんのお友だちが、会わせたと聞きましたわ。彼女も、平木さんの噂《うわさ》を知っていたと思うけど、三十の大台に乗っていたし、両親にも、早く結婚しろといわれていたので、平木さんと一緒になったんだと、思いますわ」

　と、冴子はいった。

「平木さんが、車の中で死んだのは、ご存じですね？」

「ええ。びっくりしましたわ」

「そのことで、ゆかさんと、電話で話したりしたことは、ありますか？」

「いいえ。きっと彼女も、落ち込んでいると思って、電話しようかと思ったんですけど、何となく、遠慮したほうがいいかなと、思ったりもして――」

「じつは、平木さんが、最近二十一歳の女子大生とつき合っていたことが、わかったんです。平木さんは、完全に彼女に参っていました。そのことは、ゆかさんから聞いたことがありますか？」

　と、日下はきいてみた。

「そんなとき、ゆかさんは、どんな態度をとると思いますか？」

「ゆか自身は、何といっているんですか？」

　と、今度は冴子がきいた。

「離婚は、考えなかったといってますがね」

「そうだろうなと、いいたいところですけど、あの心中事件のことを考えると、ゆかがじっと耐えて、離婚を考えなかったというのは、信じられなくなるんです」

と、冴子はいった。

「じゃあ、離婚を考えていたと、思いますか？」

「いいえ」

と、冴子は首を横に振った。

「でも、いま、離婚を考えないというのは、信じられないと、いったはずですよ」

「ええ。ただ、彼女は、離婚、離婚と、騒ぎ立てたりしなかったろうと、思うんですよ」

「じゃあ、どうしたと？」

「もし、まだ、ご主人の平木さんを愛していたら、きっと、私と一緒に死んでくださいと、迫ったんじゃないかと思いますわ。それが、彼女らしいんですもの」

と、冴子はいった。

「平木さんを、愛していなかったら？」

「そのときは、さっさと家を出てしまうんじゃないかと思いますけど」

と、冴子はいった。

刑事たちは、関根冴子以外にも、ゆかを知っている人たちに会って、話をきいた。

面白かったのは、大学時代の心中事件を知らない人たちは、いちように、夫の浮気を知っていても、ゆかはじっと耐えて、離婚など考えなかったろうといい、心中事件を知っている人たちは、関根冴子と同じく、ゆかは激しく嫉妬《しっと》し、激しく対応しようとしていたはずだといった。

「ゆかが平木を殺した可能性が、強くなったんじゃありませんか」

と、亀井は、あらためていった。

6

二十二日になって、小説パーティの八月号が発売され、十津川は、一冊買って捜査本部に持ち込んだ。

表紙には、ただ、平木明・鬼怒川心中事件とだけ、載っていたが、目次のほうは、平木の死で、急遽《きゅうきょ》、印刷し直してあった。

〈事実か、それとも創作か、問題作の「鬼怒川心中事件」――平木明〉

と、書かれていた。

また、小説パーティ八月号の広告でも、こううたわれていた。

〈作者の死を予告した「鬼怒川心中事件」・平木明〉

十津川は、それを見ながら、

「容疑者が、また一人、出てきたよ」

と、亀井にいった。

「誰ですか？」

「小説パーティの編集長、長谷川だよ」

「なぜですか？」

「事件のとき、いちばん得《とく》をしたのは誰かが、問題になるだろう？　妻のゆかは、平木の遺産を引き継いだから、得をしただろうが、もともと、彼女は資産家の娘だ。小説パーティのほうは、ほかの文芸雑誌と同じで赤字だが、編集長の長谷川は、少しでも売れ行きを伸ばそうと、思っていたはずだ。ところが、八月号を印刷に廻す段階になって、平木から、彼の原稿について、クレームが出た。下手《へた》をすれば、八月号が出なくなってしまうかもしれない。そうなれば、編集長の責任問題にもなりかねない。ところが、平木の作品を読むと、平木と思われる主人公が、若い女を鬼怒川で殺し、そのあと、自ら命を絶っている。もし、平木が死ねば、この作品は、平木自身の告白として受け取られ、人気が出るにちがいない」

「そう考えて、長谷川が、自殺に見せかけて、平木を殺したということですか？」

「そうさ。八月号はつつがなく発売され、広告も刺激的なものになった。きっと、この八月号は、いつもより売れるんじゃないかな」

と、十津川はいった。

「すると、青酸入りウイスキーを飲ませたのは、長谷川編集長というわけですか？」

と、亀井がきいた。

「平木の妻のゆかも、毒入りのウイスキーを飲ませられる立場にいたが、長谷川も同じだったと思うね。彼は、小説パーティの編集長として、平木とは長い付き合いだったはずだよ。あの原稿の件は、先生のいうとおりにお返ししましょうといって、平木を安心させ、仲直りに一杯どうですかと、シーバスリーガルをすすめる。平木は、ほっとして、飲み干して死んだ」

「では、革貼りのフラスコは、平木のものではないということですか？」

「長谷川が犯人とすれば、そうなるね。長谷川が同じものを買い、それにシーバスリーガルを入れ、青酸を混入して、平木にすすめたのさ。平木が死んだあと、フラスコをきれいに拭《ふ》き、彼の指紋をつけておく。そうすれば、自殺に見せかけられるからね」

と、十津川はいった。

「雑誌の編集長が、はたして、そこまでやるでしょうか？」

亀井が、首をかしげた。

「長谷川は、いくつだったかね？」

「たしか、五十歳になったところだったと思います」

「小説パーティを出しているあの出版社は、五十五歳で、定年だったんじゃないかね。長谷川としたら、ここでひと手柄《てがら》立てて、定年までに、何とか局長になりたいんじゃないかね。役員にさ。そのチャンスだったんだよ」

と、十津川はいった。

「それでも、殺人をするでしょうか？」

「ただ、うまくやって、雑誌の売れ行きを伸ばせるだけだったら、長谷川は、平木を殺さなかったかもしれん。だが、殺さなければ、編集長の椅子《いす》が、危うくなるところだったんだ。それを考えれば、長谷川にも、十分、動機はあるよ」

と、十津川はいった。

「長谷川を、呼びますか？」

「いや、こちらから、会いに行こうじゃないか」

と、十津川はいった。

十津川と亀井は、神田に行き、長谷川に会った。

雑然とした編集室には、八月号の吊広告が貼られていた。

十津川は、長谷川に会うなり、

「どうですか？　八月号の売れ行きは」

と、単刀直入《たんとうちょくにゅう》にきいた。

長谷川は、嬉《うれ》しそうに、

「今のところ、いいですねえ。赤字解消というわけには、いきませんが、いつもの倍は、いくんじゃないかと、期待しています」

と、いった。

「すべて、平木明の小説のおかげですか？」

「まあ、そうですね」

「平木さんが死んで、あなたには、よかったわけですね？」

「私にというより、小説パーティにとって、ラッキーだったですね。平木さんが死んで、喜んでは不謹慎《ふきんしん》なんですが」

と、長谷川は小さく肩をすくめた。

「広告では、あの作品が、平木さんの告白みたいに、宣伝していますね」

と、亀井がいった。

「そうですかねえ。私としては、あいまいな表現にしたつもりですがね」

「あなた自身は、どうなんですか?」

と、亀井がきく。

「何がですか?」

「あの作品と同じように、鬼怒川で若い女の死体が発見され、その女は、平木さんと親しかった。そして、平木さんは死ぬ。小説も、同じようになっています。あなたは、平木さんが、彼女を殺し、自責の念から自殺したと思いますか?」

と、亀井はきいた。

長谷川は、当惑した表情をつくって、

「死者に鞭打《むちう》つようなことは、いいたくありませんね」

「別のきき方をします。あなたから見て、あの作品は、平木さん自身のことだと、思いますか?」

と、亀井はいって、じっと長谷川を見つめた。

「小説と、現実は違います。どこかに、フィクションの部分があるものですよ。しかし、今から考えると、あの作品は、本当の部分が多かったんじゃないかと、思いますね」

と、長谷川はいった。

「では、平木さんが、あの作品を書いたあと、死を考えていたと、思いますか?」

と、十津川がきいた。

「さあ、どうですかねえ。奥さんと韓国旅行をしたりしているところを見ると、死を覚悟していたとは思えない。しかし、じっさいに自殺したとなると、考えていたのかなんて、思うんですよ」

「あなたが、殺したんですか？」

と、亀井がいきなりいった。

「私が？　とんでもない。なぜ、私が、平木先生を殺さなければならないんですか？」

長谷川は、怒ったような顔で、亀井を見返した。

亀井のほうも、負けずに長谷川を見すえる感じで、

「あの原稿のことで、平木さんともめていたんでしょう？　平木さんを自殺に見せかけて殺せば、もめたことは解消できるし、雑誌の宣伝にもなりますからね」

と、いった。

「私にとって、平木先生に限らず、作家は、宝ですよ。その先生を殺すはずがないじゃありませんか」

「それなら、十五日の夜十時から十一時の間、どこで、何をしていました？」

と、なおも亀井がきいた。

「自宅で、酒を飲んでいたはずですよ。夜が明けたら、もう一度、平木先生に会って、

あの原稿を、八月号に載せることを許可してくれと、頼むつもりだったんです。酒の味は、よくわからなかったな」

と、長谷川はいう。

「長谷川さんは、平木さんの死をどう思いますか？」

と、十津川がきいた。

「どう思うというのは、どういうことですか？」

「あれを自殺と思うか、誰かが毒入りのウイスキーを平木さんに飲ませたのか、どちらだと思いますか？」

「私は、自殺だと思いますね。こんないい方は、おかしいかもしれませんが、自殺のはずです。自殺でなければいけないと、思っていますよ」

そんないい方を、長谷川はした。

「自殺なら、小説の『鬼怒川心中事件』と、一致するからですか？」

と、十津川がきいた。

「そうです」

「そのために、彼の死は、自殺でなければ、ならないというわけですか？」

「ええ」

「少しばかり、乱暴な意見ですね？」

「もちろん、わかっています。ただ、平木先生は、自分の美学のために自殺したと、私は、思いたいんですよ」

と、長谷川はいった。

「美学のためですか――」

十津川は、苦笑して、長谷川を見た。この男は、意外にロマンチックな性格なのだろうか？　それとも、自分が殺しておいて、とぼけて、美学などといっているのだろうか？

7

鬼怒川署の竹田警部が、木目みどりの件で、打ち合わせのため、上京してきた。

電話では、何回か話をしているが、会ってみると、三十代の若い警部だった。若いだけに、自分の考えには、自信を持っていた。

「平木明が、鬼怒川で、木目みどりを殺したことは、まず間違いないと思っています」

と、竹田は十津川にいった。

「それは、どういうことからですか？」

と、十津川はきいた。

亀井刑事も、横で竹田を見ている。竹田は、警察手帳の書き込みを見ながら、

「五月十日に、平木は、鬼怒川に来ているわけですが、十四日に、レンタカーを借りていることが、わかりました。それも、鬼怒川で借りたのではなく、わざわざ福島《ふくしま》県まで行き、会津若松《あいづわかまつ》で借りているのです。たぶん、このころから、平木は、木目みどりを殺すことを考えるようになったのだと思います」

「レンタカーは、殺しに使うつもりで借りたんじゃないかと、いうことですね？」

と、十津川がきく。

「そうです。殺して、運び、埋めるためには、車が必要ですからね。そのために、十四日の夕方、平木は、レンタカーを借りたんですよ。土を掘り起こすためのスコップだって、車がなければ、持ち運べないでしょう。平木は、その車を十六日に返しています。木目みどりが消えたのが、十五日の午後ですから、平木は、十五日に木目みどりを殺し、レンタカーで鬼怒川温泉の裏山に運び、埋め、翌十六日に、車を返したんだと思いますね」

と、竹田は自信たっぷりにいった。

「平木の借りた車が、なぜ、会津若松のレンタカーだと、わかったんですか？」

亀井が、きいた。

「平木の泊まったホテルの従業員が、その車を見て、ナンバーを覚えていてくれたんです。栃木《とちぎ》のナンバーではなく、福島のナンバーで、白いソアラだったというので、福島県警に調べてもらったのです。その結果、会津若松にあるトヨタの営業所のレンタカーと、わかりました。平木は、山本健の偽名で、鬼怒川のホテルに泊まっていたわけですが、レンタカーは、免許証の提示が必要です。だから、わざわざ会津若松まで行って、借りたんだと思います」

「なるほど」

「それに、このことは、平木の書いた『鬼怒川心中事件』にぴったり一致していますよ」

と、竹田はいった。

たしかに、そのとおりだった。小説では「私」が、マリを殺す決心をしたときのことは、次のように書かれていた。

〈私は、マリを殺すことに決めた。殺さなければならないと、思ったのだ。このまいけば、たぶん私は、彼女に振り廻され続けて、疲れ切り、年齢《とし》をとっていくだろう。それも、彼女が、私を憎んで、私を傷つけようとしているのなら、私も楽しく戦い、楽しくあやしてやれるのだが、マリは、何も意識していないのに、私が、勝手にきりきり舞いしているのだ。よくわかっていながら、どうすることもできない。そんな自分が情けなくて、ときには、彼女を殺して、自分も死にたくなる。だが、こんな小娘のために死ねば、何をいわれるかわからない。私の画家としての名声も、地に墜《お》ちてしまうだろう。そんな、どろどろした俗っぽい雑念も絡《から》んできて、最後に、私は、マリを殺すほかないと考えたのだ。

それも、永久に発見されぬように、海中か地中に埋葬《まいそう》してやろうと思った。最初に考えたのは、車のことだった。マリは、真っ赤なポルシェが欲しいといっていたから、望みどおり、新しいポルシェを買い与え、車ごと深い海底に沈めることだった。

しかし、今からポルシェを注文しても、すぐには手に入らない。時間が経《た》てば、私の決意は失われ、また、マリとの実りのない生活が続くことになってしまうだろう。それも、私の一人芝居の生活で、疲れ切ってしまうことは、眼に見えている。だから、私は、赤いポルシェを手に入れるのを諦《あきら》め、彼女を地中深く埋めてやることにした。

私は、死体を運ぶために、車が必要だと思った。東京に戻って、自分の車を使うことも考えたが、妻と顔を合わすのは、嫌だったから、レンタカーを使うことにした。鬼怒川で借りたのでは、あとで簡単に足がついてしまうだろうと思い、私は、離れた場所で借りることにした。

県境を越えたA市で、私は、レンタカーを借りた。

そして、翌日、マリをドライブに誘った。彼女は、機嫌がよかったが、突然、鬼怒川はもうあきたから、外国へ行きたい、それも、オーストラリアへと、いい出した。学校はどうするのかときくと、彼女は、笑い出した。笑うのが当然だった。鬼怒川に連れ出して、その間、大学を休ませたのは、私なのだから。

マリは、オーストラリアには、ボーイフレンドの一人と行くといった。彼女の場合はそういって、私に嫉妬させようというのではないのだ。ただ、単に、オーストラリアには、中年の私ではなく、若い男と行きたいだけのことなのである。

それだけに、私は、なおさら腹を立て、背中を向けたマリの後頭部に向かって、スパナを振り下ろした。

二回、三回と、私は殴りつけた。憎しみが激しかったからというよりも、彼女が振り向いて、ニッと笑いかけてくるのではないかという怯《おび》えからだった。

しかし、彼女は、ぐったりとなり、笑いかけても、怒ってもこなかった。私は、息絶えたマリを車のトランクに入れ、鬼怒川温泉の裏山に向かって、車を走らせた。

杉林の中に、マリの死体を引きずって行き、私は、用意して来たスコップで、彼女を埋める穴を掘り始めた。

二度と、発見されないような、深い穴を掘るつもりだったのだが、人間一人を殺すことが、こんなに重労働だとは思わなかった。私は、マリを殺すことで、疲れ切ってしまい、どうしても、深い穴を掘ることができなかった。

仕方なく、私は、浅い穴にマリの死体を埋葬した――〉

A市が、会津若松市だと考えれば、たしかに、平木が木目みどりを殺し、埋めたと考えていいだろう。

「それで、平木が、五月十四日に会津若松で借りた車は、あったんですか？」

と、亀井がきいた。

竹田は、ニッコリして、

「もちろん、ありましたよ。白のソアラです」

「トランクの中から、木目みどりの髪の毛か何か、見つかりましたか？」

と、亀井がきくと、竹田は、小さく肩をすくめて、

「亀井さん。あの事件のあと、一カ月以上たっているんですよ。その間、何人もの人間が同じ車を借りて、乗り廻しているんです。営業所が車を掃除してもいます。トランクから木目みどりの頭髪が発見されればいいんですが、それは無理というものですよ」

と、いってから、また笑顔に戻って、

「これで、鬼怒川で起きた殺人事件は、解決したものと、思います。うちの本部長も、同意見です。明日の記者会見では、その旨、本部長が発表し、捜査本部を解散することになると思います。犯人が死亡してしまっているのが、残念ですが」

と、いった。

8

竹田警部は、鬼怒川に帰って行った。

栃木県警からも、夜になって、こちらの捜査本部長、三上《みかみ》刑事部長に、正式に通告があった。明日、記者会見を開き、容疑者死亡ということで、事件の解決を発表するというのである。

それを受けて、三上も捜査会議を設けた。

「鬼怒川で殺された木目みどりの件を、向こうは、死んだ平木明が犯人だとして、事件は解決したとしている。これについて、反論はあるかね？」

と、三上は十津川たちの顔を見廻した。

だが、十津川もほかの刑事も黙っている。

三上は、不満げに、

「いいかね。われわれは、平木明の死を他殺として捜査している。だが、鬼怒川の捜査が正しいとすれば、平木の死は、自殺ということになって、われわれの捜査は、無意味になってしまう。それなのに、反論は、ないのかね？」

「いいですか？」

と、十津川が発言許可を求めてから、

「われわれには、栃木県警の方針に反対することはできません。今のところ、平木犯人説に反対するだけの証拠がないからです。しかし、平木が自殺したとは、まったく思っておりません。その点、間接的に、栃木県警に反対ということになりますが」

「平木が自殺ではなく、殺されたのだという根拠は、何なのかね？　ただ単に、自殺とは考えられないというのでは、困るよ」

と、三上はいった。

「小説パーティ八月号に載った小説です」

と、十津川はいった。

「しかし、あの小説では、平木が最後に自殺するんだろう？」

「そうです」

「それなら、小説は、自殺の証拠でしかないじゃないか」

と、三上は眉《まゆ》を寄せた。

「問題は、小説に書かれた自殺の部分です」

と、十津川はいった。

〈私は、マリを鬼怒川に埋葬して、帰京した。これで、私は、マリの呪縛《じゅばく》から解き放たれるのではないかと思った。

幸い、マリの家族も、彼女を探そうとする気配がなかったし、警察が調べる様子もなかった。妻は相変わらず冷たく、弁護士を頼んで、離婚する気らしいが、そんなことは私には何でもなかった。妻が別れたければ、別れてやる気だったからだ。

ところが、私は完全に、計算違いをしてしまっていた。

マリを殺し、埋葬し、これで、自由になれたと思ったのに、東京に戻ってから、突然、いい知れぬ寂しさに襲われたのだ。

（こんなはずではないのに――）

私は、狼狽《ろうばい》した。

私は、関係を持ったマリを消したのに、彼女の思い出と幻影が、同じように、私を虜《とりこ》にしてしまったのだ。

何よりも私を狼狽させたのは、マリを失うことが、こんなに寂しいものだったのかということだった。

マリのいない世界が、こんなに寂寞《せきばく》としたものなのか。

マリが生きていたときの、無意識で無邪気な行動が、私を楽しくさせ、同時に私を苦しませた。

そして、いま、死んだマリが何をするわけでもないのに、私は勝手に悩み、寂しさを持て余している。

(これは、マリの復讐《ふくしゅう》だ)

と、私は思った。マリに出会った瞬間から、私は、彼女から逃れられないように、運命づけられてしまっていたのだ。

この寂しさは、どんどん深くなっていくだろう。それに自分が耐えられるとは、思えなかった。いや、一年、二年、五年、十年と耐えたとしても、その寂しさに打ち勝てるはずがない。六十歳、七十歳になって、私は、ますます重くなる寂しさと、生きなければならないのだ。

それなら、今、自分の命を絶ってしまえば、この、いいようのない寂しさから、逃れられるだろうと思った。

自分を、深く、静かに埋葬してしまうのだ。私の持っているベンツに乗り、時速一〇〇キロで、海に飛び込めばいい。車内に重石《おもし》を積んでおけば、車は、二度と浮かび上がることもないだろう。

ある夜、私は、ベンツに重石を積み、海に向かった。勢いをつけるように、私は、酒を飲んだ。私の好きなシーバスリーガルを飲んで、海に向かって突進する。まもなく死ぬのだ。飲酒運転で警察に捕まることもないだろう。

H埠頭《ふとう》は、小雨に煙っていた。まるで、霞《かすみ》がかかっているように見える。

ふと、その霞の中に、マリの幻を見たような気がして、私は、時速一〇〇キロで、その幻に向かって車を走らせて行った――〉

これが、「私」が自殺する場面だった。

「じっさいには、平木は、ベンツの車内で、青酸入りのシーバスリーガルを飲んで、死んでいたわけです」

と、十津川は三上にいった。

「それくらいの違いは、現実と小説の差として、当たり前のことじゃないのかね？」

「かもしれませんが、ほかのところは、現実と作品とが、ほぼ一致しているのです。それなのに、最後が違っています」

と、十津川はいった。

「平木が、『鬼怒川心中事件』を書いて、小説パーティに送ったときは、彼は、まだ死んでいないんだよ。そのときは、自動車ごと海に突っ込んで、死のうと考えていたんだろう。だが、じっさいに死のうとしたとき、車ごと海に飛び込むことができず、酒に青酸を入れて、飲んだんじゃないのか？」

と、三上はいった。

「車ごと突っ込めないときのために、わざわざ青酸を持っていったということになりますが」

「まったく考えられなくはないだろう？」

「そうです。しかし、青酸を口にすることが、車ごと海へ突っ込むことより簡単だとは思えません」

と、十津川はいった。

「それでは、君は、どう解釈しているのかね？」

と、三上がきいた。

「平木の死が殺人だからこそ、小説は別の死に方になってしまったのだと、思っています」

「そんなことをいっても、平木は作家だが、小説の中の『私』は画家だ。鬼怒川で殺された女の名前も、みどりとマリで違っているじゃないか」

といって、三上は、十津川を見た。

「名前が違っていても、作家が画家になっていても、そうたいしたことじゃありません。むしろ現実感があります。しかし、人生のラストが違っているのは、大きな差です。無視できません」

十津川も、三上を見返して、強くいった。

「それで、他殺か？」

「はい」

と、十津川は頷いてから、

「それ以外にも、私には引っかかることがあります」

「どんなことだね？」

「平木は、小説パーティの長谷川編集長に、盛んにこういっていたといいます。あの原稿がおれが書いたものじゃないから、雑誌には載せるなと」

「それを、君は、真実だと思うのかね？」

と、三上はきいた。

「もし、真実だとしたら、どうなるだろうかと、考えてみたんです」

「それを話してみたまえ」

と、三上が促《うなが》した。

十津川は頭の中を整理するように、黙って考えていたが、

「問題の原稿ですが、FAXで、小説パーティに六月十日に送られています。雑誌の原稿の締切りは十日ですから、ぎりぎりに送られて来たわけです。FAXには、送付した人間の名前が印刷されますが、この原稿には、平木の名前が印刷されていますから、彼の家のファクシミリで、送られたことは間違いありません」

「しかし、平木は、六月十日に韓国に向かって、旅行に出かけたんじゃないのかね？」

と、三上がきく。

「そうです。原稿が小説パーティに届いたのは、六月十日の午前十時三十五分で、これは、FAXに自動的に印刷されますから、間違いないと思います。ところで、平木が成田《なりた》から韓国に出発したのは、一〇時〇〇分発の日航951便です」

「それなら、平木は、もう家にいなかったんだろう。夫婦で出かけたんだから、平木家には、誰もいなかったことになるんじゃないのかね？」

「確かに、夫婦で韓国旅行をしていますが、調べたところ、この日航951便の乗客名簿には、平木の名前しかありません。妻のゆかは、たぶん遅れて韓国に向かったのだと思います」

と、十津川はいった。

三上は、笑って、

「それなら、妻のゆかが平木に頼まれて、原稿を小説パーティに送ってから、平木を追ったんだろう。べつに問題はないじゃないか」

と、いった。

「いま、西本刑事たちが、ゆかの乗った飛行機を調べています」

「それで、何が問題なのかね？」

「平木が、一〇時〇〇分の飛行機で出発し、妻のゆかが遅れて出発したとします。平木は、あの原稿を書いたことはないといっていました。それが事実なら、妻のゆかが、平木の知らない原稿を、ＦＡＸで十時三十五分に、小説パーティに送ったことになってきます」

と、十津川はいった。

「誰の書いた原稿ということになるんだ？　君のいうとおりだとしてだが」

三上が、眉を寄せてきいた。

「たぶん、妻のゆかです」

「馬鹿馬鹿しい。編集者は、平木の書いた原稿だと、いってるじゃないか」

「そのとおりですが、ワープロで打たれた原稿ですから、かならずしも平木が書いたものだとは、断定できないと思うのです」

「ワープロを使うのは最近の常識だろう？　違うのかね？」

と、三上がきく。

「作家の半分は、ワープロを使っているようです」

「平木は？」

「彼も、ここ五年ぐらいは、ずっとワープロを使用しているそうです」

「それなら、何の問題もないじゃないか？」

「そうなんですが——」

「何が、引っかかるのかね？」

「平木は、最近、口述筆記で原稿を書いていて、それをワープロで打つのは、妻のゆかの仕事だと耳にしたのです」

「それが、どうかしたのかね？　口述筆記の作家だって、平木だけじゃないんだろう？」

と、三上がきいた。

「もちろん、そうです。ただ、妻のゆかが、ずっとワープロで打っていたとすると、自然に、平木の小説の癖《くせ》がわかっていたと思うのです。言葉遣《ことばづか》いの癖です。それに、もともと、ゆかは文学少女で、小説を書いていたわけですから、夫の文体を真似することは、簡単だったと思うのです」

と、十津川はいった。

「つまり、問題の原稿『鬼怒川心中事件』は、妻のゆかがワープロで書いて、小説パーティに送りつけたものだと、君はいいたいわけかね？」

　三上が、強い眼で十津川を見た。

9

「そうです」

　と十津川は頷いた。

「そうだとしたら、ゆかは、なぜ、そんなことをしたんだね？」

　三上が、きいた。

「復讐です」

　と、十津川は短くいった。

「何の復讐だね？」

「夫の平木はわがままで、妻のゆかを無視して、女遊びをしてきました。特に、最近は、女子大生の木目みどりに夢中になっていたわけです。それに対する復讐ですよ」

　と、十津川はいった。

「しかし、今までの捜査では、ゆかは資産家の娘で、おっとりした性格で、夫の平木が浮気しても、じっと我慢《がまん》している女ということじゃなかったのかね？　離婚の意思を示していたわけでもないんだろう？」

と、三上がきいた。

「そういう話が聞こえる反面、ゆかは、大学時代、不倫をし、相手の男性と心中を図っています」

と、十津川はいった。

「だから、夫を殺したというのかね？」

「可能性は、あります」

と、十津川はいった。

「しかし、問題は、証拠だろう？　証拠がなければ、どうにもならんよ」

「証拠の一つが、原稿です。あの原稿が平木の書いたものではなく、妻のゆかの書いたものなら、彼女が、犯人である証拠の一つになると、思います」

「どういうことなのかね？」

と、三上がきいた。

「つまり、ゆかは、冷静に、夫殺しの計画を立て、それを実行したということです」

「冷静にか？」

「まず、平木が書いたように見せかけた原稿を、小説パーティにＦＡＸで送りつけます。雑誌社のほうでは、まったく疑わない。今まで、ずっとワープロで打たれた原稿で受け取っていましたし、文体も同じだからです。多少、文体が違っていても、べつに疑わなかったと思いますね。誰かが、他人の名前で、百枚もの原稿を送ってくるなどということは、ありえないからです。人気作家の原稿が入ったので、小説パーティは大喜びし、お礼をＦＡＸで送ったが、そのときには、平木は韓国へ行ってしまったのです。当然、平木は、何も知らずに、韓国旅行をしていたわけです」

「それも、ゆかの計画の中に入っていたわけかね？」

　と、三上がきく。

「そうです。問題の原稿は、私小説風になっていて、平木と思われる『私』が、鬼怒川で、関係のある女子大生を殺して埋め、帰京したあと、寂しさから、自殺するストーリーです。この原稿が小説パーティに発表されたあと、小説どおりに、平木が車ごと海に突っ込んで死んだら、誰もが自殺と考えるはずです。いかにも、平木らしい死に方だといってです」

　と、十津川はいった。

「だが、最後は、小説のストーリーと、違っていたんだろう？」

「そうです」

「ゆかが殺したのなら、何とかして、自分の書いたストーリーどおりに、平木を殺すんじゃないのかね？」

「もちろん、そのとおりです。彼女は、何とかして、夫を自動車ごと、晴海の埠頭から海に突き落とそうと考えたにちがいありません。それで、彼女の計画は、成功するわけですから」

と、十津川はいった。

「じゃあ、なぜ、そうしなかったのかね?」

と、三上が眉を寄せてきく。

「第一は、時間です」

「時間?」

「平木夫妻は、十五日に韓国から帰りました。留守中に、小説パーティがお礼のFAXを送っていたので、平木は、当然、自分の名前の原稿が送られたことを知ってしまいます。平木は、わけがわからずに、小説パーティに電話をかけます。小説パーティのほうもびっくりして、問題の原稿のゲラを持参して、何とかして、あの原稿を八月号に載せさせて欲しいと懇願します」

「それで?」

と、三上は先を促す。

「平木は、そのゲラに眼を通します。そして、ひょっとすると、妻のゆかが書いたのではないかと疑う。これは、当然の成り行きです。もし、夫の平木が、自分の計画に気づいたら、大変です。ゆかは、夫がまだ迷っているうちに、殺さなければならなくなったわけです。つまり、時間に追われたわけです」

と、十津川はいった。

「だから、ストーリーどおりに、いかなかったというのかね？」

三上は、まだ、十津川の推理に対して、半信半疑の表情をしていた。

「そうです。夫を酔わせて車に乗せ、それを車ごと海に突き落とすというのは、意外に難しかったんだと思います。夫が、ゆかに対して、疑いの眼を向けはじめていましたからね。そこで、ゆかは、一挙に夫を毒殺してしまうことに、変えたのだと思います」

「それで、君は、彼女がどうやったと、思うのかね？」

と、三上がきいた。

「夫を、車で晴海に連れ出し、そこで青酸入りのシーバスリーガルを飲ませるのは、難しいと思います。平木は、自分が書いたという原稿に眼を通しはじめていましたからね。それには、ラストで、自分がH埠頭で、車ごと海に飛び込むことになっています。それを読んだ夫を、晴海埠頭に、車で連れ出すのは難しいですよ。それで、ゆかは、計画を変更したんだと思います。夫が愛飲していたシーバスリーガルに、青酸を混入させておく。平木は、ラストどおりの行動にゆかが出れば、警戒したでしょうが、まさか、酒の中に青酸が入れられているとは思わず、飲んでしまったのだと思います」

「自宅で、死んだということかね？」

「そうです。毒死した平木をベンツに乗せて、ゆかは、H埠頭つまり晴海埠頭へ、運びました。傍には、青酸入りのシーバスリーガルをフラスコに入れて、投げ出しておきます。もちろん、そのフラスコにも平木の指紋をつけてです」

　と、十津川はいった。

「晴海まで運んだのだから、なぜ、そのまま、海へ突っ込ませなかったのかね？　車ごと沈めれば、原稿のストーリーどおりになったんじゃないのかね？」

　と、三上がきいた。

「それは、できません」

「なぜだ。エンジンをかけておけば、女の力でも、車を海中に飛び込ませることは、可能だろう？」

「そうですが、青酸で殺してしまっています。車が引き上げられたとき、当然、死体は司法解剖されますから、毒死はわかってしまいます。青酸死をしてから、車ごと海に突っ込むというのは、誰が考えても、不自然で、殺人《ころし》事件の疑いが持たれてしまいます。だから、ゆかは、車を海に飛び込ませられなくなってしまったのです。車を埠頭の上に停めておけば、半々で自殺と考える人がいるし、あの小説が小説パーティに載れば、自殺と考える人が、もっと増えるはずだと、計算したんだと思います」

と、十津川はいった。

三上は、そこまできいて、じっと考え込んでいたが、

「もし、君のいうとおりだとしたら、鬼怒川で木目みどりを殺し、裏山に埋めたのも、平木ではなく、妻のゆかということになってくるんじゃないのかね？」

と、十津川を見た。

十津川の顔に、微笑が浮かんだ。

「私は、そう思っています」

「しかし、現実に、平木は、木目みどりと鬼怒川温泉に行っているんだろう？」

「行っています」

「会津若松で、レンタカーも借りているんじゃないのか？」

「鬼怒川署の竹田警部の調べで、それは、はっきりしています」

と、十津川はいった。

「それでも、木目みどりを殺したのは、平木ではなく、妻のゆかだと思うのかね？」

と、三上はきいた。

「平木は、女性関係が、ルーズな男です。それも、こそこそ遊ぶのではなく、堂々と

芸者を身請けしたり、ホステスに店を持たせたりしています。妻のゆかは、どんなことをしても、文句はいわないだろうと、タカをくっていたんじゃないかと思います。木目みどりとの鬼怒川行きにしても、妻に知られても、平気だったんだと思います」

「だから、ゆかは、二人が、鬼怒川温泉のどこに泊まっていたか、知っていたと思うのかね？」

と、三上がきく。

「はい。知っていたと思いますね。わがままな平木は、彼女に、鬼怒川温泉の旅館まで、金を持ってこさせるぐらいのことはしたんじゃないかと、私は、思っています。平木のような男は、そこまでやっても、妻は、怒らないものと、思い込むものです。まして、妻が、怒りから、殺人に走るなどということは、爪《つめ》の先ほども思わなかったでしょう」

と、十津川はいった。

「それで、木目みどりを、ゆかが殺したと思うのか？」

と、三上がきいた。

「そのほうが、自然です」

「というと、あの小説のように、平木が木目みどりを殺すのは、不自然だというのかね？　小説では、みどりではなく、マリになっているんだが」

「あの小説を何度も読み返しましたが、いちばん不自然なのが、鬼怒川で『私』がマリを殺すところでした」

と、十津川はいった。

「私には、何となくわかったがね」

と、三上がいう。

「それは、レトリックとしてでしょう？　もっともらしい言葉が並んでいるので、頭の中で、何となくわかったような気がしてしまうんじゃありませんか。単純に考えれば、中年男が、生きのいい女子大生に、参ってしまったというだけのことです」

と、十津川がいうと、三上は、笑って、

「君らしくもなく、即物的な考え方をするんだね」

「あの部分の、もって廻った形容を、すべて取り去ってみたんです。もちろん無邪気な若い女子大生に、男が勝手に引きずり廻されて、おたおたするというのはわかります。しかし、だからといって、男が女を殺すというのは、不自然だと思うのです。殺すのは、やはり憎しみからですよ。レトリックで、殺すわけじゃありません」

「憎んでいたのは、妻のゆかということか？」

「そうです。だから、ゆかが殺したのなら、納得がいくのです。木目みどりを殺し、林の中に埋めたのは、私はゆかだったと思っています。深く埋められなかったのは、小説に書かれているような、殺人に疲れてしまったからではなく、犯人が女だったからだと、思いますね」

と、十津川はいった。

「しかし、すべて君の推理でしかないだろう？　多くの人は、あの小説どおりに、平木が、鬼怒川で木目みどりを殺し、自殺したと思っているし、栃木県警も、明日、その線で、事件は解決したと発表する。君はゆかが犯人だと、証明できるのかね？」

と、三上はきいた。

「今は、まだできませんが、証拠はつかみます。すでに西本刑事たちが、その線で、ゆかの周辺を調べ直しているところです」

十津川は、自信を持って、いった。

10

翌日、栃木県警は、鬼怒川署で事件の解決を発表し、捜査本部を解散することになった。

地方の警察の発表なので、いつもなら、大新聞やテレビは取り上げないのだが、この日はすべての新聞、テレビが報道した。

そのマスコミは、十津川たちの談話をとるために、築地署の捜査本部にも押しかけて来た。

十津川は、その対応は、三上部長に委《まか》せることにした。三上は、はっきりと物をいわないで、その代わり、マスコミに言質《げんち》を取られない才能があったからである。

十津川は、部下の刑事たちと一緒に、ゆかの追及に全力をあげることにした。

平木邸のある世田谷区の玉川《たまがわ》署に仮の捜査本部をつくり、マスコミを避け、捜査をすすめた。

十津川は、亀井と、まず平木邸にゆかを訪ねた。

玄関に忌中《きちゅう》の札がかかっている。それを見ながら、インタホンを鳴らした。

黒い絽《ろ》の着物姿のゆかが、二人を迎えて、奥に通してくれた。

十津川は、初めて、ゆかという女を見つめた。

一見して、いいところの出で、物静かな感じを与える。だが、その表情からは、何を考えているのか、窺《うかが》い知ることができなかった。

（こういう女が、いちばん手強《てごわ》いのだ）

と、十津川は思いながら、

「大変なことでしたね」

と、ゆかに声をかけた。

「ありがとうございます」

　ゆかが、小さく頭を下げた。

「今、どんなお気持ちですか？」

　と、十津川がきくと、ゆかは俯《うつむ》いていた顔をあげて、

「どんなと、申しますと？」

　といい、柔らかく反問してきた。

「あんな小説が発表されて、そのうえ、小説どおりにご主人が亡くなってしまって、どんなお気持ちでいるのかと、思いましてね」

「正直にいって、呆然《ぼうぜん》としておりますわ。何をしていいのか、わからないというところです。私は、意気地《いくじ》のない女でございますから」

　と、ゆかはいった。

「小説パーティに載った小説をどう思いますか？」

　と、十津川はきいた。

「そういわれましても、私は、主人の仕事には、タッチしておりませんから」

「読んでいないということですか？」

「いえ。いろいろといわれていますので、あれは眼を通しましたわ。でも、あれが、そのまま主人の生き方かどうかは、わかりませんの」

と、いった。

「それは、おかしいですねえ」

と、十津川はいった。

「何がですか？」

「じつは、こんなものを見つけたんですよ」

十津川は、今年二月の週刊誌の切り抜きを取り出して、ゆかの前に置いた。

「これには、『最良の批判者は、私の妻』ということで、平木さんがインタビューに答えています。ここには、平木さんが口述し、それをあなたがワープロに打って、出版社に送っていると、書いてありますよ。したがって、奥さんが必ず眼を通す。妻はファンであるとともに、最良の批判者だと、平木さんは、答えています」

「それは、主人が勝手に喋っているんです」

「嘘をついているわけですか？」

「ええ」

「では、原稿は、ご主人が、ワープロで打っていたんですか？」

「はい」

「それも、おかしいですね。何人かの編集者に会いましたが、平木さんは、ワープロがうまく打てないので、きっと奥さんか秘書が、口述をワープロで打っているんだろうと、皆さん、おっしゃっていましたよ」

と、十津川はいった。

ゆかは、黙ってしまった。

そのまま、一言も喋ろうとしない。といって、屈服した感じでもなかった。自分の殻《から》の中に閉《と》じ籠《こも》ってしまったという感じなのだ。

「先月の五月十日から十五日まで、平木さんは、木目みどりを連れて、鬼怒川温泉へ行っていますが、その間、あなたは、どうしていらっしゃったんですか？」

と、十津川はきいた。

その質問にも答えないのかと、思っていたが、ゆかは、考えながらだが、

「ずっと、家におりましたわ」

と、短く答えた。

「鬼怒川には、行かなかったんですか？」

と、亀井がきいた。

「行きませんわ」

「なぜです？　ご主人のことが、心配じゃなかったんですか？」

「心配しても、仕方がありませんわ。主人は、あれが病気でしたから」

「女遊びがですか？」

「ええ。だから、あれこれいうより、放っておいたほうがいいと思っていましたわ」

と、ゆかはいった。

「失礼ですが、車の運転はされますか？」

と、十津川が急に話題を変えた。

一瞬、ゆかは、何をきかれたのかわからないという表情で、

「え？」

「免許証は、お持ちですか？」

と、十津川はきき返した。

「はい。持っていますわ」

「では、ご主人のベンツを運転されたことも、ありますね？」

「ええ。たまには、ありますわ」

「ベンツを運転して、鬼怒川に行かれたことは、ありませんか？」

と、十津川がきくと、こんどは、ゆかがはっきりと、

「それは、ありませんわ」

「そうですか。ご主人も、鬼怒川にベンツを運転して行ってはいませんね。向こうでレンタカーを借りているんです」

「ええ」

「ところが、栃木県警は、鬼怒川の事件を追っているんですが、その中で、東京ナンバーのベンツが、鬼怒川で目撃されていることを確認しているんです。そのナンバーが、平木明さんのベンツと同じなのです。平木さんは、当時、会津若松でレンタカーを借りていたわけだから、彼がベンツに乗っているわけがない。とすると、奥さんのあなたが乗って、鬼怒川に行ったとしか考えられないのですよ」

と、十津川はいった。

もちろん嘘だが、ゆかが木目みどりも殺したとすれば、車を使ったにちがいないという確信があった。

木目みどりを殺し、鬼怒川温泉の裏山に埋めるには、どうしても車が必要なのだ。ゆかは、明らかに動揺した。きっと、十津川がはったりを利《き》かせたと気づいているのだと思う。十津川のほうも、わかってもいいと思っているのだ。わかっても、動揺するだろうと考えたのだ。

案《あん》の定《じょう》、ゆかは、十津川の言葉に、一瞬、どう反応したらいいのかわからない様子で、言葉に詰まっている。

この瞬間、十津川は、ゆかが木目みどりをも殺したにちがいないと、確信した。

「どうなんですか？」

と、十津川が重ねてきくと、ゆかは微笑して、

「もちろん、違いますわ」

「しかし、目撃者がいるんですがねえ」

「きっと、ナンバーを、見違えたんだと思いますわ。最近は、ベンツも増えましたから」

と、ゆかはいった。動揺したが、すぐ、ここは笑って否定したほうがいいと、考えたのだろう。

だが、これでショックを与えられたと、十津川は、満足して、亀井を促して、平木邸を辞することにした。

「これから、どうしますか？」

と、外に出たところで、亀井が十津川を見た。

「彼女が、木目みどりと夫の平木を殺したという証拠をつかむのは、ちょっと難しいだろうね」

と、十津川はいった。

「しかし、彼女は、間違いなく犯人ですよ」

「わかってる」

「それなら、何とかしないと――」

「彼女は、所詮《しょせん》はアマチュアだよ」

と、十津川がいった。

「と、いいますと？」

「彼女は、小説を使って、うまくしてやったと思っているかもしれないが、殺人については、アマチュアなのさ。だから、証拠がつかめなくても、ボロを出す。圧力をかければ、怯《おび》えから逃げ出すはずだ。逃げ出さなくても、神経的に参ってしまうだろう」

と、十津川はいった。

「それでは、明日から、彼女の行動を監視しましょう。わざと、わかるように尾行もつけます」

と、亀井がいった。

11

亀井は、翌日からそれを実行した。刑事たちが二人でコンビを組み、交代で平木邸を監視し、ゆかが外出すれば、尾行するのである。

もちろん、その一方で、ゆかについての聞き込みを続行した。

夫婦での韓国旅行について、新しいことがわかった。

出発のとき、夫婦で一緒に出発したのではなく、夫の平木が、一人で先に成田を出発したことは、わかっていたが、ゆかの行動もわかったのである。

平木は、午前一〇時〇〇分成田発の日航951便に乗っているのだが、ゆかの名前が、同じ日の一五時五五分成田発の大韓航空《だいかんこうくう》1便の乗客名簿に載っていることをつき止めた。

これなら、問題の小説をFAXで小説パーティに送りつけたあと、ゆっくり韓国に向かえるし、そのとき、家には彼女ひとりだったのだから、夫の平木に知られずに、小説を送れたことになる。

このことも、十津川は、わざとゆか本人に会って伝えた。着々と、お前を追い込んでいるのだぞという脅《おど》しだった。

そんな日が一週間続いたあと、突然、ゆかが動いた。

その日、ゆかは、午前十時過ぎに家を出た。

電話でタクシーを呼んで、それに乗っての外出だった。

西本と日下の二人が、パトカーで尾行に移った。その動きは、無線電話で十津川に知らされた。

――いま、ゆかの乗ったタクシーは、都心に向かっています。

「行先の見当は、つかないか？」

――まだ、わかりません。

「わかり次第、連絡してくれ」

それが、最初の連絡だった。

「逃げ出したんでしょうか？」

と、亀井がきく。

「それは、わからないよ。ただ単に、気晴らしに、都心のデパートに、買い物に出かけたのかもしれないからね」

と、十津川は慎重にいった。

――いま、東京駅近くに来ています。

「東京駅から、列車に乗るつもりかな？」

――そうではないようです。東京駅前を通り過ぎて、神田に向かっています。

「神田？」

――神田須田町《かんだすだちょう》を走っています。

それが、二回目の報告だった。

十津川は、東京の地図を持って来て、広げた。

(どこへ行く気なのか？)

それに、彼女は、何をしようとしているのだろうか。

——馬喰町《ばくろちょう》に出ました。

と、三度目に西本が、連絡してきた。

「浅草《あさくさ》だ。カメさん、行こう」

と、十津川は亀井に声をかけた。

「浅草？」

「そうだ。浅草から、鬼怒川行きの電車が出てる」

と、十津川はいった。

二人は、携帯電話を持って、飛び出した。何かあったときの、連絡のためである。

二人は、パトカーを東武浅草駅《とうぶあさくさ》に向かって走らせた。

ハンドルを握る亀井が、赤色灯をつけ、サイレンを鳴らして、スピードをあげた。

二人の乗ったパトカーにも、先行する西本たちから連絡が入って来る。

——浅草寺《せんそうじ》の雷門《かみなりもん》が見えてきました。

「行き先は、東武浅草駅だよ」

――鬼怒川へ行くつもりでしょうか？

「たぶん、そうだろう。私とカメさんも、いま、そちらに向かっているが、追いつくより先に、彼女が電車に乗ってしまったら、君たちも一緒に乗って行け」

――わかりました。

「そのあとの連絡は、私の携帯電話にするんだ。番号は知っているね？」

――知っています。やはり、東武浅草駅です。いま、タクシーが停まって、彼女が、降ります。

十津川と亀井のパトカーも、時速一〇〇キロで走り続けた。

神田を抜け、馬喰町を通過する。

東武浅草駅の入口が見えた。この駅は、松屋《まつや》デパートの二階にある。

西本たちのパトカーが、停まっているのが見えた。

十津川たちは、そのうしろに停めて降りた。

前のパトカーには、日下がいた。

「西本刑事は？」

と、亀井がきくと、

「ホームへ、入っています」

と、いう。

十津川と亀井は、東武浅草駅の構内に入り、二階への階段を上って行った。

日光《にっこう》や鬼怒川方面への電車は、二階にあるホームから、出発することになっているからである。

上野《うえの》駅もそうだが、この東武浅草駅も、東京駅や新宿《しんじゅく》駅とは、雰囲気が違っている。

どこか、やぼったくて、人なつかしいのだ。

そして、聞こえてくる会話には、東北と北関東の訛《なま》りがある。

二階のコンコースには、人がいっぱいだった。

十津川たちが探していると、西本刑事のほうから駈け寄ってきた。

「やはり、ゆかは、鬼怒川へ行く気です。一二時三〇分発の特急の切符を買いました」

と、西本は小声で報告した。

十津川は、腕時計に眼をやった。

「まだ、十三分あるね。彼女は、どこにいる？」

「向こうの喫茶店で、コーヒーを飲んでいます」

と、コーナーにある喫茶店を指さした。

「ここから先の尾行は、私とカメさんでやる。君は、私たちの車を戻しておいてくれ」

と、十津川はいった。

西本が階段を降りて行ったあと、十津川は、改札口の向こうのホームに入っている列車に眼をやった。

「彼女は、何しに鬼怒川へ行くつもりなんでしょうか？」

亀井が、首をかしげた。

「逃げるなら、殺人を犯した鬼怒川には行かないだろうね。何をする気かな？」

と、十津川がいった。

二人は、同じ一二時三〇分発の列車の切符を買った。

その列車が入線して、車内の清掃が始まった。

喫茶店からゆかが出てきて、改札口を抜け、ホームに入るのが見えた。

十津川と亀井も、改札口を通った。今日は相手に気づかれないように、尾行する必要があった。彼女の行動が、つかめないからだった。

鬼怒川温泉行きの特急「きぬ」は、スペーシアと名づけられた東武自慢の列車である。

流線型で、白い車体にレッドラインが入っている。

乗車が始まって、ゆかも、先頭の1号車に乗り込んだ。

特急「きぬ」は、六両編成で、3号車の半分がビュッフェ、6号車の一部が、個室になっている。

十津川と亀井は、ゆかが乗り込むのを確認してから、2号車に入った。

一二時三〇分発の特急「きぬ119号」は、日光への分岐点《ぶんきてん》の下今市《しもいまいち》に停車するだけで、一四時二五分に鬼怒川温泉に着く。

車内で、食事の注文をききに来たので、十津川たちは、昼食をとっていないのを思い出し、エビピラフを頼んだ。

外観もだが、車内もゆったりとしていて洒落《しゃれ》ている。サービスもいい。ただ、いかにも東武電車だなと思ったのは、酒のつまみの中に、おでんがあったりするところだった。

車内は、ほぼ満席だった。

最近、温泉ばやりのうえ、日光には、江戸村《えどむら》があったり、日光猿軍団《にっこうさるぐんだん》がいたりするからだろうか。

列車は、北千住《きたせんじゅ》、草加《そうか》、越谷《こしがや》と、通過して行く。

十津川は、ふと、昔、「草加、越谷、千住の先」という言葉があったのを、思い出した。

あれは、たしか、その辺が、東京の田舎という意味だったように覚えているのだが、今はびっしりと住宅が建っていて、田舎の味わいはなくなっている。

一四時ちょうどに、下今市に着いた。

ここから、日光方面行きが分かれる。三分の一ほどの乗客が降りて行った。

十津川は、じっとホームを見ていた。ひょっとして、ゆかが日光へ行く気になって、ここで降りるかもしれないと、思ったからである。

しかし、彼女は降りなかった。

七分停車で、「きぬ１１９号」は下今市を出発した。

終点の鬼怒川温泉駅に着いたのは、一四時二五分である。

まだ、梅雨が明けず、空は、どんよりと重い。改札口を出ると、ゆかは、タクシーを拾った。

十津川と亀井も、すぐ別のタクシーを拾って、そのあとを追《つ》けさせた。

ゆかの乗ったタクシーは、七、八分走って、旅館の前で停まった。

「木目みどりが泊まった旅館だよ」

と、十津川が、亀井にいった。

「ここで、何をする気ですかね？」

「わからんね。ザンゲでもするつもりで、来たのかな」

と、十津川はいった。

ゆかがフロントで宿泊の手続きをし、エレベーターで上がって行くのを確かめてから、十津川たちは、ロビーに入り、フロントで警察手帳を示した。

「内密にお願いしたい」

と、十津川はいい、ゆかの部屋番号をきき、自分たちも同じ階に泊まれるようにして欲しいといった。

ゆかの部屋は、５０８号室である。十津川たちは、同じ五階の５１４号室に案内された。

窓を開けると、眼の下を鬼怒川が流れていた。

しかし、十津川には、川の美しさは関心がなかった。彼が、いま、関心があるのは、反対側の裏山のことである。

裏側には、低い山が連《つら》なっている。鬱蒼《うっそう》とした杉の林を持った山である。

その中に、木目みどりが埋められた場所があるのだ。

ここへゆかがやって来たのは、もちろん、木目みどりの死と関係があるだろう。

「ゆかは、いったい、何を考えているんですかね？」

と、亀井は眼の下の渓流を見ながら、呟《つぶや》いた。今年は雨が多いせいか、激しい音を立てて、水は流れている。

「二つしか考えられないね。彼女は、この鬼怒川で、木目みどりを殺して埋めた。自責の念にかられて、花束でも捧《ささ》げに来たか。逆に、自分の犯行の痕跡を、消しに来たのかね。彼女が犯人だという証拠はまだないから、彼女は、きちんと痕跡を消しておけば大丈夫だと、タカをくっているのかもしれない」

と、十津川はいった。

十津川は、亀井に向かって、犯人のゆかは、所詮は殺人のアマチュアだといった。その見方は変わっていないが、彼女がここに何しに来たのかは、見当がつかないのだ。一つだけ、解明の手掛かりになると思われるのは、ゆかが、偽名を使わずに、この旅館に泊まったことだった。

神名ゆかと、本名を宿泊カードに書き込んでいた。

部屋に電話がかかってきた。フロント係からで、「508号室のお客さまのことで、お知らせしたいことがありまして」

と、いう。

「彼女が、何かしましたか？」

と、十津川は緊張してきいた。

「いま、花束を作って欲しいといわれました。うちにはないので、駅前の花屋から、取り寄せることにしました」

「花束をね」

「ええ。三万円ぐらいのものを、四時までに欲しいと、いわれました。それと、その時間に、タクシーを呼んでくれということです」

と、フロント係はいった。

「わざわざ、ありがとう」

と、十津川は礼をいった。

「どういうことでしょう？」

と、亀井が十津川にきく。

「普通に考えれば、木目みどりを埋めた場所に、花束を捧げたいということだろうね」

と、十津川はいった。

「自分の犯した罪を悔いてですか？」

「それなら、彼女の自供も近いだろうがね」

と、十津川は、あまり自信のないいい方をした。

二人は、一階のロビーに降りた。

午後四時に、ゆかの呼んだタクシーがやって来た。

ゆかが五階から降りてきて、フロント係から花束を受け取り、タクシーに乗り込んだ。

タクシーは出発した。が、十津川は、すぐには追わなかった。行き先は、わかっていたからである。

わざと間を置いて、タクシーを呼び、問題の場所へ行ってくれと頼んだ。地元のタクシーなので、死体が見つかって、大騒ぎになった場所はよく知っていた。

今にも、雨の降りそうな空模様の中、二人を乗せたタクシーは、S字を描く道を登って行く。

道の両側は深い杉林で、たちまち温泉街は見えなくなった。

「死体を埋めるには、絶好ですね」

と、亀井は、延々と続く杉林に眼をやって、いった。

ほとんど、車に行き会うことがない。

途中から、タクシーは、脇道《わきみち》に入った。

前方に、車が停まっているのが見えた。ゆかの乗って行ったタクシーである。

運転手が車の外に出て、杉林のほうを見ている。しばらくして、薄暗い杉林の中から、ゆかがゆっくりと出てきた。

「声をかけてみよう」

と、十津川がいい、二人は、車から降りて、ゆかに近づいて行った。

ゆかが気づいて、こちらを見た。

「何をなさっているんですか？」

と、彼女のほうから質問してきた。

「こちらこそ、おききしたいですね。ここは、木目みどりが、埋められていた場所ですよ」

と、十津川はいった。

ゆかは、微笑した。

「知っていますわ」

「何をしていたんですか？」

と、亀井がきいた。

「花束を捧げてきました」

「やはり、自責の念にかられてですか？」

「自責の念って、何でしょう？」

「木目みどりを殺したことに、自責の念を感じているわけでしょう？　嫉妬からとはいえ、一人の女性を殺したんですからね」

亀井がいうと、ゆかは、小さく首を横に振って、

「殺したのは、主人です。でも、私にも、妻として、主人のしたことには責任があり

ますわ。だから、こうして、花束を捧げに来たんです。失礼しますわ」

と、ゆかはいい、タクシーに乗り込んだ。

彼女を乗せた車が走り去るのを、十津川と亀井は、見送った。

「われわれが追っ《》けて来ているのを、彼女、知っていましたね」

と、亀井がいまいましげにいった。

「だろうね。ここで、私たちを見ても、驚いた気配がなかったからね」

と、十津川はいった。

「じゃあ、花束は、われわれに見せるためのパフォーマンスだったんでしょうか？」

と、亀井がいった。

12

二人が、旅館に戻ると、東京から電話があった。三上部長からで、

「小説パーティの長谷川編集長から、君に電話があった。ぜひ、話したいことがあるというので、そちらの電話番号を教えておいたよ」

と、いう。

その数分後に、長谷川から電話が入った。

「じつは、今月号に、例の平木先生の小説が載って、たいへん反響がありました。そこで、味をしめたというわけではないんですが、未亡人のゆかさんに、事件の渦中に置かれたときの気持ちを書いてくれないかと、お願いしていたんです。その原稿が、今朝早く、FAXで送られて来ていましてね。いま、出社して、見たんですよ。内容が内容なので、ぜひ、十津川さんに、お知らせしておきたいと思いまして」

と、長谷川はいった。

「FAXで、こちらの旅館に送ってもらえますか？　電話でおききしてもいいんですが、内容が重大なら聞き違えが怖いですから」

と、十津川はいった。

旅館のFAX番号を教えてすぐ、フロントに置かれたFAXに、ゆかの原稿というのが送られて来た。例の原稿と同じく、ワープロで書かれたものだった。

〈私は、夫の平木が、ああした自殺をしてしまったあと、今までずっと考え続けてきました。

いったい、今度のことは、何だったのだろうかということです。最初は、夫の浮気と勝手な行動に、腹が立ちました。おまけに、あんな原稿を発表してと、思いました。死ぬのなら、ひとりで静かに死ねばいいのに、変なパフォーマンスで最後を締めくくったので、周囲の人たちに、大きな迷惑をかけてしまいました。あれは、いかにも、平木らしいといってくださる方もいましたけれど、私も警察に調べられましたし、小説パーティの皆さんにも、ご迷惑をおかけしてしまいました。

しばらくは、怒りが続いていましたが、このところ、少しずつ気持ちが変わって参りました。そちらから心境を書くようにいわれて、自分の気持ちを突きつめるチャンスを与えられたからだと思います。

私は、平木と結婚したとき、彼の性癖のことは知っていました。女癖の悪いことです。でも、私は、それが、平木の小説の味つけになっているのだと思い、寛大に振舞おうと自分にいいきかせ、実行しました。

今から考えると、それが、かえって、いけなかったのだと思います。寛大であることは、結局冷たいということになり、夫の女遊びは、ますます激しくなっていったのです。きっと、夫としては、妻である私が、もっと彼の行動をとがめたり、嫉妬したりしてくれることを、望んでいたのだと思います。私がそうしなかったために、夫は、気持ちが空回りして、それを止めようと、ますます女あさりをしていったのだと、思うのです。

そう考えれば、ひょっとすると、悪いのは私で、夫も木目みどりさんも、犠牲者なのではないか。そんなふうにも考えるようになりました。

私が夫を強く引き止めていたら、夫は、木目みどりさんに走らなかったでしょうし、死ぬこともなかったと思うからです。

それに、夫が自殺した今、私の胸に生まれたのは、これで何もかも終わってしまったという寂しさなのです。

夫は、私に対して、不貞でした。でも、その夫がいなくなってしまった今、私は、やたらに寂しいのです。やり切れない寂しさです。まるで、夫の最後の原稿の末尾のように、私は、寂しく、生きるだけの気力が失《な》くなってしまったのです。

私は寛大さのために、私が、冷たさを寛大さだと錯覚《さっかく》したために、木目みどりさんは殺され、夫は、自殺してしまいました。その償《つぐな》いもしなければなりません。

私は、これから、木目みどりさんの霊に花束を捧げに行ってきます。そのあとで、私は、自分のやり方で、この世におさらばしたいと思っています。

この原稿を九月号に、お載せになっても、没《ぼっ》にしてくださっても構いません。もし載れば、たぶん私の遺書代わりになると思います。

編集長様　神名ゆか〉

「ゆかは、自殺する気ですかね？」

と、眼を通したあと、亀井が十津川にきいた。

十津川は、首を横に振った。

「彼女が、木目みどりと夫を殺したんだ。だから、ここに書かれているのは嘘だよ。その女が、自殺するというところだけ、本当のことを書くかね？」

と、いった。

「じゃあ、これは、パフォーマンスですか？」

「小説パーティへ、原稿を送りつけたときと同じだよ」

と、十津川はいった。

「畜生！」

と、亀井が叫んだとき、電話が鳴った。

フロントからだった。

「今、５０８号室のお客さまが、チェック・アウトなさいました」

と、いう。

すでに、午後九時を過ぎている。こんな時間に、列車で帰京したのか。それとも、ひょっとして、東京ではなく、別の場所へ向かったのか？

タクシーを使ったのか？

十津川と亀井は、外出の支度に着替えて、一階へ駈け降りた。

フロントに詳しいことをきくと、ゆかはタクシーを呼んでくれといい、それに乗って出発したという。

十津川は、そのタクシーの営業所に、電話してみた。ゆかを乗せた運転手は、まだ戻っていなくて、会津若松に行くと、連絡して来たということだった。ゆかが、会津若松へ行ってくれと、いったのだろう。

「私たちも、行ってみよう」

と、十津川はいった。

同じタクシー会社の車を頼み、二人は、それに乗って、会津若松に、行ってみることにした。

小雨が降り始めていた。

十津川は、タクシーの中から、携帯電話を使って、東京の西本刑事に連絡をとった。

小説パーティの編集長に会って、ゆかの手紙のコピーをもらうこと、編集長には、原稿を九月号に載せるのは、やめたほうがいいと、忠告しておくことを伝えた。

二人を乗せたタクシーは、ひたすら北に向かって走る。

十津川が頼んで、ときどきゆかを乗せたタクシーからの連絡を話してもらった。

約一時間半後、ゆかの乗ったタクシーは、会津若松に着いた。

——どうやら、そのあと、猪苗代《いなわしろ》湖へ向かうようだよ。

と、営業所から連絡が入った。

十津川は、運転手に、こちらも猪苗代湖へ向かってくれと頼んだ。

さらに、携帯電話で西本を呼び出し、平木夫妻と、猪苗代湖が関係あるかどうか、調べろといった。

二時間後、猪苗代湖まで十二キロの所までやって来た。

十津川の持っている携帯電話が鳴った。

――西本です。平木夫妻と猪苗代の関係ですが、二人が結婚したころ猪苗代湖から、天童《てんどう》、作並《さくなみ》温泉と廻って、東京に戻ったことがあるようです。

「結婚直後か？」

――そうです。ハネムーンみたいなものでしょう。だから、ゆかにとっても、忘れ難《がた》い旅行だったんじゃないでしょうか？

「わかった」

と、十津川はいった。

猪苗代湖が、見えてきた。だが、ゆかが、どこへ行ったかわからない。

十津川は、運転手に、行き先を営業所にきいてもらおうとしたが、もう、無線が伝わらない場所に来てしまっているという。

十津川は、携帯電話を運転手に渡して、これで、かけてみてくれといった。

運転手は、車を停め、十津川の携帯電話を使って、連絡していたが、

「駄目ですよ。営業所は出ますが、向こうのお客さんを乗せた加東《かとう》さんから連絡が届かないし、呼び出せないそうです」

「いつになったら、その加東運転手と連絡がとれるんだ？」

と、亀井がきいた。

「彼が、無線の届く場所まで、戻ったらです」

と、いう返事だった。

十津川と亀井は、車の中でじっと待った。一時間以上経《た》って、やっと連絡がついた。

加東運転手は、ゆかを湖畔のMホテルに運んだのだという。

十津川たちは、急いで、そのMホテルに向かった。すでに深夜である。

Mホテルを見つけて、ロビーに飛び込む。フロントにきくと、間違いなく、二時間前に神名ゆかがチェック・インしていた。

「二日前に、ご予約なさいました」

と、フロント係はいう。

「何号室だね？」

と、亀井が早口できいた。

「７０１２号室ですが」

「いま、間違いなく、そこにいるのか？」

「いらっしゃるはずですが――」

と、いいながら、フロント係は、７０１２号室に電話をかけていたが、青い顔になって、

「お出になりません」

「行ってみましょう」

と、十津川がいった。

フロント係がマスター・キーを持って、三人で七階にあがり、７０１２号室を開けた。

誰もいなかった。キーもない。

フロント係が、テーブルの上の封筒《ふうとう》を見つけて、十津川に見せた。

このホテルの封筒と便箋《びんせん》が、使われていた。その便箋には、ボールペンで次の言葉が書かれていた。

〈私は、死ぬために、ここへ来ました。永遠に、猪苗代の水底で眠っていたい。

探さないでください。

ホテルの皆様、ご迷惑をおかけします。お許しください。　神名ゆか〉

「裏に、庭がありますね」

と、十津川は窓から外を見ていった。

「はい。湖を見たいというお客さまのために、裏へも出られるようになっています。芝生《しばふ》の庭とうちのプライベイト・ビーチがあります」

「ボートは、置いてありますか？」

「ええ。三隻のボートがとめてあります。お客さまが、ボート遊びをなさるときのためにです」

「三隻ですか？」

「ええ」

「二隻しかありませんよ」

と、十津川は窓から湖畔を見下ろしていった。

「おかしいな」

「行ってみましょう」

と、十津川が先に立って、部屋を飛び出した。

一階のロビーから、庭に出られるようになっている。

十津川と亀井は、飛び出した。フロント係があわててついてくる。

このホテルのプライベイト・ビーチには、小さな桟橋《さんばし》が作られ、ボートが繋留《けいりゅう》されている。

「一隻足りません。まさか、7012号室のお客さまがあれに乗って――？」

と、フロント係は顔色を変えている。

「たぶんね――」

といって、十津川は、黙ってしまった。

翌朝、猪苗代湖の真ん中あたりで、漂っているボートが発見された。

Mホテルのボートで、ボートの中には、ホテルの焼印が押されたスリッパが、きちんと揃《そろ》えて、置かれてあった。

地元の警察は、神名ゆかが、自殺するつもりで、ボートを漕ぎ出し、飛び込んだのだろうと発表した。

十津川は、すぐ、東京の西本たちに、ゆかを探せと指示し、自分たちも、早朝の列車で、東京に戻ることにした。

捜査本部で迎えた西本が、

「ゆかですが、億単位の現金を、スイス銀行に、移していることがわかりました」

と、顔を紅潮させていった。

「それなら、海外へ脱出する気でいることになるが――」

「しかし、警部。神名ゆかの名前で、空港に手配すれば、逃げられませんよ」

「すぐ、各地の国際空港に、電話で手配してくれ」

と、十津川はいった。

刑事たちが、電話をかける。

十津川は、少しずつ不安になってきた。

ゆかは、頭のいい女だ。その彼女なら、神名ゆかの名前で手配されたら、海外への脱出は、不可能なことはわかっているだろう。

「彼女の結婚する前の名前は、何だったかね？」

と、十津川は刑事たちにきいた。

「たしか新見《にいみ》ゆかです」

と、日下がいう。

「ひょっとすると、その名前でパスポートを作っているかもしれないぞ」

「結婚しているのにですか？」

「平木は、作家だ。結婚したことになっているが、入籍していなかったのかもしれない。あるいは、結婚する前に作ったパスポートが、まだ有効かもしれない。新見ゆかの名前で、もう一度、電話をかけてみてくれ」

と、十津川はいった。

もう一度、電話がかけられた。

十津川の予想が、的中した。

九州の福岡《ふくおか》空港から、明日の一三時三〇分に出発するロンドン行きの英国航空18便に、新見ゆかの名前が載っていることがわかった。

十津川と亀井は、すぐ福岡に飛んだ。

そして、翌日の午後、福岡空港へ出かけた。

ロンドン行きの英国航空のカウンターを見ていると、サングラスをかけ、庇《ひさし》の深い帽子をかぶった、ゆかが歩いて来るのが、見えた。二人は、ゆっくりと近づいて、両脇から挟み込んだ。

「神名ゆかさんと、呼んだほうがいいのかな？　それとも、新見ゆかさんと、呼んだほうがいいのかな」

と、十津川が声をかけると、ゆかは、ぴくっと肩をふるわせ、大きな眼で十津川を見た。

「下手なパフォーマンスは、もうやめるんだ」

と、亀井がいった。

ゆかは、亀井を強い眼で見つめて、

「私のやったことが、平木の仕打ちよりも悪いというんですか？　妻の私を裏切り続けた、彼の仕打ちよりも」
と、いった。

死を運ぶ特急「谷川5号」

1

人間一人を殺すのに、いったい、何分必要だろうか？

仁科貢《にしなみつぐ》は、今、一人の男を憎んでいる。

相手の名前は、前田哲夫《まえだてつお》という。仁科と同じ二十八歳だ。

六年前、二人は、新宿《しんじゅく》の同じデザイン学校を卒業した。在学中は、むしろ、仁科の方が、才能があると思われていたし、仁科自身も、自信を持っていた。

それが、六年たった現在、仁科は、まだ無名で、生活のために、町内会のお祭りのパンフレットまで書いているのに、前田の方が、今や、日本を代表する新進デザイナーとして、引く手あまただ。

才能の差や、運のなさが、こうさせたのなら、諦《あきら》めがつく。前田に追いつこうと、努力もする。

だが、そうでないことが、最近になって、わかったのだ。

前田の出世作となったTA電気の「二十一世紀へのイメージポスター」は、実は、仁科への注文だった。

渋谷《しぶや》に、若くて、売れないデザイナーたちが住んでいたアパートがあった。仁科も、前田も、そこに住んでいた。

TA電気が、新しい自社のイメージをという狙いで、有名なデザイナー林一郎《はやしいちろう》に、ポスターのデザインを頼んだとき、林は、自分の教え子の仁科を推薦してくれたのである。

TA電気の広報部員が、アパートに来たとき、不運なことに、仁科は、留守だった。応対に出た前田が、その仕事を、さらってしまったのだ。

「仁科は、林先生と喧嘩《けんか》していて、先生を恨んでいるから、そんな仕事は引き受けませんよ」

と、前田は、いったのだ。

つい最近まで、仁科は、前田が、そんな嘘《うそ》をついて、仕事を奪ったとは知らなかった。最初から、林が、前田を推薦したと思い込んでいたのである。

恩師の林が、自分に冷たいのを、不思議に思っていたくらいだった。林の方は、折角、自分が推薦してやったのに、生意気に断わったと考えて、怒っていたのである。

真相を知って、仁科は、前田を問い詰めた。他《ほか》の者がいるところでである。

しかし、前田は、笑って、「それは、君の被害妄想《もうそう》だよ」といった。

仁科は、彼を、林の家に連れて行って、シロクロをつけようとした。それが、一番いい方法だと思ったからである。

ところが、二人を前にした林は、驚いたことに、あの時は、最初から、前田君を推薦したと、前の言葉を、訂正したのだ。

明らかに、林は、前田に買収されてしまったのだ。それは、新進デザイナーとしてもてはやされる前田を、大御所の林も、無視できなくなったということだった。

仁科は、二重に打ちのめされた。

前田だけでなく、林まで敵に廻《まわ》してしまった仁科は、デザインの世界では、完全に孤立してしまった。

決りかけた仕事も、二人の妨害で、来なくなった。

仁科は、前田を殺してやりたいと思った。

だが、前田を殺せば、自分が疑われるのは眼《め》に見えていた。

ＴＡ電気のポスターのことで、仁科は、他のデザイナー仲間の前で、前田を難詰したからである。

前田を殺しても、自分が捕まったのでは、何にもならない。前田の苦痛は一瞬なのに、こちらは、何年も、刑務所で過ごさなければならないからだ。

仁科は、林も憎んでいた。平気で、金のために、前田の支持に廻ったからである。それが一番いいのは、林を殺して、前田を、その犯人に仕立てあげることだった。それが出来れば、復讐《ふくしゅう》は、完璧《かんぺき》だ。

六十歳の林を殺すのは、簡単だろう。問題は、その犯人に、前田を仕立てることである。

最近、二人は親しく交際しているようだから、林が殺されれば、一応、前田も疑われはするだろう。しかし、仁科が、やみくもに、林を殺しても、その時間に、前田にアリバイがあったら、何にもならない。

両方の条件を満たすようなチャンスは、なかなか訪れそうもなかったが、八月に入って、それらしいチャンスがやって来たのである。

しかし、上手《うま》くやるためには、きっかり、十分間の間に、林を殺さなければならなかった。

2

林は、学生時代に、登山グループに入っていたせいか、六十歳の今も、夏になると、山に登る。

前田も、林へのご機嫌《きげん》とりでか、一緒に、夏山に登るようになっていた。

八月十二日に、林は、ひとりで、夏の谷川《たにがわ》に出かけることになった。その前日、渋《しぶ》川《かわ》の公民館で、講演をする前田は、渋川から、林に合流するのだという。

別に調べなくても、情報は、仁科の耳に入って来た。前田が、林と一緒に谷川に行くことを、吹聴《ふいちょう》して歩いたからである。前田にしてみたら、大御所の林と親しいことを、デザイナー仲間に知らせたかったのだろうし、林には、そんな前田が、可愛《かわい》いのかも知れなかった。

林は、上野発一三時〇四分のL特急「谷川5号」に乗ることになっていた。この列車の渋川着が一四時四九分で、前田は、渋川から、この列車に乗って、林と合流する。

仁科は、このチャンスに、林を殺し、前田に、その罪をかぶせてやろうと思った。

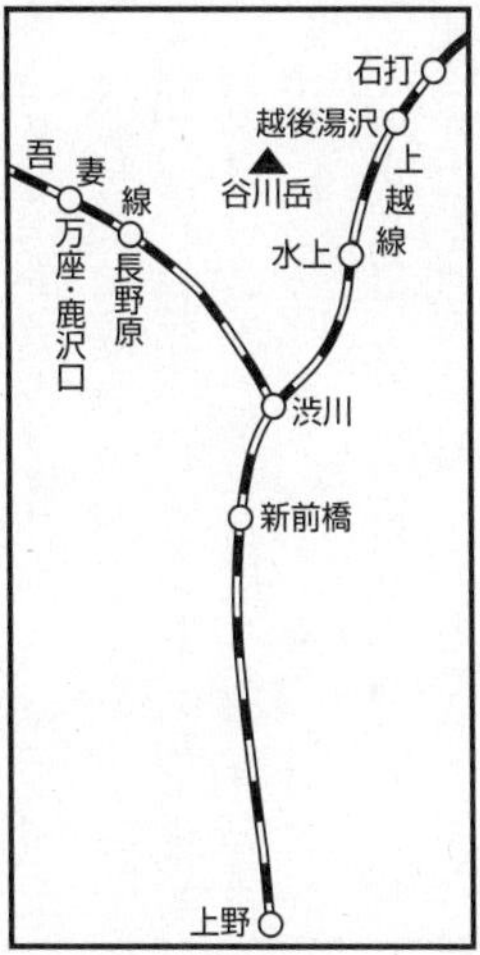

仁科は、この列車を研究し、前もって、上野から、乗ってみた。

その結果、わかったことが、いくつかある。

L特急「谷川」は、十四両編成だが、いわゆる二階建編成で、水上《みなかみ》、石打《いしうち》まで行く「谷川」が14号車から8号車まで、あとの7号車から1号車までの七両は、万座《まんざ》・鹿沢口《かざわぐち》行の「白根《しらね》」である。

上野では、「谷川」と「白根」が、連結されて出発するが、分岐点の渋川から先は、「谷川」と「白根」に分割されるのである。

仁科は、この列車を利用して、林を殺し、その罪を、前田にかぶせられないかと考え、実際に、乗ってみた。

出発の十五分前に上野駅に着いた仁科は、一応、終点の石打まで切符を買って、中央改札口を通ったが、その場で、「おやッ」という顔になった。

上野駅は、ホームが並列していて、出発する列車は、ずらりと、尻《しり》を向けて並んでいる。

列車名のマークが、後部にもついているのだが、肝心の「谷川」のマークが、見当らなかったからである。

まだ、入線していないのかと思ったが、あと十二分で発車時刻である。

仁科以外にも、「谷川」に乗るためにやって来て、その列車が見つからずに、当惑している乗客が、何人もいて、駅員にきいている。

仁科も、きいてみた。

三十五、六の駅員は、またかという顔で、

「そこに停《と》まっているよ」

と、十四番線に入っている列車を指さした。

いわれて、ああと、仁科は、納得がいった。

そこに停車している白と緑のツートンカラーの列車には、「白根」のマークがついている。それで、別の列車と思い込んでしまったのだが、考えてみれば、「谷川」は、渋川まで、「白根」を、併結して走るのである。

上野駅では、前の七両が、「谷川」、後半分の七両が「白根」の形で、入線していたのである。だから、最後尾は「白根」のマークが入っていたのは、当然なのだ。念のために、長いホームを走って行き、先頭の14号車の前へ廻ってみると、当然ながら、そこには、「谷川」のヘッドマークがついていた。

仁科は、安心して、先頭の14号車に乗り込んだ。が、ここは、指定席である。

一三時〇四分。定刻に発車したあと、仁科は、14号車から、通路を、後の車両に向って歩いて行った。

全《すべ》ての車両を見ておかなければならない。

次の13号車は、グリーン車である。林は、このグリーン車に乗るだろう。

12、11号車が指定、10号車から8号車までが、自由席である。

8号車までが、水上、石打行の「谷川」である。

そこで、行き止まりだった。8号車と、次の7号車は、運転席がついていて、貫通式ではないので、通路を歩いて、7号車に行くことは出来ない。もし、間違えて、「万座・鹿沢口」行の車両に乗ってしまうと、走行中には、こちらの車両に移れないわけである。

(これも、覚えておかなければならない)

と、仁科は、思った。

もう一つ、実際に、「谷川」に乗ってみて、発見したことがあった。併結していた「谷川」と「白根」は、渋川で、分れる筈《はず》だった。線路図を見ても、そうなっている。渋川が、上越《じょうえつ》線と、吾妻《あがつま》線の分岐点だからである。しかし、実際に、列車が分割されるのは、一つ手前の新前橋《しんまえばし》だった。(正確には、三つ手前だが、二つの駅は、特急は停車しない)

なぜ、手前の新前橋で、切り離してしまうのか? 答は簡単だった。列車の切り離しには、専門の作業員が必要である。渋川は大きな駅だが、合理化で、その作業員がいなくなってしまった。そのため、作業員のいる、手前の新前橋で、切り離すのだと、仁科は、教えられた。

分岐点の手前で切り離した結果、どういうことが起きるか。

新前橋↓渋川の間は、切り離された「谷川」と「白根」が、前後して、同じ線路を走ることになるのである。

時刻表によれば、次頁のようである。

仁科は、こうした特急「谷川」「白根」の列車運行を利用して、林を殺すことを考えた。

問題は、時間だった。

「谷川5号」が、新前橋を発車してから、渋川に着くまでの十分間に、林を殺さなければならない。

ただ殺すだけではいけない。殺して、グリーン車のトイレに押し込まなければならないのである。それも含めて、十分間である。

3

八月十二日までに、仁科は、前田の持物を何か一つ手に入れる必要があった。

そのため、前田を尾行し、あるクラブで、彼が酔って、ホステスに抱きついている間に、テーブルに置いてあったカルチェのライターを盗み出すことに成功した。これには、前田の指紋がついている。それを消さないように、ポリ袋に入れた。

これで、用意は出来た。

いよいよ、八月十二日。少し早目に上野に着いた。

登山帽にサングラス。それにボストンバッグという恰好《かっこう》である。それに、真っ赤なブルゾンという派手な服装にしたのは、もちろん、魂胆があってのことだった。

今日は、「万座・鹿沢口」までの切符を買い、改札口を通ると、「白根」の自由席に乗り込んだ。

林が、果して、「谷川」のグリーン車に乗ったかどうかは、確認しなかったが、山好きの林のことだから、乗った筈である。もし、中止したのなら、こちらも、中止して、次のチャンスを待てばいいのである。

ウィークデイだが、夏休みに入っているせいか、ほぼ、満席だった。夏山ということもあるから、「谷川」の方が、もっと、混んでいるだろう。

定刻の一三時〇四分に、列車は、出発した。

		谷川5号	白根5号
上野	発	13:04（谷川5号・白根5号）	
新前橋	着	14:34	
	発	14:39	14:42
渋川	着	14:49	14:54
	発	14:50	14:54

この列車は、上野―大宮《おおみや》間に使われているのと同じ国鉄の新しい車両なので、内部も、きれいである。

その上、窓が開く。もちろん、冷房がきいているのだが、それでも、窓を開けて、風を入れている乗客もいる。新幹線をはじめ、窓の開かない車両が増えてくると、特急列車で、窓が開けられるというのが、珍しいのだろうか？

赤羽《あかばね》、大宮と、停車していくにつれて、車内は、混んで来た。

仁科は、大宮から乗って来た若い女の二人連れに、「どうぞ」と、席を代った。

「どこまで行くんです？」

「草津《くさつ》温泉に行くんです。夏に温泉なんて、しゃれてるでしょう？」

座った方の女が、ニッコリ笑っていった。

仁科は、すかさず、

「偶然ですね。実は、僕も、草津温泉に行くんですよ」

と、いってから、

「そうだ。自己紹介をしておきましょう」

仁科は、用意してきた名刺二枚を、彼女たちに渡した。

「デザイナーなんですか？　素敵だわ」

と、彼女たちがいう。

「売れないデザイナーですよ」

と、仁科は、いった。

女子大生だという彼女たちの名前を聞いたり、映画や、テレビの話をしながら、仁科は、時間を計っていた。

高崎《たかさき》発が、一四時二六分。あと、八分で、「谷川」と「白根」が分割する新前橋に着く。

仁科は、少しずつ、口数を少なくしていき、彼女たちだけの会話になるように持っていった。

うまい具合に、彼女たちだけの会話に熱中している。

仁科は、そっと、席を離れた。

隣りの車両のデッキで、登山帽をとって、二つに折って、ポケットに押し込み、真っ赤なブルゾンを裏返しにして、着直した。裏側は、白である。

一四時三四分。新前橋着。

作業員が、さっそく、列車の分割作業を始めた。

ホームにおりて、それを写真にとっている少年もいる。

「谷川」の方は、この新前橋に五分停車して発車し、「白根」は、その三分後に発車する。

仁科は、「谷川」が、発車する直前に、乗り込んだ。

一四時三九分に、「谷川」は、新前橋のホームを離れた。

このあと、十分間走って、渋川に着く。その十分間が、勝負である。

12号車に乗り込んだ仁科は、隣りのグリーン車を、のぞいてみた。

グリーン車も、ほぼ、満席である。

林はすぐわかった。見事な銀髪だからである。それに、渋川から、前田が乗ってくるので、林の隣席は、空《あ》いていた。

すでに、三分過ぎている。

仁科は、サングラスをかけ直し、グリーン車の通路に入って行った。

乗客は、窓の外の景色を見ていて、仁科に注意をする者は、誰《だれ》もいない。

仁科は、林の横に来ると、

「林先生」

と、小声でいった。

びっくりしたように、林が、眼《め》をあげた。

「ちょっと、来て下さい」

仁科は、そういって、トイレに向って、歩いて行った。

林が、何だろうという顔で、座席から立ち上り、ついてきた。

仁科は、トイレの前まで来て、振り向いた。

「なんだ。君か」

林が、馬鹿《ばか》にしたような眼で、仁科を見た。

仁科は、トイレの扉《とびら》を開けると、いきなり、林の腕をつかんで、押し込んだ。

「何をする！」

と、林が、甲高い声を出した。

仁科は、扉を閉めると、林のくびを絞めた。

林は、小柄《こがら》な上に、六十歳である。たちまち、ぐったりしてしまった。

仁科は、もう一度、林のくびを絞めた。

林の身体《からだ》が、トイレの床に、頽《くずお》れた。

脈を調べてから、用意してきた前田のカルチェのライターを、死体の横に置いた。

ふうッと、仁科は、大きく、吐息をついた。

しかし、まだ、終ってはいない。

腕時計に眼をやった。

間もなく、渋川着である。

ぎりぎりまで、トイレにいなければならない。渋川を過ぎる前に、死体が見つかってはならないからだ。

スピードが落ちた。間もなく、渋川に着く。

渋川には、一分停車である。

列車が、ホームに入る。停車する寸前に、仁科は、トイレを出た。扉をきちんと閉める。

垂れ流しのトイレだから、停車中は使用しないで下さいと書いてある。渋川に停車中は、誰も、入らないだろう。

仁科は、素早く、隣りの車両まで走り、ホームにおりた。

丁度、グリーン車に乗り込む前田の姿が、ちらりと見えた。

「谷川」は、すぐ出発した。

（成功した）

と、仁科は、思った。

4

残っているのは、仕上げだった。

四分後に、「白根」が、到着する。「白根」の渋川着が、一四時五四分で、渋川発も、同じ一四時五四分になっているのは、停車時間が、三十秒ということだろう。

仁科は、「白根」が着くと、乗り込んだ。

動き出した車内で、ブルゾンを、元通り、赤い方に直し、登山帽をかぶってから、通路を、歩いて行った。

二人の娘は、まだ、お喋《しゃべ》りに熱中している。

仁科は、そっと近寄って行き、何気ない感じで、二人の話の中に入っていった。

「もう、渋川を過ぎたんだね」

と、仁科がいうと、一人が、

「気がつかなかったわ」

「お喋りに夢中だったからですよ。僕が、もうじき、渋川だといっても、聞こえなかったみたいだもの」

「ごめんなさい」

「あと、一時間くらいかな」

仁科は、窓の外に眼をやった。

渋川から、「谷川」の走る上越線と、「白根」の走る吾妻線は、どんどん分れて行く。

そのことが、仁科を、ほっとさせ、陽気にさせた。

これから先、上越線のどこで、林の死体が発見されても、吾妻線を走る「白根」に乗る自分が疑われることは、まず、ないだろう。

草津温泉に行くには、長野原《ながのはら》でおりて、あとは、バスに乗るのが、一番近い。

仁科は、終着の万座《まんざ》・鹿沢口《かざわぐち》まで買ってあるのだが、そんなことは、おくびにも出さず、一五時四〇分に、長野原に着くと、彼女達二人と一緒に、列車をおりた。

「白根」の乗客は三分の一ぐらいが、ここで降りた。

鉄筋二階建のスマートな駅である。駅のスタンプには、「天下に名高い草津温泉への駅」とある。

それだけに、ここで降りた乗客の大部分は、駅前のバス停に一直線に歩いて行く。

草津温泉行のバスが出発するまでの間、仁科は、カメラを取り出して、彼女たちの写真を何枚か撮り、写真を送る約束をして、住所を聞いた。

バスが走り出した時、仁科は、ちらりと、腕時計に眼をやった。

十六時になったところだった。

渋川から分れた特急「谷川」は、三分前に終着の石打《いしうち》に着いた筈である。

しかし、その前に、乗客が、トイレを使う筈だから、林の死体は、発見されている筈だ。多分、「谷川」の車内は、大騒ぎになっているだろう。特に、グリーン車の中は。

そのあと、仁科の希望通りに動いているだろうか？

「どうなさったの？」

彼女たちの一人が、きいた。

仁科は、われに返り、あわてて、

「え？　なに？」

「仁科さんは、どこの旅館にお泊りになるの？」

「ああ、そのことね。実は、まだ決めてないんだ。向うへ行けば、何とかなると思っているんだよ」

仁科は、呑気《のんき》そうにいった。

草津温泉で、泊らなくてもいいのである。

ここへ来たという証拠さえ出来ればいいのだ。

こんな時は、何もかもうまくいくのか、簡単に、旅館が見つかった。丁度、予約していた客が、キャンセルしたところで、お客さんは、ついていますねと、仁科は、いわれた。

宿泊カードに、しっかりと、自分の名前を書き、夕食のあとで、ゆっくりと、温泉につかった。

殺人を犯したあとなのに、身体がふるえたり、林の断末魔の顔がちらついたりはしなかった。自分でも、不思議だった。むしろ、積年のつかえがおりたような爽快《そうかい》感があったくらいである。

温泉からあがり、酒を持って来て貰《もら》って、飲みながら、テレビをつけた。

七時のニュースでは、まだ、事件は、放送されなかった。

急に不安になってきた。まさか、林の死体が、見つからずにいるなどということはないだろうと思いながら、一方では、殺したと思ったのに、ひょっとして、息を吹き返したのではないか、それで、わざと事件を抑えて、警察が、犯人の自分を追っているのではないか、そんなことまで考えてしまった。それまでの爽快さが、一瞬にして、不安に変ってしまうのだ。

しかし、九時のニュースで、いきなり、

〈L特急「谷川」の車内で、デザイナー絞殺される〉

と、テロップが出て、仁科の不安は、吹き飛んだ。

仁科は、じっと、テレビを見つめた。

L特急「谷川」の写真が出る。アナウンサーの声が、それにかぶる。

——今日午後三時頃、上野発L特急「谷川5号」の車内で、東京都大田《おおた》区田園《でんえん》調布《ちょうふ》に住むデザイナー林一郎さん、六十歳が、絞殺されているのが発見されました。

林一郎の顔写真が、ブラウン管に映し出される。

——「谷川5号」が、渋川を発車して間もなく、グリーン車の乗客の一人が、トイレに行き、ドアを開けたところ、絞殺されている林さんを発見し、車掌に届けたもので、警察では、同じグリーン車に乗っていた連れのデザイナー前田哲夫さん、二十八歳から事情を聞いています。

林さんは、日本デザイン界の長老で、国際的な賞を、種々、受賞しており——

(ここまでは、予想どおりだな)

と、仁科は、思った。

あとは、前田が、林殺害の犯人にされるかどうかである。

翌朝のテレビのニュースでは、前田哲夫の名前が、なぜか、急に、「重要参考人のMさん」に変った。

仁科は、いい傾向だと思った。多分、前田は、疑われ始めたのだ。だが、もし、無実の時に困るので、マスコミは、Mというイニシアルにしたに違いない。

(あと一日、ここに泊ることにしようか)

と、仁科は、考えた。

5

群馬県警捜査一課の矢木《やぎ》部長刑事は、四十歳だが、三十五歳から、とみに、髪の毛がうすくなった。

高校一年になった娘は、ますますおじん臭くなったという。自分でも、時々、鏡を見て、愕然《がくぜん》とすることがある。髪はうすいし、下腹は出てくるし、背は低いし、娘が、一緒に歩きたがらないのも無理はない。ふと、そのことで、真剣に悩み、アデランスにしようかとか、減量のためのジョギングでも始めようかと思ったりするのだが、事件が起きると、けろりと忘れてしまうのである。

上野発、石打・水上《みなかみ》行の「谷川５号」の車内で、乗客の一人が殺され、渋川署に捜査本部が置かれた時も同じだった。

前日まで、アデランスのパンフレットを読んだり、新しい養毛剤を買って試したりしていたのに、そんなものは、すっかり忘れてしまった。ジョギング開始に備えて買ったトレイナーも、もちろん、家に置いたままである。

最初、同じグリーン車に乗っていた若手デザイナーの前田哲夫には、疑惑は、もたれていなかった。

しかし、死体のあったグリーン車のトイレで、カルチェのライターが発見されてから、事態が急変した。

そのライターに、Ｔ・Ｍのイニシアルが彫ってあったので、前田に、「あなたのものじゃありませんか？」と、きいたところ、彼は否定した。だが、ライターから検出された指紋が、前田のものだったのである。

前田は、自分のものと思ったが、変に疑われると困るので否定した、ライターは、多分東京のどこかで落としたのだろうと弁解したが、警察の態度は、一変してしまった。

単なる証人から、重要参考人になってしまったのである。

殺された林一郎と、前田哲夫のことは、東京の警視庁に依頼して、調べて貰った。

林が、日本デザイン界の長老だということ、前田の方は、若手のデザイナーとして、売り出し中ということが、報告されてきたが、群馬県警が、関心を持ったのは、次のエピソードだった。

前田が売り出すきっかけとなったTA電気の宣伝ポスターは、林が、教え子の一人、仁科貢というデザイナーの卵を、推薦したのだが、それを、前田が、横取りしてしまった。最近になって、そのことがわかって、もめたというエピソードである。

訊問《じんもん》に当った田辺《たなべ》警部が、そのことをきくと、前田は、これについても、

「そんなのは、私をねたむ者の作り話ですよ」

と、いった。

「しかし、林さんが、TA電気の人に、なぜ私の推薦した仁科君を使わなかったのかときいたことがあるんですよ。TA電気の広報部長が、そう証言しているそうですがね」

田辺が、問い詰めると、前田は、急に、頭をかいた。

「そうですか。じゃあ、そういうことにしておきましょう。昔のことなので、忘れましたよ」

「林さんからも、そのことで、いろいろといわれたんじゃありませんか？　それで、喧嘩《けんか》になった」

と、田辺がいうと、前田は、急に、顔色を変えて、

「冗談じゃない。私は、林先生を殺してなんかいませんよ。私は、あの人を尊敬しているんだ。あの人なくしては、現在の日本のデザインはありませんからね」

「その林さんのことを、時代おくれのデザイナーと、けなしていたんじゃありませんか？」

「とんでもない。私は、林先生を尊敬していたからこそ、昨日も、渋川から『谷川5号』に乗って、先生と、谷川岳に登ることにしていたんですよ」

「あなたのデザイナー仲間は、あなたが、酔うと、林さんの悪口をいっていたと証言しているそうですがね」

「私が、若手の中では、一番売れているので、やっかみですよ。話にならないな。そんな陰口を、警察が信じるなんて。私はね、一昨日《おととい》の八月十一日に、渋川の公民館で、財界人相手に講演しているんですよ。そして、十二日に、渋川から『谷川5号』に乗ったんです。林先生と合流して、谷川岳に登るためです」

「十一日に、あなたが、公民館で講演したのは、知っていますよ。調べましたからね。十一日は、財界人を集めて、『ビジネスにおけるデザインの効用』という題でしたね。

渋川駅近くのMホテルに泊り、翌日の十二時にチェック・アウトしたこともです」

「私はね、『谷川5号』に乗ってから、グリーン車に、林先生がいないんで、探していたんですよ。そしたら、先生の死体が発見されて、大騒ぎになったんです。私が殺していないことは、はっきりしてるじゃないですか」

「あまり、はっきりしているとはいえませんね」

と、田辺は、いった。

訊問をすませた田辺は、矢木たちに向って、

「いやな男だ」

と、吐きすてるようにいった。

「どうも、ああいう男は、好きになれんよ。平気で、嘘《うそ》をつくからな。それも、自分に有利になるようにだ。そうやって、ライバルを蹴落《けお》として、有名になって来たんだろうがね」

「そうなると、被害者の林一郎を、尊敬していたというのも、信じられませんね」

渡辺《わたなべ》刑事が、いった。

「東京からの連絡でも、前田は、林先生、林先生といって、ゴマをすっていたが、陰に廻《まわ》ると、もう時代おくれのデザインだとか、ケチなおやじだとか悪口をいっていたらしい。被害者の持っているデザイン界の力を利用したくて、近づいていたんだろう。

それが、被害者にも、うすうすわかっていたんじゃないかね。それで、昨日、列車の中で、衝突してしまい、カッとなった前田が、被害者を絞殺したんだろう」

「なぜ、前田は、死体が発見される前に、逃げなかったんでしょうか？」

と、他の刑事がきくと、田辺は、笑って、

「それが、天網恢恢《てんもうかいかい》というやつさ。前田は、渋川から、『谷川５号』に乗った。この時は、まだ、被害者を殺す気はなかったと思うね。乗ってから、口論になったんだろう。かッとして、殺してしまってから、トイレに死体を隠し、次の駅で逃げようと思ったんじゃないかな。ところが、死体は、渋川を出て間もなく、発見されてしまった。次の沼田《ぬまた》には、一五時〇七分に着くんだが、その数分前に発見されてしまったんだ。大騒ぎになり、前田は、被害者の隣席の切符を持っていたんで、逃げるに逃げられなくなってしまったんだ」

「なるほど」

「被害者は、六十歳だし、小柄《こがら》だ。それに比べて、前田は、二十八歳と若いし、身体《からだ》も大きい。くびを絞めて殺すのは、簡単だったと思うねえ」

田辺は、もう、前田哲夫が犯人と決めてしまったいい方をしたが、ずっと黙っている矢木のことが気になったのか、

「君は、どう思うね？」

と、きいた。

「私は、仁科貢という男に、興味があります」

矢木は、うすくなった頭髪を、指でかきながらいった。

「仁科？　ああ、前田と同じ若手のデザイナーか」

「前田に欺《だま》されたために、今でも、無名でいるデザイナーです。この男には、鬱屈《うっくつ》したものがあるでしょうし、前田を憎んでいる筈《はず》です」

「しかし、殺されたのは、前田じゃなくて、林一郎だよ」

「そうです。仁科は、前田をひいきにする林にも、腹を立てていたんじゃないでしょうか。だから、同じグリーン車内で、林が死んでいれば、前田が疑われると、読んだことも考えられますが」

「ちょっと待ちなさい」

と、田辺は、矢木をさえぎって、

「昨日、『谷川5号』のグリーン車のトイレで、林一郎の死体が見つかった時、次の沼田で停車してから、乗客全員を調べてある。グリーン車の乗客だけじゃない。七両全部の乗客だよ。その中に、仁科貢という男はいなかった。いれば、前田が、友人だから、すぐ気付いたと思うがね」

「それは、わかっていますが、やはり、気になります。警視庁からの報告の中に、仁科が、十二、十三日と、アパートに帰っていないとあるのも、気になります」

「じゃあ、君は、前田は、犯人じゃないと思うのかね？」

「いえ、そうはいっていませんが、林一郎を殺す動機としては、前田より、仁科という男の方が、強いものを持っているような気がするのです」

矢木は、頑固《がんこ》にいった。

田辺は、しばらく考えていたが、ベテランの矢木に敬意を表するように、

「それなら、東京へ行って、仁科貢という男に会って来たまえ」

6

矢木は、東京へ着くと、まず、警視庁に、十津川《とつがわ》を訪ねて、協力の礼をいった。

「ああ、県警の田辺警部から、さっき、電話があって、君のことを聞いたよ。県警では、同じグリーン車に乗っていた前田哲夫を犯人と見ているが、君は、それには反対で、仁科貢を怪しいと思っているそうだね」

十津川にいわれて、矢木は、頭をかいた。

「反対なんかはしておりません。今の段階では、前田哲夫の容疑が濃いです。ただ、私は、負け犬の仁科貢の方に、非常に興味を感じただけのことです。捜査は、完全で

あって欲しいと思っていますので」

「それなら、うちのカメさんと気が合うだろう。彼も、同じだからね」

と、十津川は、亀井《かめい》を紹介した。

亀井は、簡単にあいさつしてから、

「行きましょうか」

と、矢木にいった。

「行って貰《もら》えますか？」

「実は、私も、仁科貢という男に、興味があるのですよ。さっき、アパートに電話したら、帰宅していましたから」

二人は、電車で、下高井戸《しもたかいど》へ行った。午後七時を過ぎていて、昼の暑さは、少しは、和らいでいた。

仁科貢の住むアパートは、京王線の駅から、歩いて十二、三分のところにあった。

「前田哲夫とは、大変な違いですね。向うは、原宿《はらじゅく》にある豪華なマンションです」

うす暗い入口を入りながら、亀井が、いった。

プレハブ造りのアパートの二階に、仁科の部屋があったが、ドアの横に、「仁科デザイン工房」という大きな看板がかかっている。五、六階建のビルにふさわしいような看板だった。

「大したものですな」

と、矢木は、手で、その看板をなぜた。

亀井が、ドアをノックした。

すぐ、仁科が、ドアを開け、亀井の差し出す警察手帳を見ても、別に驚く様子もなく、

「さっき、電話下さった方ですね。どうも、一昨日、昨日と留守にしていて、申しわけありませんでした」

と、いって、二人を、招じ入れた。

六畳の居間と、四畳半が二つ、その居間の方に、通された。

「十二日から、どこへ行っておられたんですか？」

と、亀井が、きいた。

「草津温泉です。たまには、温泉もいいと思いましてね」

と、仁科は、笑った。

矢木は、頭の中で、草津温泉の場所と、渋川の位置を、思い浮べていた。

「事件は、ご存じですね？」

亀井が、きく。

「ええ。草津温泉の旅館で知りました。テレビのニュースでやりましたからね。びっ

くりしましたよ。林先生は、私の恩師ですから」

「十二日に、行かれたんですね？」

矢木は、ぼそっといった。

「ええ、そうです」

「上野を何時に出る列車に乗られたんですか？」

「一三時〇四分上野発の特急『白根5号』です」

と、仁科がいう。

矢木は、「白根5号」と口の中で呟《つぶや》いてから、

「それは、『谷川5号』と、併結して走るんじゃありませんか？」

「よくご存じですね。乗られたことがあるんですか？」

仁科が、ニコニコ笑いながら、きき返した。

「今日も、上りの『白根』に乗ってきましたよ。いや、『谷川』だったかな。渋川から乗ったから、どちらでもいいんです」

「渋川なら、そうでしょうね」

「あなたが、十二日の『白根5号』に乗ったということは、殺された林一郎さんと、同じ列車に乗ったということでもある」

「それは、こじつけじゃありませんか。まるで、僕が、林先生を殺したようないい方

だが、先生が殺されたのは、『谷川5号』と、『白根5号』が、上越本線と、吾妻線《あがつま》に分れた渋川の先ででしょう。そうなら、先生が死んだ時、僕は、分れた列車にいたことになりますよ」

「正確にいえば、殺された時ではなく、死体が発見された時はです」

と、矢木は、律義《りちぎ》に訂正した。

「どっちでも似たようなものでしょう。それに、僕は、上野から、『白根5号』に乗り、大宮からは、二人の女子大生と一緒だったんです。草津までね。僕に、林先生が殺せないことは、その二人が、証明してくれますよ」

「その女子大生の住所と名前は、わかりますか？」

「ええ、何枚か写真を撮ったので、出来たら送るつもりで、聞いておきました。二人とも埼玉《さいたま》の女性ですが」

仁科は、手帳を出して、その名前と住所を亀井と矢木に教えた。

矢木は、それを、自分の手帳に書き写しながら、

「前田さんを好きですか？」

と、何気ない調子で、きいた。

仁科は、一瞬、言葉に詰まった顔になって、

「正直にいえば好きじゃありませんね」

7

矢木と亀井は、二人の女子大生が、草津温泉から自宅に帰っているのを確かめてから、埼玉の大宮へ出かけた。

大宮駅は、東北、上越の両新幹線の始発駅になって、巨大化し、街も、大きくなっている。

それに、今は、この辺から、東京の職場に通って来るサラリーマンも多い。

浅野《あさの》さつきと、沢田美津子《さわだみつこ》という二人の女子大生は、大宮市内の2DKのマンションで共同生活をしていた。

「刑事さんに、訊問《じんもん》されるのって、生れて、初めてだわ」

と、背の高いさつきが、嬉《うれ》しそうにいい、小柄な美津子は、冷蔵庫から、冷えたコーラを出して、グラスに注いでくれた。

五階の部屋で、窓を開けると、涼しい風が、部屋に入ってくる。

「八月十二日に、草津温泉へ行きましたね？」

と、矢木が、きいた。

亀井は、この事件では、あくまで、脇役に廻《まわ》るつもりなので、訊問は、矢木に任していた。

「ええ。行ったわ」

と、さつきがいう。

「大宮から、『白根５号』に乗ったわけですね？」

「ええ」

「車内で、仁科貢という男に会いましたか？」

「ええ。会ったわ。ねえ？」

さつきが、声をかけると、美津子が、

「大宮から乗ったら、もう満席だったんです。そしたら、男の人が、席をかわってくれたんです。ええ、名刺をくれたから覚えてます」

と、いい、仁科の名刺を、机の引出しから出して来て、矢木たちに見せた。

「草津温泉まで、一緒に行ったんですね？」

「ええ。ずっと、列車で一緒で、長野原でおりて、バスで、草津温泉まで行きましたわ。途中で、写真を撮ってくれて。出来たら、送って下さるって、いってたんですけど」

「彼は、送るといっていましたよ。あなた方は、前もって、旅館を予約しておいたんですか？」

「ええ。もちろん」

「彼は、どうでしたか?」

「予約してなくて、向うへ行けば、どうにかなるだろうって、いってましたわ。大丈夫だったのかしら?」

「大丈夫だったようですね。それから、彼は長野原までの切符を持っていましたか？　駅で、乗り越しの料金を払っていたんじゃありませんか？」

「いいえ。さっと、切符を渡して、改札口を通って行ったわ」

と、さつきが、答えた。

「本当ですか？」

矢木は、しつこくきいた。

さつきは、外国人みたいに、肩をすくめて、

「嘘《うそ》なんか、ついてないわ」

「仁科は、ずっと、あなた方と一緒にいましたか？」

「ええ。ずっと一緒だったわ」

「お二人は、大変、仲が良さそうですね？」

「ええ。美津子と一緒だと楽しいわ。気が合うし——ねえ」

と、さつきは、美津子を見た。

美津子は、クスッと笑って、

「性格は、反対みたいですけど、何となく、気が合うんです。ぺちゃくちゃ二人でお喋《しゃべ》りしていると、あきないんです」

「今度の旅行の時も、二人で、お喋りを楽しんでいたんじゃありませんか？」

矢木も、ニコニコ笑いながら、きいた。

「ええ。もちろん」

「草津へ行く『白根』の中でもでしょう？」

「ええ」

「渋川で、『谷川』と『白根』が分れるわけだけど、その時、気がついていましたか？」

「彼が教えてくれたから、知っていたわ」

と、さつきが、いった。

「仁科が、教えてくれたんですか？」

「ええ。彼が、教えてくれたの。もう渋川を過ぎたねって」

「あなた方は、渋川を過ぎたのを知らなかったんですか？」

「多分、あの時は、二人で、お喋りに夢中だったのね」

さつきは、あははと、愉快そうに笑った。

「じゃあ、新前橋に着いた時のことも覚えていないわけですね?」

「新前橋って、どの辺だったっけ?」

と、さつきは、美津子を見た。

「新前橋だから、前橋の近くでしょう」

美津子も、頼りないいい方をした。

「車窓の景色は、見ていなかったんですか?」

矢木がきくと、さつきは、また、大げさに肩をすくめて、

「大宮から乗って、しばらくは、窓の外も見てたけど、途中から、あきちゃって、お喋りばかりしてたわ。私たちは、草津温泉へ行くんで、途中の景色を見るのが目的じゃなかったから――」

するとあなた方は、列車の中で、お喋りに夢中だった。すると、仁科が、傍《そば》からいなくなっていても、気がつかなかったんじゃないかな? 違いますか?」

「そうかも知れないけど、長野原まで、長野原まで一緒だったわ。ねえ」

「ええ。大宮から、長野原まで、ずっと一緒だったと思いますわ。一緒にいましたもの。座席が一つしかなかったんで、時々、交代して、座っていたんですよ」

さつきも、美津子も、そんないい方をした。

どこか、のれんに腕押しの感じだった。

矢木は、黙ってしまい、亀井は、「どうもありがとう」と、二人の女子大生にいった。

8

二人の中年刑事は、駅前のそば屋に入って、早目の夕食に、ざるそばを注文した。

「私は、そばを肴《さかな》に、酒を飲むのが好きなんですが、今は、とうてい、そんな気になれません」

と、矢木が、いった。

「仁科が、犯人と思いますか？」

亀井は、単刀直入にきいてみた。

「もちろん、あの男が、犯人です」

矢木は、きっぱりといった。

「しかし、群馬県警は、前田哲夫を、犯人と見ているのでしょう？」

「それは、間違っています」

矢木は、頑固にいった。

亀井は、「ふーむ」と、小さく唸《うな》った。

冷静に見て、今の段階では、草津温泉へ行った仁科貢より、前田哲夫の方が、容疑が濃いと、亀井は、思う。

県警が、前田を犯人と見たのは、当然のことだろう。それなのに、この刑事は、それが間違いだという。

(向うでも、煙たがられているかも知れないな)

と、亀井は、思った。しかし、だからといって、矢木というこの刑事が、嫌《きら》いにはならなかった。むしろ、頑固な矢木に、好感を持ったくらいである。亀井にだって、同じような一面があるからだ。

「仁科が犯人だと思う理由は、何ですか?」

と、亀井は、微笑しながら、きいた。

「勝者は、何事にも寛大なものですが、敗者は、それが出来ません。ちょっとしたことで傷つき、相手を憎むものです」

矢木は、運ばれてきたそばを、ぼそぼそ食べながら、いった。

「前田が勝者で、仁科が敗者だということですね?」

「そうです。成功した人間は、少しのことでは、傷つきません。それに反して、いつも挫折《ざせつ》している人間は、ほんの少しのことで傷つきます。これは、冷厳な事実です。私自身は、成功した人間よりも、いつも失敗している人間の方が好きですが」

「でも、仁科が、どうやって、林一郎を殺したか、想像がつきますか？」

「ついています」

「ほう」

亀井は、眼《め》を大きくして、眼の前で、ざるそばを食べている矢木を見た。

「仁科は、十分間の勝負に賭《か》けたんですよ。他《ほか》に、考えようがありません。私には、わかります。特急『白根』は、『谷川』と併結して、上野を出発します。被害者の林一郎は、『谷川』に乗り、仁科は、『白根』に乗っている。もちろん、仁科は、わざと、『白根』に乗ったのです。線路は、渋川で分岐しているが、列車が、実際に分割するのは、一つ手前の新前橋です。つまり、新前橋から渋川までの十分間、『谷川』と『白根』は、同じ線路を、前後して走るわけですよ。仁科は、それを利用したんです。分割して、先に出発する『谷川』の中で、林一郎を、殺し、次の渋川でおりて、あとからくる『白根』に乗り込み、草津温泉へ行ったんです。そのアリバイ作りに、さっきの二人の女子大生を利用したんですよ」

「どうでした？　あの二人は？」

「お話になりません」

矢木は、吐き捨てるようにいった。

「お喋りばかりしていたから？」

「そうです。仁科は、うまい人間を選んだと思いますよ。抜け目がない男です。あの二人は、肝心の十分間、お喋りに夢中で、仁科がいたのかいないのか、全く覚えていない。彼女たちが覚えているのは、大宮から一緒になって、長野原まで一緒だったということだけです」

「しかも、渋川を出たところで、仁科が、声をかけたのは覚えてましたね。渋川を出たのを、仁科に教えられたといっていた」

「仁科は、渋川では、『白根』に乗っていたことを、印象づけたかったんでしょう。うまく、立ち廻ったわけです。しかし、私は、仁科が、渋川を出たところで、二人に、わざわざ声をかけたということで、逆に、彼が犯人だという確信を強めました。普通の男なら、お喋りに夢中の女の子の間に、わざわざ、割り込んでいかないものです」

「しかし、仁科の犯行を証明することは難しいんじゃないですか？　さっきの二人は、あなたのいう十分間、仁科と一緒だったといってはいないが、彼がいなかったともいっていない。裁判になれば、ずっと一緒だったというように証言すると思いますね。事実、大宮で一緒になり、長野原で、一緒におりたわけですからね」

「そうです。ああいう、あいまいな証言を崩すのは、一番難しいと思います。しかし、問題の十分間、仁科が、『白根』にいたという証拠はなかったわけですから、私は、自分の推理に、自信を持っています」

「これから、どうするつもりですか？」

「あの仁科という男に、食いついてやりますよ。まず、長野原に行って来ます」

と、矢木は、食べかけのまま、箸《はし》を置いた。腕時計に眼をやって、

「急げば、『白根7号』に間に合いますので、失礼します」

9

亀井が、あっけにとられているのに構わず、自分のそば代を置くと、そば屋を飛び出した。

大宮駅に駈《か》けつける。一六時五五分、大宮発の「白根7号」に、どうにか、乗ることが出来た。

長野原に着いたのは、一九時二四分である。もう、周囲は、暗くなっている。

矢木は、駅長に会って、協力を求めた。

「八月十二日に、ここでおりた乗客の中に、上野から、終点の万座《まんざ》・鹿沢口《かざわぐち》までの切符を出した者がいる筈なんです。その切符を探してくれませんか」

と、矢木は、いった。

駅員が、八月十二日分の切符を出してきて、一枚ずつ調べてくれた。

「一枚ありましたが、上野から、同じ料金なので、別に問題はありませんが」

と、駅員が、その切符を、矢木に渡しながらいった。

矢木は、その切符を、丁寧に、ハンカチに包んだ。

これは、仁科が持っていた切符に間違いないのだと思う。彼は、「白根」に乗ってから、自分に都合のいいアリバイ証人を見つけた筈である。

その証人は、どこで降りるかわからないのだから、仁科は、一応、終点までの切符を買った筈だと、矢木は、考えたのである。

その夜、矢木は、草津温泉へ行き、仁科が泊ったという旅館に足を運んだ。

小さな旅館だった。あいにく、部屋が満室だという。

「じゃあ、廊下にでも寝かせてくれ」

と、矢木は、いった。

「でも、お客さんに、申しわけありませんから」

「いや、構わんさ。ふとん部屋でもいい。その代り、こちらの質問に答えて貰《もら》いたいんだ。八月十二日に、仁科貢が、泊っているね？」

「ええ。お泊りになりました。名刺を下さったので、よく覚えているんです」

仲居は、ニコニコ笑いながらいった。

（名刺はばらまいていやがる）

と、矢木は、苦笑した。

「ここに、二日間、泊ったんだね？」

「はい」

「どんな様子だった？」

「いつもニコニコ楽しそうにしていらっしゃいましたわ」

「いつも、ニコニコね」

それは、きっと、計画通り、林一郎を殺せたからだろう。それに、その罪を、前田哲夫にかぶせることに成功したからだ。

「その他に、何か気がついたことはないかね？」

「ちょっと変ったところもおありでしたわ。普通は、草津熱帯園とか、殺生河原《せっしょうがわら》とかを、散歩さなるんですけど、あのお客さんは、ずっと、部屋にいらっしゃって、よくテレビを見ていらっしゃいましたわ」

「なるほどね」

矢木は、肯《うなず》いた。成功したが、やはり、その後の警察の動きが、心配だったのだろう。

その夜、矢木は、ふとん部屋に寝かせて貰った。窮屈な姿勢で眠ったせいか、翌朝、身体中が痛かった。

「どうも、申しわけありませんでした」

と、しきりに詫《わ》びる仲居に、矢木は、手を振って、

「私が、突然、やって来たから悪いのさ」

「仁科さんに、お会いになりますか？」

と、仲居が、きいた。

「多分、会うと思うが、何だね？」

「これを、部屋にお忘れになったので、渡して頂きたいと思いまして」

仲居は、ボールペンを、差し出した。平凡な、黒いボールペンだが、そこに、「第九回新宿デザインスクール卒業記念」と、白く、彫ってあった。

「ここに忘れていったことを、仁科に知らせたかね？」

「昨日、お電話してみたんです。名刺がありましたから。でも、お留守らしくて」

「じゃあ、もう電話はしないで欲しい。私が直接、彼に渡すからね」

と、矢木は、いった。

矢木は、このボールペンを、ハンカチに包んだ。

（これを、生かすことが出来るだろうか？）

10

　矢木は、いったん、群馬県警にった。

　田辺警部は、矢木の顔を見ると、

「どうだね？　納得できたかね？」

　と、きいた。

「何がですか？」

「仁科が、ホシではなく、前田哲夫が、犯人だということだよ」

「いいえ、東京で、仁科に会って、ますます、彼が犯人だという確信を持ちました」

「困ったね」

　と、田辺は、溜息《ためいき》をついて、

「仁科が、自供したのかね？　それとも、彼が犯人だという証拠でも見つかったのかね？」

「いいえ」

「じゃあ、なぜ、仁科に拘《こだ》わるんだ。県警としては、前田哲夫を、ホシだと考えているんだから」

「仁科が、犯人だからです」

「君。信念だけで、動き廻《まわ》られては困るんだよ」

田辺は怒ったような声でいった。

「もう一度、東京へ行かせて下さい」

「それで、どうなるんだね？」

「仁科が、林一郎殺しの犯人であることを証明して見せます」

「出来なかったら？」

「どんな処分を受けても、結構です」

「駄目《だめ》だといっても、行く気なんだろう？」

「はい」

「うーん」

と、田辺は、唸ってから、

「仕方がない。もう一度だけ行きたまえ。しかし、私が喜んで許可しているとは思いなさんな」

「もちろん、わかっています」

と、矢木は、いった。自分が、上司に煙たがられていることも、わかっていた。

その日、矢木が、東京に出たのは、昼過ぎである。

警視庁の亀井に電話して、もう一度、つき合って欲しいと頼んだ。

亀井と会って、「どうも、申しわけありません」と、矢木が、いった。

「また、一緒に、仁科に会いに行って貰いたいんです」

「彼が、犯人だという証拠が見つかったんですか？」

「いや、見つかりません。しかし、確信は、一層、強まっています」

「しかし、よく県警が、許可しましたね？」

亀井がいうと、矢木は、笑って、

「これが最後だといわれました」

「それにしても、あなたは、頑固だな」

と、亀井は、呆《あき》れたようにいった。

仁科は、アパートにいた。矢木たちの顔を見ると、

「またですか」

「君が、林一郎を殺したんだ。それは、わかっている」

と、矢木は、いった。

「それなら、逮捕したら、どうですか？　何の証拠もないのに、犯人呼ばわりするのは、人権侵害じゃないのかな。あなたを告訴しますよ」

「君は、新前橋から渋川までの十分間に賭けたんだ。この十分間、君は、『白根』で

はなく、『谷川』に乗ったんだよ。その他の二時間二十六分は、君は、『白根』に乗っていたが、十分間だけは、林一郎が乗っていた『谷川』の車内にいたんだ。それが証明されたら、君は、おしまいだぞ」

「じゃあ、証明して下さいよ。大宮の女子大生二人も、僕が、ずっと一緒だったと証言したでしょう?」

「問題の十分間については、彼女たちは、お喋りをしていて、君のことは、覚えていないといっている」

「じゃあ、いなかったという証明でもないわけでしょう?」

「だから、安心しているのかね? 安心できるのかね?」

矢木が、いい返したとき、電話が鳴った。

仁科が、ちらりと、矢木と亀井を見た。

「電話だよ」

と、矢木がいった。

仁科は、受話器を取った。

話しているうちに、仁科の顔色が変った。

「すぐ行きます」

と、いって、電話を切ってから、二人の刑事に向って、

「悪いけど、出かけなきゃなりません」

「どこへ？」

「友人が、交通事故で、入院したんです。すぐ、行ってやらなきゃならないんです」

仁科は、腕時計を見ながら、いった。顔色が、蒼《あお》い。

「それじゃあ、仕方がないな」

矢木は、意外にあっさりと、いい、亀井を促して、立ち上った。

外へ出たところで、矢木は、ニヤッと、亀井に笑いかけた。

「どうしたんです？　もう、東京へは来られないんでしょう？　仁科を、腕ずくで押さえて、もっと、訊問《じんもん》すると思ったんですがね」

「出かけたいというものを、無理に止めるわけにはいきませんよ」

「ほう」

「私たちも、出かけましょうか」

「出かけるって、どこへですか？」

「新前橋です。今から、タクシーを飛ばせば、一六時二九分上野発の『白根７号』に間に合います」

「いいでしょう」

と、亀井は、いった。

タクシーを止め、上野に走らせた。ホームには、「白根7号」が入っていた。

最後尾の1号車に乗り込み、空いている席に腰を下してから、亀井は、おやっという眼《め》で、前方を見つめた。

「向うの席にいるのは、仁科じゃありませんか?」

「そうらしいですね」

矢木は、とぼけた顔をした。

「彼も、どうやら、新前橋へ行くようですね」

「そうかも知れません」

「こりゃあ、面白くなりそうだ」

と、亀井は、いった。

11

矢木と、亀井は、新前橋に着くと、警察手帳を見せて、裏から、駅舎に入れて貰った。

衝立《ついたて》のかげからのぞくと、仁科が、緊張した顔で、駅員と話していた。

その声が、矢木たちにも聞こえてくる。

「このボールペンですが、あなたのものに間違いありませんね?」

と、駅員が、黒いボールペンを、仁科に見せている。

「卒業記念と書いてあるので、落とした人は、惜しいに違いないと思い、新宿デザインスクールに電話し、いろいろと聞いてみたんです。そうしたら、あなたの名前が出てきたので、お電話したわけです。八月十二日に、こちらの方に、旅行なさったということでしたのでね」

「どこに落ちていたんですか？」

「八月十二日の『谷川5号』のグリーン車の通路です。渋川と、沼田との間を走っているときに、乗客が見つけて、車掌に届けてくれたのです。ああ、丁度、グリーン車のトイレで、林一郎さんという方が殺されているのが見つかった頃です」

「そうですか」

「あなたのものに間違いなければ、これにサインして下さい。拾得場所は、八月十二日の『谷川5号』のグリーン車内の通路。区間は、渋川と沼田の間。それを確認してから、サインをお願いします」

と、駅員は、仁科にいった。

「僕のじゃないといったら、どうなるんですか？」

「そうですね。警察に届けることになると思います」

「なぜ、警察に？」

「八月十二日というと、同じ『谷川5号』の中、それも、グリーン車の中で乗客が殺されていますし、犯人として捕まった人が、新宿デザインスクールの卒業生ということですからね。まあ、このボールペンについている指紋を調べれば、誰《だれ》のものか、はっきりすると思いますが」

「いや、これは、僕のものです。サインしますよ」

仁科は、あわてていった。

「記入条項を、よく確認してから、サインして下さいよ」

「わかっています」

仁科は、サインすると、奪い取るようにして、ボールペンを、駅員から貰《もら》った。

その時、矢木と、亀井が、衝立のかげから、出て行った。

仁科が、ぎょっとして、立ちすくむ。そんな仁科を尻目《しりめ》に、彼のサインした用紙を手に取った。

「おやおや。これでは、君は、八月十二日に、林一郎を殺したと認めているようなものじゃないか。君は、ずっと、『白根』に乗っていたと主張した。しかし、『谷川』の、しかも、林一郎の乗っていたグリーン車に行ったことを認めたんじゃないか。これには、そう書いてある」

「罠《わな》にはめたな！」

仁科は、顔がこわばり、声をふるわせた。

「君だって、友人の前田を罠にはめた筈《はず》だよ」

「あいつとは、友人なんかじゃない。だから、罠にはめてやったんだ！」

仁科は、大きな声で、叫んだ。

「わかった。わかった」

と、矢木は、いい、電話を借りると、県警にかけた。

すぐ、パトカーが駈けつけて来て、仁科を連れて行った。

亀井は、変な顔をして、

「なぜ、あなたが連れて行かないんですか？　あなたが、自供させたんだ」

「亀井さんにわざわざ、ここまで来て頂いたんですから、何か、ご馳走《ちそう》したいと思いましてね。大したものは、ご馳走できませんが」

と、矢木が、いった。

「ざるそばでいいですよ。この辺りは、美味《うま》いそばがあるんじゃありませんか」

亀井がいうと、矢木は、ニコニコして、

「実は、この近くに、三色そばの美味い店があるんです。茶切り、ゆずぎり、けしぎりの三つのそばを盛り合わせて、六百円なんですよ」

と、嬉しそうにいった。

恋と幻想の上越線

1

男も二十八歳になると、たまに大学の同窓生に会ったりした時、誰が結婚したといった話が多くなってくる。

警視庁捜査一課の日下《くさか》刑事も、去年は三人の友人の結婚式に出席した。

今年は新年早々、一月二十六日に、同窓生の結婚式があった。

休日でないこともあって、参加した友人は少かった。日下はたまたま非番だったので、出られたのである。

平凡な結婚式だった。新婦は、同じ職場のＯＬとかで、すでに倦怠の色が見えていた。

その結婚式の帰りに、日下は、今Ｍ自動車の営業部で働いているという浅井《あさい》と、一緒になった。

浅井は大学時代、空手部にいた男で、日下はそれほど親しかったわけではなかった。

空手の腕を試すのだといって、寮の近くに住んでいた個人タクシーの運転手に殴りかかり、逃げるのを追いかけ廻し、揚句の果てに車のトランクを何回も蹴りあげて、警察に捕まったことがあった。そんな、弱い者いじめのところを、敬遠していたのかも知れない。

その浅井が、妙にしみじみした調子で、

「原田《はらだ》の奴、とうとう捕まっちまいやがって、ひとり者が少くなったねえ」

と、いった。

「君は、ひとりなのか？」

「おれは、バツイチの独身だよ」

「それにしても、今日、森田《もりた》はどうして来なかったんだろう？　彼は、原田の一番の親友だった筈《はず》だよ」

と、日下は、式の間ずっと不審に思っていたことを口にした。

「森田か」

と、浅井は、なぜかニヤッと笑って、

「奴は今、恋をしてるんだ」

「恋愛中だって、時間が許せば、来ればいいのに」

日下がいうと、浅井はまたニヤッとして、

「それが、奴らしい妙な恋でね。絶対にものに出来ない女に恋してるんだ」

と、思わせぶりにいった。

「相手は、人妻か?」

「そんなんなら、力ずくで奪えばいいさ。ところが、奴が恋した相手は、もっと性質《たち》が悪い」

「ヤクザの彼女《おんな》か何かか?」

「自分で聞いてみろよ。森田の電話番号を教えてやる」

と、浅井はいい、手帳を取り出して、その電話番号をいった。

「今、東京に住んでるのか?」

「世田谷《せたがや》のマンションだ。マンションといっても、アパートに毛のはえた程度のものだがね」

「何をしてるんだ?」

「そうか。君は奴と、同人雑誌の仲間だったんだね」

と、浅井にいわれて、日下は照れた。

確かに、大学時代、同人誌に入っていた。一応文学青年で、本を読むのは好きだったが、自分で創り出すのは苦手と自覚し、その同人誌に一篇の作品も書かないまま、半年でやめてしまった。

森田は、そこにいた。彼は詩人で、日下にはどうにも理解しにくい詩だった。ある時、これは何を書いたんだと聞いたら、森田は、おれの晩年の心境だといった。十九歳の青年がいったので、驚いたのを覚えている。

森田は一九〇センチ近い大男だったが、妙に優しい、というより、日下の眼には、弱々しいところがあって、こんな男が社会に出て生きていけるのだろうかと、心配したこともあった。

親友であったし、妙に気になる存在だったのである。

帰宅すると、日下はカレンダーに森田の電話番号を書き留め、いつかかけてみようと思っていたが、しないままに時間がたってしまった。

2

二月に入って、東京に、珍しく雪が降った。

その日の午後、殺人事件が発生して、日下も現場に急行した。

雪はすでにやみ、街は白一色で、陽の照り返しが眩《まぶ》しかった。

現場は、世田谷区北沢《きたざわ》に建つプレハブ三階建のマンションで、六畳にバス・トイレがついた１Ｋの部屋だった。

その六畳に、森田淳《あつし》は、パジャマ姿で俯《うつぶ》せに倒れて、死んでいた。

六年ぶりに見る森田は、相変らず、大きな男だった。

「毒死だな。多分、青酸中毒だ」

と、亀井《かめい》刑事が、いった。

小さなテーブルの上には、この部屋にも、部屋の主にも不釣合なナポレオンの瓶が置かれ、注いで飲んだと思われるコップは、畳の上に転がっていた。

狭いキッチンを調べると、洗ったコップが見つかった。明らかに、何者かが、森田を訪ねて来て、一緒に飲み、その人間は自分のコップを洗って、立ち去ったのだ。そして森田は死んだ。

立ち去った人間が、毒入りのブランデー「ナポレオン」を持ち込み、それを森田に飲ませたと考えるのが、自然だろう。

「何か、いい香りがするね」

と、現場の指揮に当る十津川《とつがわ》警部が、いった。

「何とかいう香水の匂いじゃありませんか」

若い西本《にしもと》刑事が、いった。

確かに、香水の匂いらしい。パジャマ姿の死者が香水をつけているとは思えないから、或いは、犯人の香りが残っているのかも知れない。

壁に吊してある背広のポケットから運転免許証が見つかり、それと日下の証言で、死体は森田淳、二十八歳と確認された。

「それにしても、殺風景な部屋だねえ」

と、亀井刑事が、呆れたように六畳の部屋を見廻した。

組立式の本棚、十四インチのカラーテレビ、小さなテーブル。それが、六畳にある調度品の全てに見える。

洋服ダンスがないので、背広やコート、ジャンパーなどが、壁に吊してある。

いや、六畳の部屋には真新しい器具も二つ、置かれていた。それは、ファクシミリとワープロだった。

押入れを開けると、そのワープロで打った原稿が、うずたかく積み重ねてあった。

多分、ファクシミリで送ったものだろう。

十津川は、その何枚かを手に取って読んでみた。

右肩に雑誌の名前が書いてあるから、そこへ送った原稿らしい。

〈紅葉の奥入瀬《おいらせ》を行く〉

と題され、青森《あおもり》駅前からＪＲのバスで奥入瀬へ旅した時のことが、書かれていた。

他の原稿にも眼を通してみると、いずれも日本国内の観光地を旅した感想記になっている。どうやら被害者の森田淳は、雑誌の依頼で旅行記を書いていたらしい。

コートのポケットにEEカメラが入っているから、写真も同時に撮ってきていたのか。

「彼が、そういう仕事をしていたとは、知りませんでした」

と、日下は、いった。

「君が知っていることは、どんなことなんだ？」

と、亀井が、きいた。

「彼が、恋をしていると、友人の一人がいっていました」

「恋をねえ」

「はい」

「それにしては、彼女の写真も、彼女からきた筈の手紙も、何処《どこ》にもないようだよ」

と、亀井は、いった。

押入れにダンボール箱が入っていて、それに手紙や写真、ボールペンなどが雑然と入っているのだが、その手紙や写真の中に、彼女からのラブレターや、若い女の写真はなかった。

「毒殺した犯人が、持ち去ったんじゃないでしょうか？」

と、日下は、いった。

「甘い香水の香りを残していった犯人がか？」

と、十津川が、きいた。

「そうです」

「じゃあ、被害者の恋人のことは、君に頼もう。その恋人の名前を、調べて欲しい」

と、十津川は、いった。

3

日下はすぐ浅井に会おうとしたが、彼は三日前から休暇をとっていた。M自動車の話では、五日間の休暇で、海外へ行くといっていたが、行先はわからないという。

日下は、彼の自宅の留守番電話に、帰り次第、至急連絡をしてくれと吹き込んでおいた。

浅井が帰国するまでの間に、解剖結果が出たし、聞き込みも行なわれた。

死因はやはり、青酸による窒息死だった。死亡推定時刻は、前日の二月九日の午後十時から、十一時の間だった。それで、森田がパジャマ姿でいたことが、理解できる。

犯人は、夜、訪ねて来たのだ。森田は、パジャマ姿で迎え、多分、犯人の持参した毒入りのブランデーを飲んで、死んだのだろう。

犯人と思われる人間を見たという目撃者も見つかった。

二月九日の午後十一時半頃、同じマンションに住む独身のサラリーマンが、飲んで帰ったとき、入口で、出て来た女と出会っていた。

その女は、コートの襟を立て、帽子をかぶっていた。逆光なので、顔はわからなかったが、初めて見た女だったという。背はかなり高く見え、年齢は二十代だと思うと、証言した。

刑事たちは、マンションに住む全員に会い、二月九日の夜、若い女の客があったかどうかを聞いてみた。その結果、全て、ノーの返事だった。サラリーマンの目撃した女が、森田淳を訪ねた可能性が、大きくなったわけである。

殺された森田淳の経歴も、わかってきた。

日下と同じ大学を中退したあと、森田はさまざまな会社、仕事についているのだが、いずれも長続きしていない。日下たちは、その中に二、三の会社に行き、当時の森田の様子を聞いてみることにした。

当時の上司や、同僚の話は、奇妙に一致していた。

仕事は一応やるのだが、偏屈で、協調性に欠けた。上司とぶつかると、それを改めようとはせず、簡単に辞めてしまった。

日下たちは、仕事の他に、女性関係についても聞いてみた。恋人がいたかどうかということをである。

それに対する答も、一致していた。彼に恋人とか、ガールフレンドがいたという話は聞いたことがないし、彼が女と一緒だった姿を見たこともないというのである。

森田は、いくつかの仕事をやったあと、というか、失敗したあと、友人の紹介で、雑誌社に勤めた。文才があったので、ここでは信頼されたが、やはり上司とケンカをしてやめてしまっている。しかし、彼の才能を惜しむ人たちが、彼に旅行記を頼むようになった。いわば、フリーの旅行記者といったところだろう。

そして、二月九日に、殺されたのである。

これで一応、森田の経歴がわかったのだが、肝心の女の影は、いっこうに浮んで来なかった。時々、飲みに出かけたり、ソープランドで遊ぶこともあったようだが、これは恋人とはいえないだろう。

「恋人は、いなかったんじゃないのかね？」

と、十津川は、日下にきいた。

「しかし、友人が、今、森田は恋をしているといっていたんです。嘘とは、思えませんでした」

「それなら、なぜ、それらしい話が出て来ないんだろう？」

「私にも、それが不思議なんですが――」

と、日下も、首をかしげた。

浅井が冗談をいったのだろうか？　彼は他人《ひと》をからかうのが好きだったから、可能性はある。しかし、日下をからかうのだったら、もっと適当な話題があった筈だとも思う。浅井は、日下が刑事と知っているのだから、友人の恋の話なんかよりも、事件の話でからかうのではないか。その方が、日下が引っかかり易いからである。

森田が恋をしているというのも、興味がなくはないが、所詮は他人事《ひとごと》である。事実、日下はその話題を、忘れてしまっていたのだ。

「とにかく、明日、浅井が旅行から戻ってくるので、詳しい話を聞いてみます」

と、日下は、十津川にいった。

「そうしてくれ」

翌日、M自動車に電話すると、浅井は帰っていた。

「おれも、帰国して彼のことを聞き、びっくりしているんだ」

と、浅井は電話口で、いった。

「すぐ、会いたいんだがね」

「昼休みに、森田のマンションに行ってみたいと思ってる。そこで、会おうじゃないか」

と、浅井は、いった。

日下が待っていると、浅井がタクシーでやって来た。

日下は、張ってあるロープをあげて、浅井をマンションの中に招じ入れた。

「君のいう恋人の写真が、見つからないんだよ」

と、日下がいうと、浅井は、

「写真？　写真なんか、ある筈がないよ」

と、意外なことを、いった。

「恋人の写真がないって、どういうことなんだ？」

「とにかく、部屋に入ってみたいな」

と、浅井は、いった。

ドアの前にいる制服の警官に会釈して、日下は浅井と部屋に入った。

浅井は、無遠慮に、部屋の中をいろいろ見廻してから、

「相変らず、何もない部屋だねえ」

「彼の恋人は、どんな女なんだ？」

と、日下は、きいた。

浅井は返事をせずに、なおも部屋の中を見廻していたが、急にニヤッとして、

「こんな所に、貼ってありやがった」

と、天井を指さした。

4

そこに貼ってあったのは、広告の絵だった。

横長のもので、ホテルを背景《バック》に、和服姿の若い女性が描かれていた。

〈水上温泉、ホテル陽光楼《ようこうろう》へようこそ〉

と、いう文字が見える。

「まさか、森田の恋人は、この絵の女だというんじゃないだろうね？」

日下がきくと、浅井はニヤッとして、

「それが、まさかなのさ。前から変ってた奴だが、この女に恋をしてしまったんだ」

「森田は、ふざけて君にいったんじゃないのか？」

「おれも最初は、そう思ったさ。だが、奴は真剣だったんだ。その証拠に、とうとうこの広告を盗んで来て、天井に貼りつけて毎日見てたんだよ」

「この広告は、何処に貼ってあったんだろう？」

「新特急谷川《たにがわ》の車内広告だよ。奴の話だと、雑誌社に頼まれて、旅行記を書くために新特急谷川に乗ったところ、この広告を見て、たちまち絵の女性に恋してしまったといっていた。その後、列車に乗って、この広告を盗んで来てしまったんだと思うね」

と、浅井は、いった。

それでもまだ、日下は半信半疑だった。子供じゃあるまいし、絵の女に恋するなんてことがあるだろうか？

それに、絵の女が、森田を殺したとでもいうのだろうか？

「この絵のモデルがいたんだろうか？」

と、日下はきいた。

「さあ、どっちかな？　このホテルに聞いてみたらどうなんだ？」

「そうしてみよう」

と、日下はいい、部屋の電話を使って、広告に書かれているホテル陽光楼の電話番号にかけてみた。

「ホテル陽光楼でございます」

という男の声が聞こえた。

「ちょっと伺いますが、新特急谷川の車内におたくの広告が出ていますね。水上温泉陽光楼へようこそとあって、若い美人の絵が描かれている広告です」

「あれは一月一杯で終りました。今は新しい広告になっております」

と、男の声はいった。

「そうですか。ところで、前の広告ですが、あれに描かれた和服美人にはモデルがいたんでしょうか？」

と、日下はきいた。

「そんなものはおりません。ただの絵ですよ」

男の声は、なぜか腹立たしげに聞こえた。

「モデルはいないんですか？」

「そうです」

「あの広告の絵を描いたのは、何という方ですか？　よろしければ、教えて頂けませんか？」

「なぜ、そんなことをお聞きになるんですか？」

「私は警視庁捜査一課の日下といいます。今、東京で起きた殺人事件を調べているのですが、その広告の絵を描かれた方のことが引っかかってきましてね」

「ちょっと、お待ち下さい」

と、相手はいい、五、六分待たされた。

「お待たせしました。杉浦健吉《すぎうらけんきち》という絵描きさんです」

「電話番号はわかりますか？」

「〇三‐三四八三‐××××です」

「東京の方ですか」

「そうです。もうよろしいでしょうか？」

「ありがとうございました」

と、日下は礼をいって電話を切ると、今度は杉浦という画家に電話した。

若い女が出てから、杉浦に代った。

日下が広告の女性について聞くと、杉浦は、

「時々、同じことを聞かれるんですが、モデルはいません。それでよろしいですか？」

と、穏やかな調子で答えた。

「本当に、モデルはいないんですか？」

「いませんよ。依頼主の希望は、癖のない美人を描いてくれということでしてね。それならモデルを使うより、空想で描いた方がいいと思ったわけですよ」

「最近、モデルがあると思って熱心にモデルを教えてくれといって来た人はいませんでしたかね」

日下は、森田の顔を思い出しながら、きいた。だが、杉浦は、そっけなく、

「そういう人は、いませんね」

と、いった。

日下は、仕方なく電話を切り、問題の広告を持って、捜査本部に戻り、十津川に見せ、事情を説明した。

「絵の女に、恋をしたか――」

と、十津川も、半信半疑の表情になり、広告を壁に貼りつけた。

そのあと、腕組みをして、見つめて、

「なかなか、いい絵じゃないか。ただきれいなだけの絵じゃなく、女性が生きているよ」

「私も、そう思いました。女の美しさと優しさが、滲み出てくるような気がします」

「だが、絵の女に、大の男が、恋するというのはねえ。カメさんは、どう思うね？」

と、十津川は、亀井を見た。

「絶対に無いとはいえないと思いますね。しかし、絵の中の女は、殺人はしないでしょう」

と、亀井は、いう。

「しかし、この絵に、モデルは存在しないんだろう？」

「そうです。絵を依頼したホテルでも、描いた杉浦という画家も、モデルはいないと主張しています」

「だが、君は、そう思っていないのか？」

と、十津川は、きいた。

「架空の女が、殺人をする筈がありませんから」

「杉浦というのは、どういう画家なんだ？　調べてみた方がいいな。例えば、絵を描く時、いつもモデルを使うかどうかだ」

と、十津川は日下にいった。

日下が、同僚の西本刑事と出かけて行ったあと、十津川は、あらためて、亀井と壁に貼りつけた広告に眼をやった。

「生き生きとした美人ですね」

と、亀井が、いった。

「ああ、そうだな」

「この女性、ホクロがありますね」

と、亀井が、いった。

「ホクロ？」

「左眼の眼尻のところに、小さなホクロがありますよ」

亀井が、その部分を指さした。

十津川は、眼をこらした。

「なるほど、ホクロがあるね」

「モデル無しに、空想で描いた女の顔に、画家はいちいちホクロを描き入れるものでしょうか？」

「うーん」

と、十津川は、考え込んでしまった。

十津川は、画家ではないので、その点はわからないが、女の顔にホクロを描き込むのが癖の画家だっているだろう。

しかし、空想の女の顔に、ホクロを描くのが不自然ではないかという亀井の指摘も、肯《うなず》けるのだ。

日下と西本が戻ってきた。

日下が、一冊の画集を十津川の前に置いた。杉浦健吉画集と、題されている。

風景画もあるが、殆《ほとん》どが、人物画だった。画集の最後に、杉浦健吉の略歴がのっていた。

現在五十七歳。美大を出たあと、K子像で日展に入選。現代の美人画を創ったといわれている。水上のホテルが、杉浦に依頼したのもそのせいだろう。

「それをご覧になるとわかりますが、各年代で、美人といわれた女性をモデルにして、描いています」

「つまり、殆どモデルを使って、描いているということだね？」

「そうです」

「モデルを使わずに描いた女性像は？」

と、ページを繰りながら、十津川はきいた。

「例えば、そこに『夢』と題された作品がありますが、その中の女性は、モデルがありませんし、小野小町像なんかは、もともとモデルがいませんから、想像で描いた姿です」

「なるほどね」

と、十津川は、肯いた。

彼は、拡大鏡を持ち出して、その二つの絵を詳しく見ていった。

「無いね」

と、十津川は、呟《つぶや》いた。

「何がですか？」

と、日下が、きいた。

「眼尻のホクロだよ。杉浦という画家は、別に、眼尻にホクロを描き込む癖があったわけじゃないんだ」

「それが、どうしたんですか？」

「あの広告に描かれた女性は、モデルがいたということだよ」

と、十津川は、いった。

「やっぱり、モデルがいたんですか？」

日下が、大きく肯いた。

「そうさ。そのモデルは、左眼尻にホクロがある」

「森田は、そのモデルの女性に、惚れたということですか？」

と、日下が、きいた。

「彼は、仕事で上越線の新特急谷川に乗り、車内であの広告を見て、絵の女性に魅かれたんだろう。そして、何度か乗っているうちに、広告を盗《と》って来て、自分の部屋の天井に貼りつけて、見ていた。そのうちに、絵のモデルに、会ってみたくなったんだと思う。絵の女に恋するのは、ロマンチックでいいものだが、人間はそれだけでは物足りなくなってくる。当然の欲求だろうね」

「それで、彼は、殺されたということですか？」

「絵に恋しているうちは安全だったが、モデルに恋した時、死が待ち受けていたということになるのかな」

「なぜ、そんなことになったんでしょうか？」

「それがわかれば、この事件は解決だよ」

と、十津川は、いった。

5

今回は、亀井ではなく、日下を連れて水上温泉へ行くことにした。

水上へ行く新特急谷川は、上野発である。

十津川は、久しぶりに上野駅へ行った。さすがにスキーを持った人たちが多い。

午前一〇時〇九分発の谷川3号は、14番線ホームに、すでに入線していた。

十四両編成だが、1号車から7号車までが水上行の新特急谷川3号で、8号車から14号車までは、万座《まんざ》・鹿沢口《かざわぐち》行の新特急草津《くさつ》3号である。途中の新前橋《しんまえばし》で、二つの列車は切り離される。

二人は列車に乗り込むと、各車両を見て歩いた。5号車に来て、日下が、

「ありました」

と、小声で、十津川にいった。

ドアの脇の壁の部分に、水上温泉陽光楼の広告がかかっていた。

あの和服姿の女性が描かれたものではなく、新しく作ったものだった。

陽光楼の写真と谷川岳を組み合わせたもので、絵ハガキ的な美しさはあるが、女性

の時のような楽しさは消えていた。

「あの広告の方が良かったですね」

と、日下が、いった。

「一月末で取り替えたといっていたね？」

「そうです。ホテル側はそういっていますね」

「JRは、どうなってるんだろう？　広告には、有効期限というのがあるんだろう」

「あの広告ですが、有効期限は一月三十一日ではなかったと思うのです。広告の隅に押してあったゴム印には、二月十五日までとなっていたような気がします」

「それを、JRに確認したいね」

「車掌に、何処《どこ》に問い合せたらいいか、聞いてきます」

と、日下はいい、車掌室へ歩いて行った。戻ってくると、この列車には電話がついていないので、水上で電話してみますと、十津川にいった。

上野を出る時、曇り空だったので、途中から雪になるかと思っていたのだが、逆に、晴れてきて、水上に着いた時は、快晴だった。近くに連なる谷川連峰が、雪を頂いて眩《まぶ》しかった。

駅を降りると、すぐ、ホテル、旅館が渓谷沿いに林立している。ここも湯沢温泉と同じく、周囲には大きなマンションが建ち始めていた。

二人は駅前でおそい昼食をとってから、電話で予約しておいたホテル陽光楼に入った。もちろん、刑事とはいっていない。

部屋に落ち着くと、さっそく日下がＪＲ東日本の営業部に電話をかけ、例の広告について聞いた。

「水上温泉の陽光楼さんの件は、こちらも意外でした」

と、担当者が、いう。

「それは、なぜですか？」

「なかなか評判のいいポスターでしたからね。杉浦さんの美人画としてもいいものじゃなかったんですかねえ。それなのに、急に、取り替えたいといわれたんですよ。うちとしては、新しく料金を頂けるんで、有難かったんですが、なぜ期限前に取り替えられたのか、不思議ですね」

「陽光楼さんは、何か理由をいったんですか？」

「いえ。ただ、取り替えたいといわれただけです」

と、担当者はいった。

日下が電話を置くと、十津川が、

「やはり、ＪＲ側も不思議に思っているのか？」

「そのようです」

「そして、君の友人が、殺された――」

「関係があると、思われますか？」

と、日下が、きいた。

「君だって、関係があると、思っているんだろう？」

「モデルがいたはずなのに、ホテルも画家も否定するのは、おかしいと思っています」

「森田は、どんな性格だったのかね？　モデルのことを聞いて、いないといわれたら、簡単に引き退る人間かね？」

と、十津川は、きいた。

「いえ。彼はちょっと偏執狂的なところがあって、一つのことにのめり込んでいくところがありました。それで時々、衝突して、職を転々としていたりしたんですが」

「恋した女のことなら、なおさらだったろうね」

と、十津川は、いった。

「しかし、ホテル側と、画家の杉浦が、モデルはいないといって教えるのを拒んだ時、森田の奴、どうやって彼女を見つけ出したんでしょうか？」

「もし、君が森田だとしたら、どうやって見つけ出すね？」

「私ならですか？」

「君と森田は、同じ年だろう？　彼に出来たことが、君に出来ないことはないよ」

「無理ですよ。私は彼みたいに、偏執狂じゃないし、広告の女に恋してもいませんからね」

と、日下は苦笑しながら、いった。

「そんなことはない。刑事なんて大なり小なり偏執狂だよ。だから、条件は同じだ。その気になって、考えてみたまえ」

と、十津川は、はっぱをかけた。こんな時、亀井刑事なら、十津川が黙っていても、いくつか自分の案を出してくるだろう。その点、日下は、まだ若いのだ。

「そうですねえ。杉浦のことをよく知っている画家に会って、あの広告を描いていた頃、どんなモデルを使っていたか、聞いてみますが」

と、日下は、いった。

「他には？」

と、十津川は、先を促した。

「他にですか？」

「いくらでもあるじゃないか。モデルを、誰が用意したかということがある。ホテル側が用意したとすれば、ホテルの主人の縁故者かも知れない。杉浦が探したのだとすれば、これを描いた頃の彼の行動を調べれば、自然に、浮びあがってくるんじゃないか?」

「なるほど」

「今は、ホテルの関係者と考えて、当ってみようじゃないか」

と、十津川は、いった。

わざわざ、持参した例の広告を持って部屋を出ると、まずフロントで見せて、この女を知らないか、聞いてみた。

フロント係は、男と女と二人いたが、どちらも、

「知りません。第一、これは、絵じゃないですか」

と、いった。

他の従業員も、同じ反応だった。

「変ですよ。みんな同じ反応というのは――」

と、日下がいうと、十津川も肯《うなず》いて、

「第一、あの絵は、このホテルの広告なんだ。当然、反応としては、これはうちの広告じゃありませんかという言葉があるべきなのに、それが全くないというのは、不自然だね」

「最初から、われわれがやって来て、あの女性について聞かれるのを、予想していたということですね」

「ホテルの社長から、命令されているのかも知れない。誰かが広告の女性について聞きに来たら、知らないといえとね」

「じゃあ、その社長さんに、会ってみようじゃありませんか」

と、日下は、いった。

二人は、警察手帳を見せ、フロントで、社長に会いたい旨《むね》を、告げた。

しばらく待たされてから、最上階にある社長室に案内された。

社長は、五十二、三歳だろう。痩身《そうしん》で、若い時はさぞ美男子だったろうと思われる。中年になった今も、渋い二枚目の感じだった。

「お待たせしてすみません。ちょうど、離せない仕事があったものですから」

と、社長は丁寧にいい、名刺を二人にくれた。

「大久保《おおくぼ》久兵衛《きゅうべえ》さんと、おっしゃるんですか」

と、十津川が名刺を見ていうと、相手は小さく肩をすくめて、

「妙な名前でしょう？　うちは、三百年近く続いた旅館でしてね。私の前の代まで、木造の純粋な旅館でした。当主は、代々、久兵衛と名乗ることになっていて、私は、第七代の久兵衛というわけです。若い時は恥しかったですが、今になると、別に悪い名前ではないなと思うようになっています」

「ところで、これは、新特急谷川の車内にあったこのホテルの広告ですね」

と、十津川は、例の絵を大久保に見せた。

大久保は、あっさりと肯いて、

「その通りですが、今は、別のポスターになっている筈ですよ」

「なぜ、急に、変えたんですか？」

と、日下が、きいた。

「私は好きな絵だったんですが、若い女性の絵が大きいでしょう。それで、このホテルの宣伝にはならないんじゃないか。広告を見る人の注意が、ホテルより絵の女性に向いてしまうというわけですよ。それで、取り替えました」

と、大久保は、いった。

「それだけですか？」

十津川がきくと、大久保は眉をひそめて、

「おかしいですか？」

「このポスターでも、ちゃんとこのホテルの宣伝になっていると思うからですよ。新しい広告も見ましたが、平凡でつまらなかった」

「そう思う人もいるでしょうね。今いったように、私もこちらの方が好きですが、従業員の総意ということもありますからね」

「杉浦さんが、描いたものですね？」

「そうです。あの先生の美人画が好きだったので、お願いしたんです」

「モデルは、どなたですか？」

十津川は、さりげなく、きいた。

だが、それでも一瞬、大久保の表情が険しくなった。

ただ、すぐ元のおだやかな表情に戻ると、

「これは、絵ですよ」

「絵ですが、モデルがいる筈でしょう？」

日下が、若者らしく勢いこんで、きいた。

大久保は、日下に眼を移して、

「なぜ、そんなことをお聞きになるんでしょう？　たかが、一ホテルの宣伝ポスターじゃありませんか。警視庁の刑事さんが、なぜこんなポスターに拘《こだわ》るのか、わかりませんね」

「私の友人が、この絵の女性のせいで、殺されているんです」

と、日下は、相変らず食ってかかるような顔で、大久保にきく。

大久保の方は、逆に冷静な表情になって、

「それはちょっと、信じられませんね。広告のせいで殺されたというのは、どういう意味でしょうか？」

と、日下にきいた。

「問題は、この絵のモデルなんです。モデルが誰か教えて頂きたい。お願いします」

「困りましたねえ。私は、全て杉浦先生にお委せして、このポスターを作って頂いたんです。もし、この絵にモデルがいたとしても、私はそれが誰か知りません。杉浦先生に、お聞きになって頂けませんか」

と、大久保は、いった。

「杉浦さんは、モデルはいなかったと、いっています」

と、十津川が、いった。

「それなら、モデルなしで描かれたんでしょう」

「しかし、モデルはいた筈なんです」

日下は、抗議するように、いった。

「しかし、この絵を描いた杉浦先生が、いないとおっしゃってるんでしょう？　それなのに、なぜ、刑事さん方が、モデルがいる筈だとおっしゃるのか、わけがわかりませんね」

大久保は、また小さく肩をすくめた。

「わけはいえませんが、われわれには、この絵にモデルがいるに違いないと、信じているんですよ。そしてそのモデルのせいで、殺人事件が起きています。知っているのなら、教えて頂きたいですね」

と、十津川は、いった。

「困りましたねえ。私は、依頼主ですが、今もいったように、全て杉浦先生にお委《まか》せしたんです。私の出した条件はただ一つ、うちの写真も入れて下さいということだけです。ですから、この絵の女性にモデルがいるかいないのかといわれても、私には何もわからないのです」

「杉浦さんは、何日で、この絵を描いたんですか」

「確か、一ケ月ぐらいでしたね」

「その間、杉浦さんのところを訪ねたことはなかったんですか？　どんな絵になるのか、心配にはならなかったんですか？」

と、日下は、きいた。

「別に、気になりませんでしたよ。あんな偉い先生にお委せしたんだから心配するなんて失礼じゃありませんか」

大久保は、ニコニコ笑いながら、いった。うまくすかされた感じだった。

6

部屋に戻ったあと、日下が、

「警部は、あの社長の言葉を信じますか？」

と、十津川に、きいた。

「言葉って、なんだ？」

十津川は煙草を火をつけてから、聞き返した。

「あの広告の絵については、全部、杉浦に委せていたんだから、モデルがいたとしても、向うが知っている筈だといっていました。ああいわれてしまうと、それ以上追及できませんが」

「あれは、君の負けだよ」

と、十津川は、いった。

「私の質問の仕方が、まずかったんでしょうか？」

日下は、元気のない声できいた。

「若いから、まともに行き過ぎたと思うね。まともにいったから、まともに逃げられてしまった」

と、十津川は、いった。

「では、明日、もう一度当ってみます」

「同じ返事が、戻ってくるよ。モデルがいたかどうかは、画家の杉浦が知ってるだけだとね」

「そういわれたら、それで終りです」

「だがもし、大久保社長がモデルについて何も知らないのなら、ここの従業員がなぜあんなぎこちない反応を見せたのか、わからなくなってしまう」

「そうなんですよ。あれは、どう考えても不自然です」

「まあ、明日になったら、ゆっくり考えようじゃないか」

と、十津川は、いった。

しかし、夜になって、東京の亀井から十津川に電話が入った。

「画家の杉浦の行方が、わからなくなりました」

と、亀井が、いった。

「どういうことだ？　カメさん」

と、十津川は、きいた。

「例の広告の絵のことで、もう一度杉浦に会ってみようと思って、彼の家へ行ってみましたが留守でした」

「旅行にでも、出かけたんじゃないのかね？　彼は風景画も描くようだが」

「私も、旅行かと思いましたが、まわりの人間は、そんな様子はなかったといっています。ただ、彼の車がなくなっていますが」

「じゃあ、その車で、旅行に行ったんじゃないのか？」

「ただ、その車は近い所へ行く時だけに使って、絵を描くために旅行するのに、車は使わないというのです。それなのに彼は、昨日から家に戻っていないというのです」

　と、亀井は、いった。

「どんな車なんだ？」

「黒のミニ・クーパーSです」

「もちろん、その車も見つかっていないんだな？」

「そうです」

「仲間の画家たちは、どういってるんだ？」

　と、十津川は、きいた。

「何人かに会いましたが、行先を知っている者はいません。それに、杉浦が、何処かへスケッチに行くといっていたという話も、聞けませんでした」

「彼の家族は、どうなんだ？」

「杉浦には妻子がいます。娘は大学生でマンション暮らしです。奥さんは四十三歳ですが、一ケ月前から腎臓を悪くして入院中です」

「大学生の娘さんも、入院中の奥さんも、杉浦の行方は知らずか？」

「そうです」

「その娘さんだがね」

「はい」

「ひょっとして、あの広告のモデルじゃないだろうね？」

と、十津川は、きいた。

「会いましたが、顔立ちが全く違います」

と、亀井は、いった。

電話を切ったのは、午後十一時近くである。受話器を置いてから、十津川は急に不安になってきた。

絵のモデルが誰かなど、別にどうということはない筈なのに、すでに一人の男が殺されている。

なぜ、そんなことになったのかは、わからない。が、森田という男が殺されたことはまぎれもない事実なのだ。

それを考えると、杉浦も危ないかも知れない。

十津川は、こちらから亀井に、かけ直した。

「カメさんにもわかっていると思うが、杉浦は危ない気がするんだよ。前に、ポスターの女に恋した森田が殺されているからね」

「同感です。今、必死で、杉浦と、彼が乗っていると思われる黒のミニ・クーパーSを探してるんですが、見つかりません」

「いなくなったのは、昨日だといっていたね？」

「実は、それも正確じゃありません。友人の画家が、昨日の午後一時に電話した時は、すでにいなかったそうですから、消えたのはもう少し前かも知れません」

「一昨日は、自宅にいたことが、確かめられているんだね？」

「そうです。一昨日の夕方五時頃、同じく、友人が電話しています。その時には、本人が電話に出たそうです」

「もし、一昨日の夜に家を出たとすると、ミニ・クーパーSでも、かなりの距離、動いていることも考えられるね」

「東京周辺の県警にも、杉浦のことは連絡しておきますか？」

と、亀井が、きいた。

「そうしておいてくれ」

と、十津川は、いった。

日下も、心配そうな表情で、十津川と亀井の電話を聞いていた。

「ホテルの社長は、モデルのことは絵を描いた杉浦に聞いてくれといいますし、その杉浦が万一殺されてしまったら、モデルのことを知る方法がなくなってしまいます」

と、日下は、いった。

「まだ、杉浦が殺されたと決ったわけではないよ」

十津川は、いった。

だが、翌日になると、その不安が確実になった。

午前七時に朝食を食べ始めたのだが、その最中に、亀井から電話が入った。

「今、奥多摩《おくたま》で、谷底に転落している黒のミニ・クーパーSが発見されました。車内で、杉浦が死んでいたそうです。これから、西本刑事を連れて、現場に行って来ます」

と、亀井は、いった。

「杉浦に間違いないのかね？」

十津川は、念を押して、きいた。

「奥多摩署の話では、持っていた運転免許証から、杉浦と断定したといっています」

「わかった」

「これから、奥多摩に行って来ます」

「私も、すぐ戻るよ」

と、十津川は、いった。

日下も、青い顔で、

「私も、帰ります」

「いや、君は、ここに残れ」

と、十津川は、いった。

「しかし――」

「このホテルの従業員は、そのぎこちない態度から見て、何か隠していると思う。君はここへ残って、それが何なのか聞き出すんだ」

と、十津川は、いった。

十津川は食事の途中だったが箸を置き、帰り支度を始めた。

日下が、心細げに、

「聞き出すといっても、どうやったらいいかわかりません。社長を始め、このホテルの従業員たちが、協力的になるとは考えられませんから」

「いやに弱気じゃないか。いつもの元気のよさは、何処へ行ったんだ？　殺された友だちのためにも、絶対に犯人を捕まえて見せるといっていたじゃないか」

十津川は、からかうように、日下を見た。

「そうなんですが、相手が実体のない幽霊みたいなものなので、どうも対応がしにくいんです。向うにもモデルなんかいませんといわれてしまうと、それ以上突っ込みようがなくて」

と、日下は、いった。

「しかし、君は、必ずモデルがいる筈だと思っているんだろう？」

「そうです。そうでなければ、森田が殺される筈がないからです」

「それなら、粘ってみろよ。一つだけ、ヒントをやろうか。昨日、大久保社長に会っただろ。彼をどう思ったね？」

十津川は、手だけは相変らず着がえをしながら、そんなことをいった。

「そうですね。態度は丁寧だが、油断のならない男だという印象を持ちました。嘘をついているんじゃないかと思いましたが、見抜けません」

「顔は、見たんだろう？」

「もちろん見ましたが」

「どう思ったね？」

「若い時は、さぞ、美男子だったろうと思いましたよ。五十歳を過ぎた今も、なかなかですが」

「それだけかね？」

「と、いいますと？」

と、日下が、きき返す。

「眼元が、誰かに似ていなかったかね？」

と、十津川は、いった。

「誰かといいますと？」

と、日下は、また、きく。十津川は大きな声で、

「誰かといえば、決っているじゃないか。例の広告の絵の女にだよ」

「ええ、あの絵の女――」

と、日下はいったが、すぐ、

「しかし警部、大久保社長には、娘はいない筈ですよ」

「だから余計、引っかかってくるんじゃないか」

十津川は叱りつけるようにいった。

7

十津川は、ひとりで東京に帰った。新特急谷川4号に乗り、上野に着いたのは一三時二七分である。

十津川は、そのまま、奥多摩に向った。

奥多摩署には、捜査本部が、設けられていた。

亀井が、「お帰りなさい」と、十津川を迎えてから、現場写真を見せた。

三十枚近い、鑑識の撮った写真には、谷底に転落して横転しているミニ・クーパーSが、さまざまな角度から、撮られてあった。

それに、車内で死んでいる杉浦。その死体が引き出され、ロープで崖上に引き揚げられるシーンも、写真に撮られている。

車が転落する時、へし折られ、裂かれた木々も写っている。

「杉浦が殺されたことは、間違いないのか？」

と、十津川は、亀井に聞いた。

「司法解剖に廻しましたが、直接の死因は窒息死とわかりました。ロープで首を絞められたんです。死亡推定時刻は、三日前、二月十三日の午後八時から九時の間ということになりました」

「三日前というと、彼の友人が夕方に電話していた筈だね？」

「それを再確認しましたが、その時刻は午後五時頃に間違いないということでした。そのあとで杉浦は、ミニ・クーパーSで奥多摩に向い、そこで何者かに殺されたんだと思います」

と、亀井は、いった。

「つまり昨日、私と日下刑事が水上に行ったとき、すでに杉浦は殺されていたことになる」

と、十津川は、いった。

「確かにそうですが、それが何か意味がありますか？」

亀井が、首をかしげて、きいた。

「昨日の午後、私と日下刑事は、ホテル陽光楼で、社長の大久保に会った。あの広告の依頼主だ。その時、あの絵のモデルについて聞いた」

「社長は、何といいました？」

「自分は、全て杉浦先生に委せたから、モデルがいたかどうかは杉浦先生に聞いてくれと、いったよ」

「その時には、すでに杉浦は死んでいたわけですね」

「そうなんだよ。もし大久保社長があの時、杉浦が殺されていることを知っていたとすれば、ぬけぬけといいやがったということになるじゃないか」

と、いって、十津川は笑った。

「そうですね」

と、亀井も、笑った。

「あの絵のモデルのことは、杉浦も知っていたことになる。だから、殺されたんだろう」

「あと、知っているのは、大久保社長だけですか？」

「そう思うね」

「しかし、たかが絵のモデルのことで、二人の人間が殺されるというのが、どうにも不思議で仕方がありません」

と、亀井が、いった。

「私だって、不思議だよ。モデルの女に何かがあると考えるより、仕方がないな。その秘密に、日下の友人、森田が触れてしまったんだろう」

「しかしですよ、警部。なぜ杉浦はそんな危ないモデルを使って、あの絵を描いたんですかね？　杉浦だけじゃありません。陽光楼の社長の方は、なぜ、大事な広告ポスターに、そんな秘密を持ったモデルを使ったんでしょうか？」

と、亀井が、眉を寄せた。

「そうだな」

と、十津川は考えてから、

「二つの理由が考えられると、思っている。一つは、モデルに秘密があっても、まさかそのモデルに恋して迫るような男はいないだろうと、タカをくっていたのではないかという考えだ」

「もう一つは、どういうことですか？」

「杉浦があの絵を描いた時に、モデルの女性に、別に問題はなかった。ところが、広告が出来たあと、問題が生れた。が、隠してゆけると思っていたのに、森田淳という変り者が出てきて、絵に恋して、モデルを探し廻った。それであわてて、森田の口を封じてしまった。そういうケースだね」

と、十津川は、いった。

「どうも、後者のケースのような気がしますね」

と、亀井は、いった。

「それも、モデルがいったい誰なのかわからないと、調べようがないね」

「日下刑事は、向うで、うまくやっていますか？」

亀井が、心配そうに、きいた。

「はっぱをかけてきたんだが、私が明日にでも、もう一度、水上へ行って来るつもりだよ」

と、十津川は、いった。

翌日、その言葉どおり、十津川は再び水上に向った。

水上に着くと、粉雪が舞っていた。その中を陽光楼に着くと、日下が迎えて、

「どうもいけません。のれんに腕押しで、何もつかめません」

と、泣きを入れた。

十津川は、すぐ、陽光楼から他のホテルに移ることに決めた。

そのホテルは、陽光楼と同じように、歴史のある古い旅館形式のものだった。名前は、白水《はくすい》荘である。

夕食のあと、十津川は、女将《おかみ》さんを呼んだ。警察の人間だということはいわず、

「実はね、この男が、水上の娘さんを好きになりましてね」

と、日下を示した。

五十歳ぐらいの女将さんは、眼を輝かせて、

「どこのお嬢さんですの？」

と、きく。興味津々という感じだった。

「それが、名前がわかりません」

「写真なんか、ありませんの？　私は、この町のお嬢さんなら、たいてい知っておりますけど」

と、女将さんは、いう。

「日下君。彼女の顔立ちなんか、説明しなさい」

と、十津川は日下に、いった。

日下は、突然いわれて、一瞬眼をぱちぱちさせたが、

「和服のよく似合う女性なんです。細面《ほそおもて》で、切れ長の眼をしています。そうだ。左眼尻に、小さなホクロがありました」

と、説明した。

十津川は、それにつけ加えて、

「実はその女性が、陽光楼の娘さんらしいという噂を聞いて、問い合せてみたんですが、あそこのご主人には娘さんがいないといわれましてね。それで、この男が、すっかり落ち込んでしまっているんですよ。女将さんは、ご存じありませんか？」

と、きいた。

「どこで、その娘さんをご覧になったんです？」

と、女将さんは、日下にきいた。

「東京から水上へ来るとき、列車の中で見かけたんです」

と、日下は、いった。

「それなら多分、あのお嬢さんだと思いますけど」

「ご存じなんですか？」

「私がいったことは、内緒にして下さいね」

「約束します」

「陽光楼のご主人と奥さんの間に、男のお子さんが一人いるんです。大学を出て、今、あそこの副社長をやっていらっしゃいますわ。ただね、あのご主人は、他所《よそ》で女の人を作っていて、そこに娘さんが出来ていたんですよ。本当に、これは内密にお願いしますわ。そちらのお客さんが、その娘さんを好きになってしまったとおっしゃるんで、お話ししたんですから」

と、女将さんは、いった。

（やっぱりか）

と、十津川は思いながら、

「その娘さんの名前や、住所は、わかりませんか？」

「住所はわかりませんけど、名前は確か、久枝《ひさえ》さんですわ」

「ああ、久兵衛の一字をとって、つけたんですね」

「ええ」

「時には、この水上にも、遊びに来てたんですか？」

「そうみたいですね。この方のように、谷川の車内で見たっていう人もいますから。ただ、奥さんの手前があるので、陽光楼のご主人は表立っては会えないんじゃないかしら」

「陽光楼の奥さんは、その娘さんのことを、知っているんですかね？」

と、十津川は、きいてみた。

「さあ、どうでしょうか。ご存じないのかも知れませんわね」

「久枝さんのことを一番よく知っているのは、もちろん陽光楼のご主人でしょうが、他に誰かいませんか？　この男が、どうしても彼女に会いたいというものですからね。できれば、結婚したいというのです」

十津川がいうと、女将さんは、

「それなら、大和《やまと》旅館のご主人に、お聞きになったらいいと思いますわ。高木《たかぎ》さんっておっしゃるんですけど、陽光楼のご主人とは、小学校から大学まで一緒で、仲よしなんですよ。私も久枝さんのことは、高木さんからお聞きしたんです。口の固い人だけど、この方が本当に久枝さんが好きになってしまったのなら、話してくれるかも知れませんわ」

と、教えてくれた。

二人は、粉雪の中を、その大和旅館まで歩いて行った。

午後十一時に近かったが、白水荘の女将さんの名前を出すと、高木は会ってくれた。

十津川は、もう一度、芝居をした。

高木が果して、十津川と日下の話を信じたかどうかわからないが、

「大久保の奴は、後ろめたさも手伝って、久枝さんのためならどんなことでもしてやりたいと、いつもいっていますよ。幸福になって欲しいとね」

「わかるような気がします」

と、日下は、いった。

「本当に、久枝さんを愛しているんですか？」

と、高木が、きいた。

「ええ。もちろんです。だから、何とかして会いたいと思うんですが、住所がわからなくて」

と、日下は、いった。

「私も知りませんが、久枝さんは東京で、モデルの仕事をやっているということは、聞いたことがある。無名に近いらしい。大久保の奴は、久枝さんに援助をしてやりたいんだが、奥さんが気の強い女なので、それが難しい。そこで――」

「ホテルの広告を作る時、久枝さんをモデルに、画家に描かせ、モデル料を払った？」

「ああ、あのポスターを見たんですね」

「見ましたよ。しかし、大久保さんも、ずいぶん大胆なことをしましたねえ。見る人が見れば、モデルが誰かわかってしまうでしょうにね」

と、十津川は、いった。

「まあ、この水上で、久枝さんのことを知ってるのは、私と、白水荘の女将さんぐらいしかいませんがね。ただ大久保の奴は、どんなことでもしてやりたいと、いっていましたからねえ」

「じゃあ、モデル料も、沢山払ったんでしょうね」

「広告を作ること自体より、久枝さんを援助することが目的だったでしょうからね。それにしても――」

「それにしても、何です？」

と、十津川は、聞きとがめて、高木を見つめた。

「いや、ちょっと払いすぎではないかと、思いましてね」

と、高木は、いう。

「それは、あなたがいわれるように、何とか久枝さんを助けてやろうと思ったからでしょう」

「しかし、五千万というのはねえ」

「五千万も、払ったんですか？」

「銀行の人が、そういっていましたのでねえ」

「つまり、五千万も、大久保さんが、モデル料として払ったということですか？」

「その辺はわかりませんが、とにかく大久保の奴は、最近、五千万もおろしたらしい。銀行の人間は、何に使ったんでしょうかって、不思議がっていましたがねえ」

と、高木はいってから、ふと日下に眼を向けて、

「久枝さんが結婚することになって、それで、あんな大金を、モデル料の名目で渡したのかな」

と、呟いた。

8

翌日、十津川は日下とK銀行水上支店へ出かけた。この辺りは、K銀行かS信用金庫に預金している人が大半と、聞いたからである。

支店長に会うと、十津川は警察手帳を見せて、

「最近、陽光楼の大久保社長が、五千万円を引き出したというのは本当ですか?」

と、単刀直入に、きいてみた。

「そのことが、何か事件と関係があるんでしょうか?」

支店長は、警戒する眼つきになっている。

「そんなことはありません。第一、自分の預金を引き出しても犯罪じゃありませんよ」

と、十津川は、笑って見せた。それで、支店長は安心したのか、

「ここへわざわざおいでになりましてね。定期を解約したいといわれて、現金で五千

万円、持ってお帰りになったんです」

と、いった。

「それは、いつですか？」

「一月十六日でした」

「何に使うか、いいましたか？」

「いいえ。何にも」

（おかしいな）

と、十津川は、思った。

礼をいって、銀行を出たあと、日下も、

「変ですよ」

と、いった。

「そうだろう。あの広告は、一月十五日から新特急谷川の車内に貼り出されている。ということは、もっと前に出来あがっていたんだ。それなら、モデル料はさらに前に払っている計算になってくるよ」

と、十津川は、いった。

「それに、いくら愛人との間に生まれた娘が可愛くても、五千万円は、金額が大きすぎると思いますね」

「つまり、モデル料として払った金じゃないことになる」

と、十津川は、いった。

「それなら、娘の久枝には関係なく、何かの支払いに使ったということですか？」

「それなら、わざわざ銀行にやって来て、現金で持ち帰らないだろう。銀行に電話し、振り込んでもらえばすむことだよ」

「とすると、この五千万は何か秘密の支払いというわけですか？」

「その可能性が強いね」

と、十津川は、いった。

「しかし、どうしたら、わかりますか？　陽光楼の大久保はこれについて何も喋らないでしょうし、自分の定期を解約するのは犯罪じゃありませんから、追及はできませんよ」

「東京へ行くさ。久枝は東京でモデルをやっているといったじゃないか。探し出すんだ」

と、十津川は、いった。

十津川は、亀井に電話をしておいて、日下を連れて、その日のうちに東京に戻った。

その列車の中で、日下が、

「森田は、どうやって、モデルの久枝を見つけたんでしょうか？　われわれのように、水上の陽光楼を訪ねたりしたんでしょうか？」

と、きいた。

「訪ねたかも知れないが、多分、追い返されただろうね」

「それなら、森田は、どうやって？」

「彼は、東京の人間だろう？　それに、久枝の方も東京に住んでいる。そして、無名だが、モデルをやっていた。とすれば、東京の何処かで偶然出会ったということが、考えられるよ」

「なるほど」

「無名のモデルが、どんな仕事をしているのか知らないが、例えば、アマチュア写真家の撮影会で、モデルとして呼ばれたりもするんじゃないかね。出会うチャンスは、あるわけだよ」

と、十津川は、いった。

上野に着き、捜査本部に戻ると、亀井が迎えて、

「今、東京中のモデルクラブに、当っています。本名で仕事をしているかどうかわかりませんので、例の絵をコピーして、廻しています」

と、いった。

翌日になって、一つの情報がもたらされた。

池袋にあるセンター12というモデルクラブに、あの絵とそっくりの若いモデルが、在籍しているというのである。

十津川は、日下をつれて、そのモデルクラブに出かけた。

社長は、モデル出身の女性だった。

年齢は、四十二、三歳だろう。彼女は、十津川の質問に答えて、

「あの絵ですけど、うちにいる中村《なかむら》みどりという娘によく似ていますわ」

と、いった。

「本名は、何というんですか?」

「本名は、違っていたかしら?」

と、女社長はいい、キャビネットから履歴書の綴りを取り出して、調べていたが、

「ああ、中村久枝ですわ」

「会いたいんですが」

「今は、営業で、新潟《にいがた》に行っていますわ」

「新潟?」

「ええ。十日町《とおかまち》で雪のフェスティバルがあって、その中に着物のショウがあるので、それに出演しています。あの娘《こ》は、着物がよく似合いますから」

「住所は、何処ですか?」

と、日下が、きいた。

「豊島《としま》区目白《めじろ》のマンションですわ。なんでも、去年母親が亡くなって、ひとりで住んでいる筈ですけど」

「目白あたりは、高級マンションが多いんじゃありませんか？」

と、十津川がきくと、女社長は急にニッコリして、

「あの娘には、足長おじさんがついているんですよ」

「足長おじさんというと、どういうことですか？」

「私も、よく知らないんですけどね。親戚にお金持ちがいて、マンションを借りてくれたり、車を買ってくれたりするそうなんですよ。この前も、真っ赤なポルシェを運転して来たんで、びっくりしましたもの」

「彼女は、どんな女性ですか？」

と、十津川は、きいた。

「負けん気の強い娘ですね」

「恋人は、いるんですか？」

日下が、きいた。

「いないんじゃないかしら。有名になるまでは、男なんかいらないみたいなことを、いっていましたから」

と、いって、社長は微笑した。

十日町からは、明日、帰京するという。十津川と日下は、目白の彼女のマンションに廻ってみた。

ＪＲ目白駅近くの高級マンションだった。

管理人に聞くと、中村久枝の入っている部屋は２ＬＤＫで、部屋代は三十万だという。

都内のマンションには珍しく、駐車場のスペースも広い。

その駐車場の「中村」と書かれた区画には、新車の赤いベンツ１９０Ｅがとめてあった。

「モデルクラブの女社長は、真っ赤なポルシェと、いってたんじゃなかったですか？」

と、日下が、首をかしげた。

「確かに、そういっていたね」

「ベンツとポルシェを、間違えたんでしょうか？」

「管理人に、聞いてみよう」

と、十津川はいい、もう一度管理人に会った。

中年の管理人は、あっさりと、

「ああ、前はポルシェで、買いかえたんですよ」

「どうして、買いかえたんですかね？　ポルシェも新車だったんでしょう？」

「なんでも、電柱にぶつけてしまったんだそうですよ。ヘッドライトの片方が、こわれていましたね。あたしなんかだったら修理に出すんですが、お金のある人は違いますねえ。縁起が悪いからって、買いかえてしまったんですよ」

「それ、いつのことですか？」

と、十津川は、きいた。

「確か、一月の中旬でしたよ。外車の専門店のセールスマンがやって来て、あの車を置いて、ポルシェを持って行ったのを、覚えていますからね」

と、管理人は、いった。

十津川は、一月中旬ということに、関心を持った。大久保社長が、銀行から五千万円を現金化したのが、一月十六日だったからである。

十津川たちは、池袋西口にある外車の販売店に、行ってみた。ドイツ車を多く扱っている店だった。

そこの営業主任に会って、中村久枝のことを聞いてみた。

中年の主任は、ニッコリして、

「確かに、私のところで、ポルシェ９１１Sと、ベンツ１９０Eを買って頂きましたよ」

「一月中旬に、買いかえたんですね？」

と、十津川は、きいた。

「そうなんです。一月十七日でした」

「中村さんは、ポルシェを電柱にぶつけてしまったので、ベンツ１９０Ｅに買いかえるといったんですね？」

「そうです」

「しかし、ポルシェも新車だったんでしょう？　買いかえるといっても、ポルシェの方がはるかに高かったんじゃありませんか？」

「ええ、そうなんです。それで、私どもとしても困ったんですが、中村さんは、縁起の悪い車だから、下取り価格はいくらでもいいと、おっしゃいましてね」

「安く、引き取った？」

「はい。値段は申しあげられませんが、こちらとしては、儲けさせて頂きました」

「電柱にぶつけたということだったそうですね？」

「はい。中村さんは、そういっていらっしゃいました」

「その通りだと思いましたか？」

「ええ。右のヘッドライトがこわれていましたし、車体に傷もついていましたね」

「今、その車は、どうなりました？」

「修理して、中古車として売りました」

営業主任は、また、ニッコリした。きっと、下取りは驚くほど安くしたのだろう。

「すぐ、捜査本部に戻ろう」

と、十津川は、日下にいった。

9

捜査本部に戻ると、十津川は、先月一月に起こった事件について、調べ始めた。

「何を探していらっしゃるんですか？」

と、日下が、きいた。

「わからないか？」

「わかりませんが——」

「中村久枝は、あわてて車を買いかえた。それも、買ったばかりのポルシェを、タダみたいな下取り価格で売って、ベンツ190Eを買ったんだ」

「電柱にぶつけたといっていましたね？」

「まさか、その話を信じたんじゃあるまいね？」

十津川は、じろりと、日下を睨《にら》んだ。

「怪しいとは、思いましたが」

「それに、同じ頃、大久保は五千万円を銀行から引きおろしている。なぜ、そんな大金が必要だったのか？」

「人身事故――ですか？」

「他に考えられるか。だから、一月中旬頃の人身事故を、探しているんだ」

「私がやります」

と、日下は、手を伸した。

「東京都内と、その周辺に限定していい」

と、十津川は、いった。

日下が、一月十日から十七日までに起きた車による人身事故を、書き出していった。

東京都内と、周辺で、この一週間の間に起きた車による人身事故は、十二件だった。

都内と、その周辺だけでである。

その中から、犯人が逮捕されたケースを消していく。

残りは、三件になった。

いずれも、はねられた人間は、死亡していた。

この三件の事故について、十津川は事故を扱った警察署の交通係に、問い合せた。

その後、今日まで、はねた犯人は逮捕されていないか、或いは、はねた車は、特定できているかといったことをである。

その結果は、一件は、昨日犯人が出頭して来たことがわかった。残る二件の中、一件は、はねた車は茶色のトラックらしいといい、もう一件は、現場に落ちていたガラスの破片や被害者の身体に附着していた塗料などから、はねた車は、赤いスポーツカーらしいという返事だった。

十津川は、後者に注目した。

事故が起きたのは、一月十四日の午前〇時頃。豊島園《としまえん》近くで、松葉杖をついて歩いていた前田春男《まえだはるお》七十五歳がはねられて、死亡した事故である。

即死だった。松葉杖にも、はねた車の赤い塗料が附着していた。

「なぜ、こんな時刻に、七十五歳の老人が、ひとりで歩いていたのかね？」

と、十津川は、交通係にきいた。

「前田春男は、近くのマンション、といってもアパートといった方がいいんですが、そこに息子と二人で住んでいました。大変な酒好きでしてね。この夜も、急に酒が飲みたくなったので、ひとりで屋台へ行き、飲んで帰宅する途中にはねられたわけです」

「息子と二人暮らしといっても、息子もかなりの年齢《とし》だろう？」

「そうです。四十六歳で、名前は前田徹《とおる》。独身で、池袋の印刷工場で働いています。会って話を聞きましたが、冴えない男です」

と、交通係の警官は、いった。

「これから、そちらに、くわしい話を聞きに行くよ」

と、十津川は、いった。

十津川は、日下を連れて、この交通係に会いに出かけた。

警官は、交通事故に捜査一課の刑事がやって来たことに、びっくりした顔で迎えた。

「はねた車は、まだわからないのかね？」

と、十津川は、その警官にきいた。

「何しろ深夜ですし、目撃者もいませんので」

と、警官は、申しわけなさそうにいった。

「被害者の息子に会ってみたいね」

「それが、急に引越してしまいました。池袋の印刷工場も辞めています」

「父親が死んだからかな？」

「それが、よくわからないのです。近所の人たちの話では、それほど仲の良かった親子ではなかったと、いっていますから。息子の方は、父親の酒好きに閉口していたようです」

「息子の行方を、ぜひ知りたいね」

と、十津川は、いった。

警官は、自転車に乗ってあわてて飛び出して行き、しばらくして戻って来ると、

「調べて来ました」

といって、メモを渡した。

世田谷《せたがや》区深沢《ふかさわ》のマンションになっている。

「会いに行こう」

と、十津川は、日下を促した。

パトカーで廻ってみると、そこにあったのは、十一階建の真新しいマンションである。

「高そうなマンションですね」

と、日下が、いう。

「こんなことだろうと思ったよ」

と、十津川は、苦笑した。

「何がですか？」

「簡単なことさ。息子の前田徹は、金が入ったのさ」

「交通事故でですか？　しかし、犯人が見つからなくては対人保険を貰えないでしょ

う？　それとも、生命保険に入っていたんでしょうか？」

「五千万円だよ」

と、十津川はいい、エレベーターで七階にあがって行った。

「五千万って、大久保社長の五千万ですか？」

七階の廊下を歩きながら、日下がきく。

「とにかく、前田に会ったら、カマをかけてみる。君も、口を合せるんだ」

と、十津川は、いった。

708号室で、インターホンを押すと、ドアが開いて、小柄な男が顔を出した。パジャマ姿なのは、その時間まで寝ていたのか。

十津川は、その男の鼻先に、警察手帳を突きつけて、

「ゆすりはいけないね」

と、カマをかけた。

瞬間、前田の顔色が、変った。

(もともと悪事のできない男らしい)

と、十津川は思いながら、部屋の中に入り、

「君は、あの夜、父親を迎えに行ったんだ。父親を心配してじゃないと思うね。叱りつけてやろうと思ってだろう。父親の行く呑み屋はわかっている。そこで君は、父親

が車にはねられるのを目撃した。はねたのは真っ赤なポルシェで、運転していたのは若い女だった。車のナンバーも覚えた」

と、決めつけるように、いった。

前田は、押しまくられたみたいに、怯《おび》えた表情で十津川を見ていた。

「だが君は、警察にはいわなかった。警察には黙っておいて、犯人をゆすることにしたんだ。相手は新車のポルシェを持っているのだから、きっと金持ちに違いないと思ってだ。君は、車の持主の女に会い、五千万円を要求した。ゆすりだ。やったんだろう？」

と、十津川は、いった。

「父親がはねられたっていうのに、何て奴だ！」

と、日下が、怒鳴った。

前田は、急に肩を落して、

「おれは、ずっと、おやじに苦労させられたんだ。仕事もしないで、一日中、酒を呑んでるんだ」

「七十過ぎなんだ。仕事をしなくても仕方がないだろう？」

と、日下が、いう。

「酒は、タダじゃない。おれの金を、黙って持っていくんだ」

「だから、はねられて死んだ時は、ほっとしたのかね？」

と、十津川が、きいた。

「ああ、ほっとしたよ。だから、警察にいわなかったんだ」

「それでも、金はゆすったんだな」

「黙っている代償だよ。向うだって、その方がトクなんだ。おれだって、一度は、いい生活をしたかったんだよ」

と、前田は、いった。

「女は、現金で五千万払ったんだな？」

「ぽんと、払ったよ。ああいう女には、五千万だって、はした金なんだ」

「その時、彼女は、何かいったかね？」

と、十津川は、きいた。

「笑って、まるで、女王様が家来に物でもくれるように、五千万の現金をくれたよ」

と、前田は、いった。

「ゆすりは犯罪だと、わからなかったのかね？」

「おれも、あの女も、トクをしたんだから、いいじゃないか」

「このバカヤロウ」

と、日下が、叱りつけた。

前田は、首をすくめたが、まだ自分のやったことの本当の意味が、よくわからない感じだった。

「もう一つ、聞きたいことがある」

と、十津川は、いった。

前田は、怯えた眼になって、

「おれは、五千万しか貰ってないよ」

「そんなことじゃない。君の父親をはねた車のことだが、運転していたのは女だが、助手席にもう一人、乗っていたんじゃないのかね？」

と、十津川は、きいた。

前田は、「ああ」と肯いて、

「乗っていたよ。男が乗っていた」

「どんな男だ？」

「おれは、運転してた女ばかり見てたから、男の顔なんか覚えてない。中年の男だったよ」

と、前田は、いった。

十津川が、黙って考えていると、前田は、

「おれは、逮捕されるのかね？」

と、きいた。

「当り前だ！」

と、若い日下が、また怒鳴った。

10

前田徹は、その場から連行した。

「ポルシェに同乗していたのは、大久保でしょうか？」

と、日下が、十津川にきいた。

「いや、彼じゃないと思うよ」

と、十津川は、いった。

「しかし、他に、誰がいますか？　中年の男で」

「一人いるよ。画家の杉浦だ」

「ああ、あの広告の絵を描いた」

「今度の事件で、一つわからなかったのは、杉浦がなぜ殺されたのかということだったんだよ。彼は、大久保に頼まれ、中村久枝をモデルにして描いた。当然、金も貰ったろう。それ以外の関係があるとは思えないのに、なぜ殺されてしまったのか。その理由がわからなかったんだよ」

「そういえば、そうですね」

「中村久枝が交通事故を起こしていたらしいとなっても、まだ不思議だった。なぜ、杉浦が殺されたのかがね。中村久枝のポルシェに、その時杉浦が同乗していたということなら、納得できるんだよ。杉浦も、久枝が車ではねて、七十過ぎの老人を死なせたことを、知っていたことになるからだ」

「杉浦も、そのことをタネに、ゆすっていたんでしょうか？」

と、日下がきく。

「現金は五千万以外、出ていないが、当然大久保は、杉浦の口封じに、いろいろと約束したんじゃないかと思うね。陽光楼に杉浦の絵を買って飾るとか、壁画を頼むとかだ」

と、十津川は、いった。

「そのくらいのことは、約束していたかも知れませんね」

「だから杉浦は、われわれの質問に対して、モデルはいないと、いったんだろう。ただ、殺人事件だ。警察が捜査を始めて、杉浦も次第に黙っていることが、苦しくなったんだと思うね。大久保と中村久枝には、それがわかったんだろう。或いは、杉浦がもう黙ってはいられないと、伝えたのかも知れない」

「それで、殺されたということですね。喋られては、困るので」

「そういうことだと思うね」

「殺したのは、大久保でしょうか?」

と、日下は、きいた。

「私は、そう思っている。大久保は車に乗って上京し、杉浦を奥多摩に呼び出して殺し、車ごと谷底に転落させたんだと思っている。そのあと、大久保は、水上に帰った」

「そこへ、われわれが、彼に会いに水上へ行ったんでしたね」

「そうだよ。だからその時、大久保は、杉浦が死んでいることを知っていたんだ」

「それで、安心して、モデルのことを杉浦に聞いてくれと、われわれにいったんですね」

「その通りだよ」

「それを考えると、腹が立ってきますね」

と、日下は、いった。

十津川は、大久保について、杉浦殺しの逮捕状、そして中村久枝については、前田春男の過失致死、森田淳の殺人の逮捕状を、請求した。

まず、大久保に対する逮捕状が出たので、それを持って十津川と日下は、水上に飛んだ。

陽光楼の社長室で会い、逮捕状を見せると、大久保は観念したように、一瞬、眼を伏せてから、

「彼女にのめり込んでいきながら、いつかこんなことになるんじゃないかと、思っていたんです」

と、低い声で、いった。

「杉浦を殺したことは、認めますね？」

と、十津川は、きいた。

「ええ。杉浦先生には、ずいぶん頼んだんですがねえ。もちろん、その報酬は、お約束しましたよ。今年、このホテルを改装したときには、ホール一杯の壁画を描いて貰い、相場の二倍ぐらいのお金を払うことを約束していました。それでも先生は、怯えてしまって、どうしても警察に、そのことを話すと、電話して来たんですよ」

「なぜそれで、杉浦を殺してしまったんですか？　あなたは別に、交通事故を起こしてもいないし、森田を殺してもいないんでしょう？」

と、日下が、きいた。

大久保は、ふっと微笑し、

「刑事さんは若いから、まだわからないかも知れないな」

と、いった。日下は、むっとした顔になって、

「何がですか？」

「この娘《こ》のためなら、どんなことでもしてやりたいという気持がですよ。私はね、久枝のためなら、どんなことでもしてやりたかった。だから、何でも買ってやった。マンションでも、車でもね」

「しかし、その車で、彼女は人をはねて殺してしまったんですよ。なぜ、腹を立てなかったんですか？」

日下が、怒ったような声で、いう。

大久保は、泣き笑いの表情になって、

「あの時も、私は、ぜんぜん腹が立たなかった。それどころか、私がスポーツカーを与えたのがいけなかったんだと、自分を責めました」

「呆れた人だ」

と、日下は、いった。

大久保は、それに対しては、小さく肩をすくめただけだった。

11

翌日、十津川は日下と、今度は、十日町から帰京した中村久枝を逮捕に向った。

日下は、難しい顔をしていた。

十津川は、彼の複雑な気持が、わかるような気がした。

中村久枝は、日下の親友が恋した女であり、また、その友人を殺した女でもあるからである。

久枝は、池袋のモデルクラブに、いた。

刑事二人が来たと聞いても、久枝は平然とした顔で、出て来た。

藤色の和服を着ていた。

(美しい人だ)

と、十津川は、思った。

あの絵と同じだった。何より、十津川を驚かせ、戸惑わせたのは、眼だった。

曇りのない、清らかな眼なのだ。

十津川は、一瞬、彼女は無実なのではないかと、思った。

久枝は、美しく微笑し、

「何のご用でしょうか?」

と、きいた。

十津川は、日下を見た。わざと彼に逮捕状を持たせてやったのに、ぽかんとして、出すのを忘れている。

「逮捕状」

と、十津川が、いった。

日下が、あわてでポケットから令状を取り出して、久枝に示した。

「あなたを、森田淳殺しの容疑で、逮捕する。念のためにいっておきますが、あなたは過失致死容疑でも逮捕状が出ています」

と、十津川は、いった。

久枝は、眼を大きくして、

「森田淳――さん?」

「あなたが、マンションまで行って、毒殺した男です」

「ああ、あの人。名前を忘れていたわ」

と、久枝は、いった。

「なぜ、殺したんですか?」

日下が、きいた。

「あの人、私のことを聞いて廻っていたんですよ。それで私は、あの事故のことで、また新しい目撃者が出てきて、ゆすろうとしているんだと思ったんです。もう、パパにお金を払って下さいと頼めないから、自分で始末をつけようと思ったんですわ」

久枝は、落ち着いた表情で、いった。

「それで、毒殺したんですか？」

と、十津川が、きいた。

「ええ。最初から殺そうと思っていたわけじゃありませんわ。会って、私のことは忘れて下さい、構わないで下さいと、お願いしました。でも、あの人は首を横に振って、駄目だといいましたわ。それで仕方なく、私は――」

「殺した？」

「ええ」

「あのねえ」

と、日下が、のどに痰《たん》がからんだような声を出して、久枝を見た。

「何でしょうか？」

「あいつはね、あなたに恋をしたんだ。ゆすり屋なんかじゃない！」

と、日下が、叫んだ。

久枝は、眉をひそめて、

「でも、あの人は、前に会ったことはなかったし――」

「あなたの絵に、恋してしまったんですよ。いけませんか？」

「でも、馬鹿らしいわ」

久枝は、他人事みたいに、いった。

また、日下が何かいいかけるのを、十津川は止めて、

「君を、逮捕する」

と、久枝にいった。

「わかったわ。でも、手錠はかけないで下さい。カッコ悪いから」

と、久枝は、いった。

12

中村久枝と大久保が逮捕されて、事件は解決した。

だが、日下は、釈然としない顔のままだった。

「私には、中村久枝という女が、わかりません」

と、日下は、十津川にいった。

十津川は、笑って、

「わからなくてもいいじゃないか。彼女は美人で、清楚で、きれいな眼をしている。君の友だちが惚れたのも、無理はないと思うよ」

と、いった。

「それは、そうなんですが――」

「君の友人は、絵に恋した。そして、モデルに会いたいと思って、探した。あの女なら、そう考えても、不思議はない。あの絵にも、モデルの美しさが、よく描かれていたからね」

と、十津川は、いった。

「しかし、警部。あの女は、森田を殺したんですよ」

と、日下が、いう。

「わかっているよ。彼女も、殺したことを認めている」

「そうです。私にわからないのは、森田を平気で毒殺しているのに、美しさがそのまだったんですよ。もっと憎々しげな顔をしていたら、きっと私は殴りつけてやったと思います。親友を殺した憎い犯人ですからね。それなのに彼女は、美しく、きれいな眼だった。一瞬、この人は、無実なのかと思いました」

「それが、納得できないか？」

「ええ」

「大久保がいってたじゃないか。あなたは若い、と」

　と、十津川は、いった。

「どういうことですか？」

「人殺しをすれば、眼が濁り、凶悪な顔つきになる。それは、人間の勝手な思い込みということさ。いや、そうならねばおかしい、という思い込みかな。中には、きれいな眼をして、何人も人を殺した犯人だっているんだ。昔、三人の男を殺した女がいたが、会ってみると、きれいな眼をした可愛らしい女だったよ」

　と、十津川は、いった。

「しかし、納得できません」

「まだ、いってるのか」

　と、十津川は、笑って、

「人を殺して、普通は、恐れ慄《おのの》き、自責の念に襲われる。それで、眼は疲れて濁り、いかにも犯人という顔になってくる。だが、まれに、罪悪感なしに人を殺せる人間がいるんだ。そういう人間は、人を殺しても、眼は濁らない。美しさも消えない。ただし、それは、動物の美しさだがね」

「――」

「君の友人は、美しい人に恋したんだ。いや、その人の幻想にかな。それで、いいんじゃないのかね」
と、十津川は、いった。

ＡＴＣ作動せず

1

列車が、御宿《おんじゅく》に着くと、海水浴に来たらしい家族連れや、若者たちが、だらだらと、降りて行った。

御宿は、ホームが一つしかない小さな駅だが、海水浴場として昔から有名で、夏場になると、一日の乗降客が、二倍以上にふくれあがる。

Ｌ特急「わかしお７号」も、沢山《たくさん》の海水浴客を、ここで降し、身軽くなって、発車した。

外房《そとぼう》線（千葉《ちば》―安房鴨川《あわかもがわ》）を走るＬ特急「わかしお」は、九両編成で、グリーン車両が一両、連結されている。

そのグリーン車両も、かなり空《す》いてきた。

次の停車駅は、勝浦《かつうら》である。

左手の車窓には、太平洋の青い景色が広がっている。

突然、三人の男が、グリーン車に、入って来た。

全員が、三十歳前後だが、異様に見えたのは、その表情だった。

引きつったような顔で、眼が、異様に、ぎらぎらしている。

三人は、車両の中ほどに、並んで腰かけている男女に向って、まっすぐ、突き進んだ。

勝浦が近づいてきて、列車のスピードが、おそくなる。

「おい。浜寺《はまでら》!」

と、三人の中の一人が、押し殺した声で、若い女と一緒にいた五十歳くらいの男に、いった。

女の腰に手を置いて、その柔らかい感触を愛《いとお》しんでいた男は、ぎょっとして、顔をあげた。

列車が、ホームに入った。

男の一人が、拳銃を取り出して、その銃口を、浜寺と呼ばれた五十歳ぐらいの男に、ぴたりと、向けた。

浜寺と一緒にいた若い女が、「止《や》めて!」と、叫んだ。

列車が、停った。

「助けてくれ!」

と、浜寺が、声をふるわせた。

「死ね！」

拳銃を持った男が、引金をひいた。

銃声が、車内にひびき、浜寺の胸から、どっと、血が吹き出した。

もう一発射った。

浜寺が、呻《うめ》き声をあげ、床に、転がった。

「逃げろ！」

と、一人が、甲高《かんだか》く叫び、三人は、ドアに向って、突進した。

しかし、銃声と一緒に、グリーン車の乗客が、悲鳴をあげながら、一斉に立ちあがり、前後のドアに、殺到していた。

狭いドアは、乗客で、詰ってしまっている。

三人の男たちは、乗客を一人、二人と、押しのけ、蹴倒《けたお》して、ホームに降りようとするのだが、十五、六人の乗客が壁になって、動きがとれない。

いらだった三人の中の一人が、拳銃を取り出し、天井に向けて、射った。

また、悲鳴が起きた。

「どけ！」

と、男たちが、怒鳴《どな》る。

その時、ドアが閉まり、列車は、動き出してしまった。

列車のスピードが、どんどん、あがってくる。

「くそ！」

と、三人の中の一人が、舌打ちし、デッキにいる乗客の顔を、睨《にら》みつけた。

「中に入れ！」

もう一人が、拳銃で、乗客を脅《おど》した。

不運にも、勝浦で、降りそこなった乗客たちは、拳銃に怯《おび》えて、車内に引き返した。

「どうするんだ？」

と、三人の一人が、血走った眼で、仲間に問いかけた。

「次の駅で降りればいいよ」

一番年長に見える男が、いうと、三人目が、

「馬鹿なことをいうな。勝浦のホームで、駅員が、おれたちを見てたぞ。それに、逃げた乗客が、駅員に知らせたさ。もう、全部の駅に、電話で知らせが、いっちまってるよ。次の駅で、逃げるどころか、ドアが開いたら、警官が待ち構えていて、どっと、乗り込んで来るかも知れん」

「どうするんだ？」

一番若く見える男が、いらだって、拳銃の先で、デッキの壁を叩いた。

「何よりも、次の駅で、停車させないことだ。走っている限り、捕まることはないからな。その間に、どうやって、逃げるか、考えるんだ」

「浜寺を射ち殺して、次の駅で逃げれば簡単だといったのは、誰なんだ！」

「ちょっと、タイミングが悪かっただけだよ。それより、間もなく、次の駅だぞ。一人が、最後尾の車掌室を押さえろ。あとの二人で、運転室を押さえる」

年長者が、さすがに、落着いていった。

「非常ブレーキで、列車をとめて、逃げた方が、いいんじゃないか？」

もう一人が、きいた。

「駄目だ。下手なところに停車してしまったら、逃げられなくなる。今は、この列車を占領して、走らせるんだ」

2

次の上総興津《かずさおきつ》駅のホームには、近くの派出所から、警官が二人駈けつけていた。

特急「わかしお7号」のグリーン車内で、拳銃を持った三人の男が、暴れているという連絡で、駈けつけたのである。

乗客一人を射ったともいうし、射たれたのは、十人近く、車内は、血の海だともいう。

はっきりしないが、拳銃は、本当らしい。

それだけに、二人の警官は、拳銃を、手に持ち、緊張した顔で、「わかしお7号」を待ち受けた。

この駅も夏だけ、海水浴客が沢山おりるということで、普通は、民間委託駅で、正式の駅員は、いない。

「わかしお7号」の姿が見えて来た。

二人の警官は、グリーン車の停車位置へ行って、列車が、停車するのを待った。

だが、九両編成の「わかしお7号」は、轟音《ごうおん》を立てて、通過してしまった。

外房線の終点、安房鴨川駅では、駅長の立花《たちばな》が、困惑していた。

拳銃を持った三人組の男が、「わかしお7号」を占領して、疾走させているという知らせが、あった。

駅前交番から、二人の警官が、来てくれている。

間もなく、あと二名の警官が、駈けつけてくれる筈だった。

「わかしお7号」の安房鴨川着は、十二時十九分だが、ノンストップで、列車を走らせているようだから、十二時には、着いてしまうかも知れない。

問題は、この駅が、外房線の終点だということである。

ここへ来たら、拳銃を持った三人は、どうする気なのだろうか。

駅長事務室の電話が鳴った。

「安房鴨川です」

と、駅長の立花は、いった。

「こちらは、総合指令所です」

男の声が、いった。

「間もなく、『わかしお7号』が来ます。どうしたら、いいですか？」

と、立花は、きいた。

「犯人は、ノンストップで、列車を走らせ続けろと、いって来ています。そうしなければ、車内の乗客を殺すというのです。賊は三人で、拳銃の他に、手榴弾《しゅりゅうだん》も持っています」

「ノンストップで走らせろといわれても、外房線は、ここで、終りですから」

「しかし、安房鴨川は、同時に、内房線の始発駅でもあるでしょう。前は、千葉県の海岸を循環する列車が、走っていたんです。『わかしお7号』が近づいたら、そのまま、停車させずに、内房線の線路に入れて下さい」

「いいんですか？」

「今のところ、それ以外に、方法はありませんよ。そのあと、警察とも相談して、対処します」

「内房線を走っている他の列車を、どうするんです？」

「それは、何とか、こちらが待避させます。あなたは、すぐ、外房線と、内房線を、つないで下さい」

と、相手は、いった。

十二時丁度に、特急「わかしお7号」が、姿を見せた。

すでに、外房線の線路は、内房線のそれと、つないであった。

「わかしお7号」は、轟音《ごうおん》を立てて、ホームに入って来ると、スピードを、ほとんど落とさずに、突き進んで行った。

「ふうッ」

と、立花は、溜息《ためいき》をついたあと、駅員に、総合指令所と、次の駅に、電話しておいてくれと、いった。

通過した「わかしお7号」は、見る見るうちに、遠去かり、やがて、消えてしまった。

立花には、まるで、映画の一シーンを見ている感じで、現実の気がしなかった。

昭和五十年まで、外房線と、内房線を、走り抜ける、循環列車が、走っていたのである。

それが、今は、外房線と内房線の二つに分れている。

どちらも、終着駅は、安房鴨川で、ここから、外房線と内房線の列車は、東京に向けて、引き返す。

実に、九年ぶりに、外房線の列車が、内房線に入ったのだ。

鉄道マニアなら、喜んで、記念写真を撮《と》るところだろうが、今、眼の前を通過して行った特急「わかしお7号」には、乗客が乗っていて、三人の男が、拳銃を持って、占領しているのだ。

改めて、東京駅の総合指令所に、連絡した。

「今、『わかしお7号』が、通過して、内房線に入りました」

「犯人を見ましたか？」

と、指令所の仁村《にむら》主任が、きいた。

「運転席に、男が一人いましたが、あっという間に、通過したので、はっきりした人相はわかりません。サングラスをかけていましたしね」

「乗客の様子は、どうでしたか」

「窓から、こっちを見ていました。終点の安房鴨川に停まらなかったんですから、間もなく、パニックになるかも知れませんよ」

と、立花は、いった。

連絡によれば、事件は、グリーン車で、起きている。

従って、グリーン車の乗客には、事態が、呑み込めているだろう。

だが、他の車両の乗客は、どうだろうか？

終着駅の安房鴨川に停車しないことに、今は、あっけにとられているに違いない。

そして、次第に騒ぎ出し、パニックになるのは、眼に見えている。

だが、立花には、どうすることも出来なかった。

あとは、総合指令所と、警察に、委《まか》せるより仕方がない。

3

外房線の勝浦駅では、駈けつけた県警の刑事が、「わかしお7号」から降りた乗客から、事情聴取を行っていた。

若い三浦《みうら》刑事は、まず、グリーン車から降りた五人の乗客に会った。

どの顔も、蒼ざめ、声がふるえているのは、殺人事件のあった車両から、辛《かろ》うじて、逃げ出せたからだろう。

「犯人は、三人だったんですね？」

と、三浦刑事は、メモを取りながら、きいた。

「三十歳前後の男が、三人でしたよ」

と、中年の男が、いった。必死になって、落着いて見せようとしているのだが、声が、上ずってしまっている。

「グリーン車の客ですか？」

「いや。他の車両から、突然、入り込んで来たんです」

「拳銃を持っていたんですね？」

「ええ。三人の中の一人が、拳銃で、乗客を射ったんです」

「拳銃を持っていたのは、一人だけですか？」

「ええ、一人だけです」

「いや。もう一人も、持っていたよ」

と、他の乗客が、口を挟《はさ》んだ。

「すると、二人ですか？」

三浦刑事は、他の乗客の顔も見た。

二人が、拳銃を持っているのを見たという意見が多かった。

二人が、持っていたということは、残りの一人も、拳銃を持っていると、考えた方が、いいだろう。

「殺された男は、いくつぐらいですか？」

と、三浦は、五人に、きいた。

「私は、近くにいたんだ」

と、小柄な老人が、いった。
六十七、八歳だろうが、言葉は、はっきりしている。
「正確にいうと、どこですか？」

「通路をへだてた、反対側の座席だ」

「どんな男でした？」

「年齢《とし》は、五十歳くらいだろうね。太った男だよ。あんまり、好きになれん奴だ」

「なぜですか？」

「東京駅で乗った時から、若い女と、いちゃいちゃしていたからだよ」

「すると、始発の東京駅から、乗って来たんですか？」

「ええ。派手な恰好《かっこう》をした二十五、六の女と一緒に乗って来たんだ。いやなのは、それだけじゃない。中小企業の社長だと、私は思ったんだが、五、六人の社員が、ホームに送りに来て、拍手していたよ」

「中小企業の社長ですか」

三浦は、殺人事件とわかっていたが、思わず、苦笑してしまった。

あわてて、厳《きび》しい顔に戻って、

「三人の男たちは、いきなり、その五十歳ぐらいの男を、射ったんですか？　それとも、何か、いってから、射ちましたか？」

と、五人に、きいた。

「何か、怒鳴ってから、射ちましたよ」

一人がいうと、もう一人が、

「名前をいったんです。確か、『ハマデラ』と、呼びましたよ。相手が、顔をあげないうちに射ったんです」

と、いった。

反対側の座席にいた老人も、「ハマデラ」と、聞いたといった。

どうやら三人の犯人たちは、「浜寺」と、被害者の名を呼んでから、射ったらしい。

「若い女のことで、何か、知っていることはありませんか？」

と、三浦は、きいた。

「大きな声の女だったな」

「ありゃあ、水商売の女ですよ。どこかのクラブのホステスでしょう」

「殺された男は、女のことを、ひろみと、呼んでましたよ」

五人の一人が、いった。

二十五、六歳の男で、二人のすぐうしろの座席に腰を下していたといった。

彼自身は、千葉から乗ったのだという。

「女は、男を、何と呼んでいたんですか？　浜寺さんですか？」

「いや、社長さんと、呼んでいましたね」

と、青年は、いった。

「やっぱり、中小企業の社長なんだ」

と、老人が、したり顔で、いった。

五人の乗客は、少しずつ落着きを取り戻しているようだった。

顔色も、明るくなり、それにつれて、口数が、多くなってきた。

「二人の会話で、他に、何か、覚えていることは、ありませんか？」

三浦が、青年に、きくと、青年は、急に、

「彼女が、まだ、あの列車に残っているんです。何とかして下さい！」

と、叫んだ。

「あなたの彼女が？」

「そうなんです。一緒に、行川《なめがわ》アイランドへ遊びに行くところだったんですよ。それなのに、あんなことになって、この勝浦に停ったとき、逃げようと思って、彼女の手を引いて、出口へ急いだんですけど、奴等の一人が、『邪魔だ！』と叫んで、いきなり、僕を、蹴飛ばしたんですよ。僕は、ホームに、飛ばされて、ドアが閉ってしまったんです。だから、彼女が、取り残されて」

「わかりました」

「彼女を助けて下さい」

「そのためにも、情報が欲しいんです。相手が、何者なのか、わからなくては、対策の立てようがありませんからね」

「そうですね」

「被害者と、女の会話で、何か思い出しませんか？」

三浦は、粘《ねば》り強く、もう一度、きいた。

「僕の彼女が、何かいったんですよ」

「問題の二人のことについてですか？」

「そうなんです。彼女が、何か、うらやましいって、いったんですけど」

「女性が、うらやましいというと、何ですかね。結婚？」

「いえ。違いますね。彼女と僕は、来年の春、結婚することになっているんですから」

「じゃあ、世界旅行？　別荘？」

「違います」

「お金？　車？　宝石？」

「それですよ。宝石です」

青年は、急に、大きな声をあげた。

「問題の男女は、宝石のことを話していたということですね？」

「そうなんですよ。男の方が、列車の中で、女に、宝石をプレゼントしたんです。男は、ルビーだっていって、渡してましたよ。いや、僕のところから、見えやしませんよ。その時、女がいったんです。『商売柄、これも、安く手に入れたんでしょう』ってね」

「なるほど」

「それで、僕の彼女が、やたらに、うらやましがったんです。僕の知り合いに、宝石商はいませんからね」

4

東京駅にある総合指令所は、緊張していた。

外房線を走っていた「わかしお7号」が、三人組に占領され、今、内房線を走っている。

現在、内房線を走っている他の列車は、「わかしお7号」が、接近するにつれて、待避線に入れて、「わかしお7号」を、先に通すことにしていた。

犯人たちの要求が、「わかしお7号」を、停車させるなということだったからである。

国鉄から、警察にも、協力要請が行われ、指令所には、捜査一課の十津川《とつがわ》警部たちが、駈けつけた。

「事件の概略は、聞きました」

と、十津川は、仁村主任に、いった。

仁村は、五十一歳で、国鉄一筋に生きて来た男である。

「今、『わかしお7号』は、千倉《ちくら》を通過したところです」

と、仁村は、十津川に、いった。

「この辺りは、単線ですね」

十津川は、壁の線路図を見て、いった。

「そうです」

「外房線の特急が、一本、いきなり、内房線に入って来たんですから、混乱が起きたり、衝突の危険があるんじゃありませんか？」

亀井《かめい》刑事が、心配して、きいた。

仁村は、落着いた顔で、

「今のところ、その心配は、ありません。普通電車は、待避線に、待避させています。内房線の特急、急行は、『わかしお7号』が、近づいた場合のみ、待避させています」

「今、どのくらいのスピードで走っているんですか？」

十津川が、きいた。

「現在、約五十キロのスピードで、千葉方面に向っています」

「かなり、おそいですね」

「もともと、『わかしお』は、表定速度が、五十四、五キロで、スピードのおそい代表のような特急電車だったんです。それに、今は、犯人が、運転士に命じて、スピードを、落とさせているのだと思います」

「『わかしお7号』に、連絡は出来るんですか？」

「無線電話が、通じます」

「それで？」

「一度だけ、運転席と通じました。そのとき、犯人が、もし、列車を停めたら、乗客を皆殺しにするといっていると、運転士がいっていました。その後、全く、通じません。犯人が、交信を、禁止しているのだと思いますね」

「時速五十キロで走っているとして、列車が、東京に着くのは、何時間後ですか？」

「あと、二時間四十分ほどで、東京に着くと思いますね。千葉までなら、一時間四十分くらいです」

「犯人は、何か要求して来ましたか？」

「いや、まだ、何も要求して来ていません」

「犯人側も、どうしていいか、困っているのかも知れませんね」

と、十津川が、いった。

彼が、今までに聞いたところでは、三人組の犯人は、「わかしお7号」のグリーン車にいた男を、射殺しておいて、勝浦で、逃げようとした。ところが、怯《おび》えた乗客が、出口に殺到し、犯人たちが、逃げない内に、ドアが閉ってしまった。

そのあと、犯人たちは、列車を占領し、無停車で、内房線を走らせている。

犯人たちは、列車を占領することが、目的ではなかったのだ。

だから、犯人たち自身、全くどうしていいか、わからずにいるのだろう。

「館山《たてやま》通過！」

と、声がした。

特急「わかしお7号」が、館山を通過したのだ。

「いぜんとして、五十キロで、走っていますね」

と、仁村主任が、十津川に、いった。

指令所内の電話が鳴る。

受話器を取った所員が、ぐるりと、見廻して、

「警察の方は、来てますか?」

と、きいた。

十津川が、手をあげると、

「千葉県警の三浦という刑事さんが、警視庁の刑事さんに、連絡したいといっています」

「ありがとう」

と、十津川は、受話器を受け取った。

「千葉県警の三浦です。今、勝浦駅で、問題の列車から降りた乗客に、いろいろと、聞いたところです」

「何かわかりましたか?」

と、十津川は、きいた。

「車内で射殺された男は、浜寺という名前で、恐らく、東京で、宝石商をやっています」

「さっそく、調べてみますよ」

「年齢は、五十歳ぐらいです。東京駅から、『わかしお7号』に、二十五、六歳の女と乗っています。クラブのホステス風だったそうです」

「三人の犯人の方のことは、何かわかりましたか？　一人が、拳銃を使ったということは、知っていますが」

「どうも、三人とも、拳銃を持っていると考えた方が、良さそうですよ」

「三人ともですか――」

「年齢は、いずれも三十歳前後。『浜寺！』と、被害者の名前を呼んでおいて、射殺していますから、怨恨《えんこん》の線が強いですね」

「すると、被害者の身元がわかれば、自然に、犯人は、浮び上って来そうですね」

「また、何かわかったら、連絡します」

三浦刑事は、それだけいって、電話を切った。

十津川は、今の電話をメモしたものを、亀井に見せた。

「この浜寺という宝石商を、調べてくれ」

「わかりました。同業者に聞けば、すぐわかると思います」

「私は、ここにいるから、何かわかったら、連絡してくれないか」

「日下《くさか》君、行くぞ」

亀井は、若い日下刑事を連れて、総合指令所を、飛び出して行った。

5

千葉県警では、ヘリコプターを一機、飛ばすことにした。

犯人三人の行動は、予測できない。

ただ、駅と駅との間で、列車を停め、逃げることが、考えられた。

そこで、列車の上空から、監視させることにしたのだ。

それに、頭上から威圧すれば、犯人たちが、逃亡を諦《あきら》めて、降伏するかも知れないという思惑《おもわく》もあった。

午後一時三十七分。

県警捜査一課の早川《はやかわ》部長刑事が乗り込んだヘリコプターは、ベテランの田中《たなか》操縦士の操縦で、木更津《きさらづ》飛行場を、飛び立った。

東京湾沿いに走る内房線の線路を、南に向けて、三百メートル上空から、辿《たど》っていった。

(あれかな?)

と、ふと、眼をこらして、線路上を走る九両編成の列車を凝視《ぎょうし》した。

千葉方向に向う特急列車である。

同じ183系の特急電車だが、「わかしお7号」ではなかった。

「さざなみ12号」だった。

更に、線路沿いに南下して行くと、やっと、問題の列車を発見した。

五十キロくらいの、特急にしては、ゆっくりしたスピードで、走っている。

ヘリコプターは、更に、高度を下げた。

「わかしお7号」と、平行して、飛んで貰う。

早川は、用意して来た双眼鏡で、列車の窓を、なめるように、見ていった。

こちらに向って、車窓から手を振っている乗客の姿が見えた。

もちろん、楽しみに手を振っているわけではあるまい。一刻も早く、助けてくれと、言っているのだ。

双眼鏡を、運転席に向ける。

運転士の横顔が見えた。

その向うに、犯人がいる筈だが、運転士の身体が、邪魔で、見えない。

次に、最後尾の乗務員室である。

犯人たちは、ここも、占領している筈だった。

双眼鏡を向けた。

操縦士が、ヘリを、列車の直後に、つけてくれた。

乗務員室が、よく見える。

「車掌の傍《そば》に、犯人らしい男が見えます」

と、早川は、無線電話で、県警本部に、連絡した。

こちらに近づいているパトカーにも、聞こえた筈である。

「犯人は、年齢二十七、八歳で、サングラスをかけています。手には、拳銃らしきものを持っていて、車掌を、脅《おど》しているようです」

――そこに、一人か？

「そうです。ここには、一人しかいません」

――あとの二人は？

「運転席に少なくとも一人は、いる筈です」

――正確なところを知りたいんだ。

「わかりました」

と、早川は、いった。

早川は、操縦士に、列車の前へ廻って貰った。

大きく、旋回《せんかい》して、前方から、列車に近づく。

運転席が、はっきり見えた。

１８３系電車の運転席は、高いところにある。

外房の荒い海をデザインしたヘッドマークが、見え、その上の運転席に、運転士と、背広姿の若い男が見えた。手に拳銃を持っている。

ヘリに向って、「早く立ち去れ！」というように、拳銃を、振って見せた。

早川は、また、列車に平行して、飛んで貰うことにした。

「こちら、早川です。運転席に、もう一人の犯人を発見しました」

――その男も、拳銃を持っているのか？

「持っています。多分、もう一人も、持っていると思いますね」

――もう一人の犯人は、どこにいるんだ？

「わかりません。客車にいるのかも知れませんね」

――乗客の様子は、わかるか？

「今のところ、パニックは、起こっていないようです。こちらに向って、窓から、手を振っています」

――しばらくは、「わかしお7号」と飛んでみてくれ、乗客を勇気付けるだろう。

「わかりました」

と、早川が、いったとき、眼の前に、屏風《びょうぶ》のような山脈《やまなみ》が、迫って来た。鋸山《のこぎりやま》である。

内房線の線路は、この山の下を、トンネルで、くぐり抜ける。

ぐーんと、ヘリコプターは、高度をあげた。

「わかしお7号」が、トンネルに吸い込まれて行き、視界から消えた。

ヘリの高度があがって、浦賀水道《うらがすいどう》を、ゆっくりと行きかう船が見え、その向うに、三浦半島が、遠望できた。

また、トンネルを抜けて、「わかしお7号」が、出て来た。列車は、いぜんとして、時速約五十キロで、走り続けている。

6

「電話帳を見てくれ」

と、亀井は、日下刑事に、いった。

「それで、浜寺という宝石店経営者を見つけるんだ」

二人は、総合指令所の近くの電話ボックスで、電話帳を、調べた。

浜寺という名前は、何十人と、並んでいたが、その名前の次に、(宝石)と書かれているのは、二人だけだった。

亀井は、その二人の電話番号と住所を、手帳に書き留めてから、住所が、田園調布《でんえんちょうふ》になっている方へ、まず、掛けてみた。

「浜寺でございます」

という、中年の女性の声が、電話口に出た。

「浜寺さんは、今、どこですか？」

「失礼ですが、どなた様ですか？」

「警視庁捜査一課の亀井といいます」

と、いうと、相手の声が、急に、変って、

「主人が、何か、事故でも？」

「いや、今、どこにいらっしゃるか、それをお聞きしたいだけです」

「銀座の店に出ておりますわ」

「おいくつですか？　ご主人は」

「五十歳になったばかりですけど」

「お店の電話番号を教えて下さい」

と、亀井は、いい、相手が教えてくれた番号を、廻してみた。

電話口に出た、若い女性に、

「社長さんをお願いします」

と、亀井は、いった。

「お呼びすれば、いいんですか？」

「ちょっと、お待ち下さい」

と、相手は、いい、続いて、中年の男の声に、代って、

「浜寺でございます」

と、いった。

こちらではなかったのだ。

亀井は、適当に、失礼を詫《わ》びて、電話を切った。

もう一つの浜寺は、浜寺信人《のぶと》となっていて、住所は、新宿西口のマンションだった。

電話をかけてみたが、誰もいない。

「行ってみよう」

と、亀井は、日下にいった。

パトカーに乗り込むと、サイレンを鳴らして、新宿に向けて走った。

夏の強烈な陽差しが、車を運転している日下の眼を、ちかちかさせる。

新宿西口に着くと、亀井と、日下は、該当するマンションを見つけ出して、管理人に会った。

「五〇六号室の浜寺信人さんのことで、聞きたいんだ」

と、亀井は、小柄な管理人に、いった。

「ええ」

警察手帳を見せたので、管理人は、怯えたような眼になっている。

「どんなことでしょうか？」

「今、部屋にいないようなんだが、どこにいるか知ってるかな？」

「お店でしょう。新宿駅東口にある大きな宝石店のオーナーなんです」

「場所は、知ってる？」

「ええ。一度、年末の記念セールの時、案内状を貰ったので、行ったことがあるんです。何も買いませんでしたがね」

管理人は、紙に、店の場所を書いてくれた。

「浜寺さんは、家族はいないのかね？」

亀井が、きいた。

「奥さんと、去年別れたので、今は、独身じゃないですかね。この間、慰謝料を、何千万も取られたと、いってらっしゃいました」

「浜寺さんというのは、どういう人かね？」

「楽しい人ですよ。いろいろと、噂は聞きますが、私は、好きですね」

「どんな噂かね？」

「あくどい商売をやるとか、浜寺さんに、泣かされた人が、何人もいるとかですよ。私は、そんな風には、思いませんがね」

「ありがとう」

「もう、いいんですか？」

管理人が、拍子抜けした顔で、いうのに、亀井は、

「もういいんだ。ありがとう」

と、そっけなくいって、日下を促《うなが》し、そのマンションを出た。

パトカーで、新宿東口に廻った。

浜寺信人の宝石店は、ビルの二階にあった。

かなり大きな店だが、高価なものは、あまり置いてなかった。

それに、客の姿も少く、活気がない。

亀井と日下は、副支店長という矢木《やぎ》という男に、話を聞いた。

四十五、六歳の男で、疲れたような顔をしていた。

「社長は、旅行中です」

と、矢木は、いった。

亀井は、壁にかかっている男の写真を見て、

「社長ですか？」

「そうです」

「どこへ行かれたんですか？」

「千葉の勝浦に、別荘をお持ちで、そこへ行かれたんです」

「東京駅から、特急の『わかしお７号』に乗ったんですね？」

「ええ」

「皆さんで、見送りに行かれた？」

「ええ。それが、どうかしたんですか？」

「浜寺さんは、列車の中で、殺されましたよ」

亀井が、いうと、矢木は、

「本当ですか？」

と、いったが、さほど、驚いた顔ではなかった。

何か、予期していた感じがないでもない。

「社長さんには、敵が多かったみたいですね？」

と、亀井は、きいた。

矢木も、どう答えたものかというふうに、考えていたが、

「社長が亡くなったのでは、嘘をついても始まらんでしょう。確かに、敵の多い人でしたよ」

「三人の男が、浜寺さんを殺しているんです。しかも、拳銃で、射殺している。他にも乗客の乗っている列車の中でですよ。相手は、とにかく、何が何でも、浜寺さんを

殺したかったとしか思えないんですよ。この三人の男に、心当りは、ありませんか？」

「いくつぐらいの男ですか？」

「全員が、三十歳前後だといわれています」

亀井がいうと、矢木は黙って、考えこんでいたが、

「実は、私は、この店を辞《や》めようと思っていたんですよ」

「ほう。理由は、何ですか？」

「自分が可愛いからです」

矢木は、声をひそめて、いった。

「すると、この店では、警察沙汰になるようなことをしているということですか？」

「そうです」

「どんなことですか？」

「社長が、ひとりでやっていたことなんですが、金《きん》の密輸をやっていたんです。証拠はありませんがね。それらしいことを、手伝ったことがあります」

「なるほどね。この店に入って来たとき、どうも、活気がないんで、これで、やっていけるのかと思ったんですが、社長さんは、そういうことも、やっていたんですか」

「昔は、まともに、商売をやっていたんですが、社長は遊び好きでしてね。金使いも荒いんで、借金が重なってしまったんです。それを返すために、金の密輸なんかに、

手を出したらしいんです」

「すると、自然に、暴力団関係の人間とも、つき合うようになりますね？」

「そうなんです。最近、それらしい人たちが、時々、店へ顔を出すようになっていました」

「どこの組の人間か、わかりますか？」

「確か、Ｎ組の人たちだったと思いますが」

と、矢木は、いった。

Ｎ組は、新宿を縄張りにしている新興の暴力団である。

構成員は、百人足らずと少いが、荒っぽいことで知られているし、金の密輸をやっているともいわれていた。

そのことで、浜寺信人は、Ｎ組と、トラブルを、起こしたのか。

「社長さんが親しくしていた女を知りませんか？　多分、どこかのクラブのホステスだと思うんですが」

「女ですか――」

と、矢木は、視線を肩に遊ばせていたが、

「歌舞伎《かぶき》町の『シンデレラ』というクラブのホステスだと思いますね。最近、その店によく行ってらっしゃいましたから」

「ホステスの名前も、わかりますか？」

「二、三度、社長に連れて行かれたことがあるんです。社長の横に来て、やたらべたべたしていたのは、確か、ひろ子だったんじゃないかな？　いや、ひさ子だったか——」

「ひろみ——じゃありませんか？」

と、亀井は、いった。

「ああ、そうでした。ひろみさんですよ。その女性です」

7

亀井は、新宿駅の派出所から、捜査四課の原田《はらだ》刑事に電話をかけた。昔からの知り合いである。

「新宿のN組のことで、聞きたいんだ」

と、亀井は、電話で、いった。

「あの組の誰かが、殺人事件を引き起こしたのか？」

「まだ、はっきりしたことはわからないんだ。今日、外房線の車内で、浜寺信人という五十歳の男が、三人組の男たちに、射殺された。三十歳前後の男たちだ。動機は、金の密輸が、からんでいるらしい」

「その三人組が、Ｎ組の連中らしいのか？」

「そうなんだ。しかも、今、列車を占領していて、他にも、犠牲者が、出るかも知れない」

「わかった。Ｎ組のことを、調べてみよう。わかったら知らせるが、カメさんは、どこにいる？」

「東京駅の総合指令所にいるよ」

「妙なところにいるんだな」

「なるべく早く調べて欲しい。今もいったように、三人組は、拳銃を持っているんでね」

「オーケイ」

と、原田が、いった。

亀井と、日下は、総合指令所に戻った。

十津川は、仁村主任に、わかったことを、報告した。

十津川は、「Ｎ組のね」と、冷静な口調でいったが、仁村の方は、

「暴力団員だとすると、何をするか、わかりませんね」

と、顔色を変えた。

「いや、そうともいえませんよ。彼等は、普通の人間以上に、利害関係に、敏感です。彼等は、自分が助かるなら、喜んで取引きする。その点は、無計画で、感情に委せて突っ走る素人《しろうと》よりも、相手の動きを、読むことが出来ます」

と、十津川は、いった。

だが、仁村主任は、まだ、半信半疑の表情で、

「しかし、拳銃を持っているんですよ。しかも、もう一人、殺しているんです。他の乗客も、殺すかも知れません」

「浜寺信人を殺したのは、今、亀井刑事から聞いたところでは、金の密輸に絡《から》んだ恨《うら》みからだと思います。意味もなく、殺すとは、思えません」

「では、これから、彼等が、どう出るか、十津川さんに、想像がつきますか？」

と、仁村主任が、きいた。

十津川は、チラリと、「わかしお7号」の現在位置を示すボードに眼をやった。

間もなく、木更津を通過する。

「彼らは、最初、勝浦の近くで、グリーン車の浜寺信人を射殺し、勝浦に停車したとき、逃げる気だったと思います。ところが、失敗した。仕方なく、列車を占領して、東京へ向って走らせています。多分、走らせながら、どうしたら逃げられるか、考えていると思いますね。乗客と、乗務員を人質にして、何か、こちらに要求してくるん

じゃないかと考えているんですがね」

　十津川は、確信を持って答えた。

「どんなことを、要求してくるでしょう？」

「それを、いろいろと、考えてみたんですがね。彼等が、第一に考えることは、安全に逃亡することだと思います。乗客と、乗務員を人質にとっているわけですから、それと交換に、逃亡を要求してくると考えています」

　と、十津川は、いった。

　ただ、どんな形で、三人が要求してくるのかが、わからない。

　若い日下が、「質問していいですか？」と、仁村主任に、声をかけた。

「何ですか？」

　と、仁村が、きく。

「なぜ、非常ブレーキを引いて、列車を停めて、逃げ出さないんでしょうか？」

「それは、犯人たちがですか？　それとも、乗客がですか？」

「両方です」

「犯人たちについていえば、今、警察のヘリコプターが列車の上を飛んでいます。列車を停めて、逃げ出せば、すぐ見つかってしまうと思っているんじゃないですか。乗客の方は、わかりませんが、車内放送を使って、犯人が、脅かしているのかも知れません」

「非常ブレーキを引いて、逃げたら、射つぞとですか？」

「そうです。犯人は、前後の運転席と乗務員室を占領していますから、車内放送が、自由に出来ます」

と、仁村主任が、いった。

「わかしお7号」は、木更津を通過した。

いぜんとして、時速五十キロで、東京に向かって、走っている。

「電源を切って、列車を停めてしまったら、どうでしょうか？　列車が動かなければ、犯人たちは、諦めて、降伏するんじゃありませんか？」

日下が、きくと、今度は、亀井が、笑って、

「犯人たちは、列車を停めたら、乗客を殺すといってるんだ。それを無視して、停められるかね？」

「それに、今、内房線には、他にも、列車が走っていますよ。電気を止めたら、他の列車も、停ってしまいます」

と、仁村主任がいった。

いぜんとして、犯人たちからの連絡がない。

8

　捜査四課の原田刑事から、亀井に、連絡が入った。

「何かわかったか？」

　と、亀井がきくと、

「Ｎ組の連中は、最初は、しらばくれていたがね。それで、圧力をかけてみたんだ。もし、Ｎ組の三人が、列車を乗っ取っていたら、幹部全員を逮捕するぞとね。そしたら、面白い反応を見せたよ」

「どんな反応なんだ？」

「三人の組員を、破門したと、いって来たんだよ。井崎五郎《いざきごろう》、中田政彦《なかたまさひこ》、青山誠《あおやままこと》の三人だ。組の幹部に造反したので、破門したといっているが、実際は、三人のやったことで、組が、ガタガタになっては、かなわないということさ」

「その三人の写真はあるのか？」

「三人とも、前科があるから、前科者カードにのっている。今、そのコピーを作って、そちらに持たせてやる」

「拳銃の入手経路は、わからないか？」

「まだ、わからないね。もちろん、N組は、だれも、組とは関係ないといっているがね」

「三人が、浜寺信人を殺したことについては、N組の幹部は、何といっているんだ？」

「おれは、N組の幹部も、金の密輸に関係していると思っているし、浜寺を殺せと命令したのも、幹部連中だと思っているんだ。一応、今度の殺しについては、全く知らなかったといっているが、そちらの三人が逮捕されたら、彼等の口から、N組が関係していることが、わかると、期待しているんだ」

と、原田は、楽しげにいった。

これで、名前は、わかった。

十二分後に、三人の前科者カードのコピーを、四課の若手の刑事が、パトカーを飛ばして、持ってきた。

○井崎五郎　二十九歳。暴行傷害などの前科五犯。
○中田政彦　三十歳。殺人で七年間の刑務所生活を送る。
○青山　誠　三十歳。サギ、傷害など、前科六犯。

と、なっている。青山誠のところには、

「インテリヤクザで、恐らく、この男が、リーダーの役割をしていると思われる」

と、但《ただ》し書きがついていた。

確かに、他の二人が、いかにも、暴力団員という顔をしているのに対して、青山は細面《ほそおもて》で、知的な顔をしていた。

十津川は、そのカードのコピーを見てから、ボードに眼をやった。

「わかしお7号」は、現在、内房線の五井《ごい》駅を、通過したところだった。

「列車は、少しスピード・ダウンしています」

と、仁村が、十津川に、いった。

「どのくらいのスピードになっているんですか？」

「時速、約三十キロですね。恐らく、犯人が、運転士に命じて、スピード・ダウンさせたのだと思います。十津川さんは、なぜ、スピード・ダウンしたんだと思われますか？」

「犯人の時間かせぎでしょう。何をしたらいいか、考えが、まとまらないので、時間をかせごうとしているんです。といって、列車を停車させると、警察に、逮捕されるかも知れないと、それが不安なんでしょう」

「錦糸町《きんしちょう》までの間に、何とか、三人を逮捕して貰わないと困ります」

と、仁村主任が、いった。

「そういえば、錦糸町から先は、列車は、地下にもぐるんでしたね」

亀井が、いった。

「そうです。東京駅をすぎて、品川駅《しながわ》まで、地下になっています。それに、総武線《そうぶ》と、横須賀線《よこすか》が、相互乗入れをしていますから、必然的に、本数も、多くなります。もし、地下トンネルの中で、衝突事故でも起きたら大変ですから、どうしても、錦糸町までの間で、何とかしたいのです」

「わかりますが、たとえ、錦糸町から、地下トンネルに入ったとしても、衝突事故は、起きないんじゃありませんか？」

と、亀井が、いう。

「なぜですか？」

「私は、ATSとか、ATCというのを、聞いたことがあります。この区間にも、そうした装置があるんじゃありませんか？」

「錦糸町と品川間、トンネルの中は、ATCになっています」

「それなら、安全じゃありませんか。ATCというのは、よく知りませんが、衝突しそうになると、自然に、ブレーキがかかって、列車が、停ってしまうんでしょう？」

と、亀井が、きいた。

仁村主任は、簡単に、ATSと、ATCを説明してくれた。

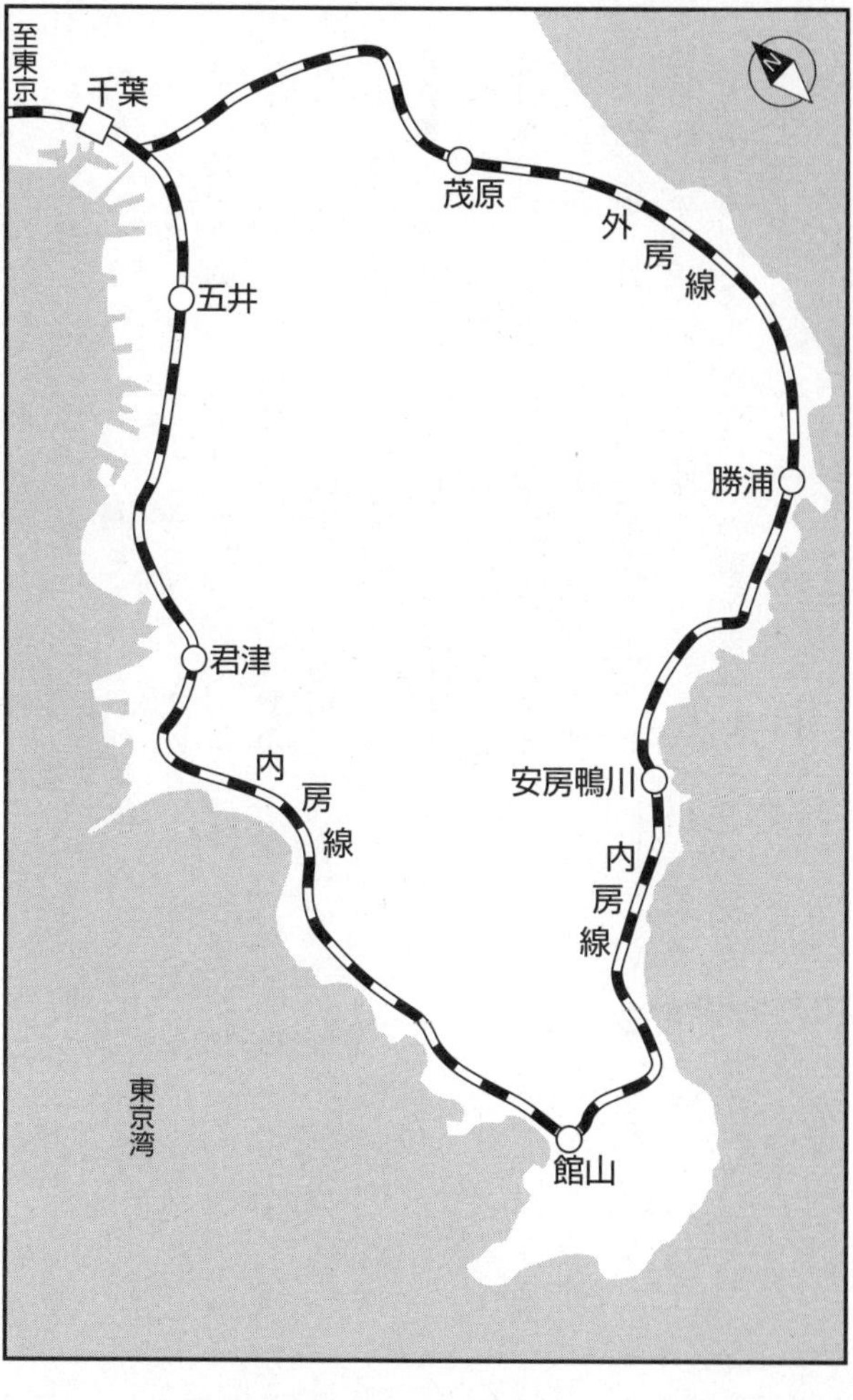
至東京
千葉
茂原
外房線
五井
勝浦
君津
内房線
安房鴨川
内房線
東京湾
館山

ATSは、一般に、自動列車停止装置と呼ばれていて、信号機が、赤なのに、運転士がそれに気付かずに、列車を走らせると、危険を知らせるチャイムが鳴る。五秒以内に、わかったというボタンを押さないと、列車は、自動的に、停止してしまう。

このATSを、一歩進めたのが、ATCである。

ATCは、自動列車制御装置と呼ばれて、新幹線にも、使われている。

ATCの区間には、信号機がない。指令所から、運転士に直接、時速何キロで走れという指示が出る。もし、運転士が、その指示を無視しても、自動的に、速度が、指示されたスピードになってしまう。

「錦糸町と、品川までの間は、このATCになっています」

と、仁村がいった。

「それなのに、なぜ、衝突の危険があるんですか?」

亀井が、わからないというように、首を傾《かし》げた。

「今、内房線と外房線とは、安房鴨川駅で、終点になっています。昭和五十年までは、内房線から外房線へと、循環する列車が、走っていたんです。山手線みたいにです。その方が、便利ですからね。その循環線が、なくなった理由が、わかりますか?」

と、仁村主任が、きく。

「ATCと、何か、関係があるんですか?」

「そうなんです」

「すると、内房線や、外房線を走る列車には、ＡＴＣ装置が、ついていないんですか？」

亀井が、きくと、仁村は、笑って、

「それでは、列車は、東京駅まで、走れませんよ。東京駅から出発する特急電車は、現在、１８３系という新しいもので、全て、ＡＴＣ装置がついていますよ」

「それなら、問題はないんじゃありませんか。今、東京駅に向っている『わかしお７号』にも、ＡＴＣ装置がついているわけでしょう？」

「そうです」

「それなら――」

「ＡＴＣのくわしい説明をしている余裕はありませんが、このＡＴＣ車上装置をつけた列車は、向きが一定でなければ、作動しないんです。ところが、外房から内房線に廻って走ると、向きが、変ってしまいます。それでは、地下に入ったとき、ＡＴＣが動かない。だから、現在、循環列車を、走らせることが出来ないんです」

「すると、現在、『わかしお７号』は、向きが、逆になって、走っているわけですから、錦糸町から地下に入ると、ＡＴＣが、働かないんですね？」

「そうです。だから、ぜひとも、錦糸町の手前で、列車を停めて、解決して欲しいん

です よ」

9

しかし、いぜんとして、犯人側から、何の連絡もないままに、「わかしお7号」は、千葉駅を通過した。

犯人たちは、どこまで、列車を走らせる気なのだろうか。

現在のスピードで走っていくと、あと、三十分で、「わかしお7号」は、錦糸町に、着いてしまう。

ヘリコプターは、相変らず、列車の頭上を飛んでいた。

そのヘリからの報告でも、列車には、別に異常は、認められないという。

千葉を出て、五分後に、初めて、犯人からの連絡が入った。

列車の運転席についている無線電話で、総合指令所へ、連絡してきたのだ。

こちらは、仁村主任が、電話に出た。

応答は、スピーカーで、流してくれた。

——おれたちは、この列車を、占領している。

と、男の声が、いった。

「すぐ、列車を停めて、乗客を解放しなさい」

と、仁村が、いった。

――大事な人質だ。解放はしない。こちらの要求を呑めば、解放してやるがな。

「その要求というのを聞きたいね」

――まず、うるさいヘリコプターを、どこかへやれ。いらいらしてくると、乗客を殺すかも知れんぞ。

「わかった。警察に連絡するよ。その他の要求は？」

――おれたちは、拳銃の他に、手榴弾も、持っている。

「手榴弾？」

――そうだ。米軍の手榴弾だ。おれたちの指示通りにしないと、列車を、爆破するぞ。

「わかった。何が欲しいんだ？」

――まず、金だ。警察に、殺人容疑で追われるに決ってるから、逃亡資金が欲しい。一人一千万として、三千万だ。いや、三千万じゃ不足だな。五千万すぐ用意しろ。

「そんな大金が、簡単に、用意出来る筈がないだろう」

――東京駅の一日の売上げは、平均三億円だ。その金を都合しろ。同じ国鉄だ。

「そんなことは出来ないよ」

——出来なければ、おれたちは、この列車が東京駅に入ってから、爆破するぞ。どんな大惨事になっても、知らんぞ。

「売上げは、すぐ、銀行に、運ばれてしまうんだ。駅には、そんな大金は、保管されていない。東京駅でもだ」

——嘘をつくな。第一、今日は、第二土曜日で、銀行は休みだ。今日の売上げは、明後日の月曜日に、銀行に運ばれる筈だよ。すぐ、東京駅に連絡をとって、五千万円用意するんだ。

「わかった。連絡する。そのあとは、どうしたらいい？」

——錦糸町へ着くまでに、五千万用意するんだ。こちらは、スピードを落とすから、時間は、十分ある筈だ。

「乗客を解放しなさい」

——五千万円が用意されたら、解放するさ。だから、乗客が、助かるかどうかは、あんたが、東京駅を、早く説得できるかどうかに、かかっているんだ。がんばれよ。

最後は、まるで、からかっているような口調だった。

連絡は、切れた。

同時に、「わかしお7号」は、更に、スピード・ダウンした。

十津川は、すぐ、千葉県警に、連絡をとった。ヘリを、引き返させるためである。県警の了解があった。

ヘリは、すぐ、基地に、引き返すだろう。

「犯人の要求を、どうしますか？」

仁村主任は、困惑《こんわく》した顔で、十津川に、きいた。

「きかないと、彼等は、本当に、列車を爆破するかも知れませんね」

と、十津川は、いった。

「じゃあ、東京駅に連絡して、五千万円を、用意するんですか？」

「そうです。それから、相手の反応を見ましょう」

「しかし、この東京駅の売上げは、国家の金ですよ」

「むざむざ、犯人に、渡したりはしませんよ」

と、十津川は、約束した。

仁村は、すぐ、東京駅長に、電話をかけた。

犯人のいうように、東京駅の売上げは、一日平均三億円である。

五千万円は、用意できる。

だが、むざむざ、犯人に奪い取られたら責任を取らざるを得ないだろう。

仁村は、その責任をとる決心をして、東京駅長に、頼んだ。

今、「わかしお7号」には、二百人前後の乗客が乗っている。その生命を守るのも、国鉄の人間の責任である。

十五分後に、また、「わかしお7号」から、無線電話が入った。

西船橋《にしふなばし》を過ぎたところだった。

――五千万円は、用意できたか？

と、男の声が、きいた。

「駅長室に、用意してある。五千万円を鞄《かばん》に詰めてだ」

――そいつは、賢明だよ。

「乗客を解放しろ」

――五千万円は、間違いなく、用意してあるんだろうな？

「間違いない」

――よし。それを信用しよう。次の錦糸町で、停車する。その時、最後尾の一両だけ、ドアを開ける。女と子供は、そこで、ホームに降ろす。だが、その時、警官が、乗り込んで来たりしたらすぐ、列車を爆破するぞ。

「他の乗客は、いつ解放するんだ？」

――今は、いえない。こちらに、五千万円が手に入ってからだ。

「どこで、渡せばいいんだ？」

——東京駅で、受け取る。東京駅では、先頭車の運転室の窓だけを開ける。そこから、鞄に詰めた五千万円を渡すんだ。列車は、横須賀線を走らせる。

「横須賀線を？」

——そうだ。総武線と、横須賀線は、相互乗り入れをしているんだから、久里浜《くりはま》までは、走れる筈だ。もし、駄目だというんなら、残りの乗客と、乗務員と一緒に、この列車を爆破するぞ。

「五千万円渡したら、いつ、残りの乗客を、解放してくれるんだ？」

——それは、東京駅で、五千万を受け取ってから教えるよ。

「いいか。君。錦糸町から品川までの地下区間は、ＡＴＣで、列車を運行しているんだ。衝突しそうになると、自動的に停車するようになっているし、列車のスピードも、自動的に、制御される」

——それが、何だっていうんだ？

「君たちの乗ってる『わかしお７号』のＡＴＣ装置は、働かないんだ」

——なぜ？

「うまく説明は出来ないが、そのまま、地下に入ったら、衝突の危険があるんだ。あの区間に、信号はない。列車の運転席に、ＡＴＣ車上装置があって、それに、作動する。だが、それが作動しないんだよ」

——おれには、そんな難しいことは、わからん。そんな危険があるんなら、衝突しないように、そっちで、注意しろ。

それで、無線電話は、切れてしまった。

仁村主任は、小さな唸《うな》り声をあげた。そのあと、てきぱきと、指示して、錦糸町と、品川間の上り線を走っている全ての列車を、一刻も早く、どかせるようにした。

壁には、ATC装置が働いている錦糸町—東京—品川間の上下線が、明示されている。

線路上には、現在、その線を走っている列車が、点滅信号となって、明示される。間もなく、「わかしお7号」は、錦糸町から、この線区に入ってくる。それまでに、現在、点滅している列車を、外に出さなければならない。そして、後続の列車は、現在地点に、停車させておかなければならない。犯人たちに占領された「わかしお7号」が、今後、どんな動きをとるかわからないからである。

錦糸町—東京—品川の間は、十一・六キロ。その間に、一両の列車も、いてはならないのだ。

からっぽにしておけば、安心して、「わかしお7号」を走らせることが出来る。ATCが作動しなくても、「わかしお7号」が、衝突することはない。

ただ、そのために、何百人、いや、何千人もの足が、一時的に、ストップすることになるだろう。

10

錦糸町駅は、ホームが二つあり、1番線から、4番線までの線路が、通っている。

1番線は、総武本線の各駅停車の上り、2番線は、同じ各駅停車の下りが、停る。

3番線は、L特急、急行、快速の上り、4番線は、同じ下りが、利用する。

三人の男に占領された「わかしお7号」は、3番線に、停車した。

ホームに、人影はない。警官も、ホームにあがる階段の途中に、待機していたが、「わかしお7号」が近づくと、顔を引っ込めた。

列車が停ると、最後尾の一両だけが、ドアが開き、車掌の手引きで、四、五十人の女性と子供たちが、どっと、ホームに降りて来た。

「早くして、下さい！　五分しかありませんよ！」

と、車掌は、怒鳴った。

われ先にと群がる女性客の中には、ホームに倒れる者もいて、甲高《かんだか》い悲鳴が、あがった。

五分きっかりに、「わかしお7号」は、最後尾の車両のドアを開けたまま、発車した。

ホームに降りた女性客の中には、ほっとした顔で、その場に座り込む者もいた。階段の途中に待機していた警官たちが、ホームに駈け上った。

その中に、捜査一課の清水《しみず》刑事もいた。

十津川の命令で、下りの電車で、やって来たのである。

清水は、蒼《あお》い顔をしている車掌をつかまえた。

「男の乗客は、どうなったんですか？」

と、きいた。

「全員、先頭から三両目までに、押し込められています」

と、車掌は、いった。

「三人の犯人も、その三両にいるわけですね？」

「そうです」

「拳銃のほかに、手榴弾を持っているということだが、本当ですか？」

「それらしいものは、見ました。犯人の一人は、それ一発で、この列車が、引っくり返ると、いっていました」

「あなたは、女性や子供と一緒に、錦糸町でおりろといわれたんですか？」

「そうです。最後尾の車両から、五分間でおろせといわれたんです。五分たったら発車すると」

「射殺された男の死体は、どうなっていますか」

「グリーン車にありますが、遺体をおろしている時間なんか、ありませんでしたよ」

と、車掌は、怒ったような声で、いった。

11

錦糸町で、四十二名の女性と子供の客が、解放されたというニュースは、すぐ、東京駅の総合指令所に、知らされた。

「意外に、約束を守る犯人ですね」

と、亀井は、十津川に、いった。

「犯人にとっても、足手まといだったのかな」

十津川が、首をひねると、仁村主任は、ほっとした顔で、

「とにかく、乗客の一部でも、無事に解放されれば、結構です」

と、いった。

その時、犯人からの電話が、また、入った。

仁村主任が、電話に出た。

――約束どおり、女子供は、解放した。そっちも、約束を守るんだ。わかったな?

「わかった」

――東京駅のホームには、お前一人が、五千万円入りの鞄を持って立っているんだ。他の者は、誰もホームにいるな。もし、他に誰かいたら、停車せずに、列車を爆破してやる。

「わかった。私一人で、五千万円を渡す」

――先頭車の窓だ。わかってるな。

「わかってる」

電話が切れると、仁村主任は、立ち上った。

「これから、駅長室へ行って、五千万円を受け取って、地下ホームに行きます」

「われわれも、行きましょう」

と、十津川も、いった。

亀井と、日下も入れて、四人は、指令所を出ると、東京駅の駅長室に、歩いて行った。

駅長室では、駅長と、首席助役が、待っていた。

テーブルの上には、五千万円の入った鞄が、用意されていた。

「地下ホームには、私が、行きましょう」

と、十津川が、いった。

「しかし、犯人は、私に、持って来いと、いいましたよ」

仁村主任が、いった。

「犯人たちは、あなたの顔を知らないと思います。だから、私が代っても、わかりませんよ」

「無茶は、しないでしょうね？」

「大丈夫です。慎重に行動しますよ」

と、十津川は、安心させるように、微笑して見せてから、若い日下刑事を、呼んだ。

「錦糸町で降りた車掌の話では、男の乗客や、三人の犯人も、先頭から三両の車両に入っているということだ。それに、最後尾の車両のドアは、開いたままになっているらしい」

十津川は、小声で、日下にいった。

日下は、ニヤッと笑って、

「わかりました。隙《すき》を見て、乗り込みます」

「しかし、無茶は、止めろよ。乗客が人質となっているんだからね。それから、これも、持って行け」

と、小型のトランシーバーを渡した。

十津川たちは、地下にある総武線のホームに、おりて行った。

ホームは、二つ。1番線から4番線まである。

「わかしお7号」は、4番線に入ってくる筈だった。

ホームに人影はない。

駅員も、姿を消していた。

ホームには、駅員の待機している運転事務室、ポンプ室、売店、それに、ベンチがある。

日下は、最後尾の車両が停止する位置にある売店の中に、もぐり込んだ。売り子は、すでに、ホームの外に出ている。

十津川は、重い鞄を下げ、人の気配のないホームを、品川方面に向って歩いて行った。

ベンチに、腰を下す。

鞄は、大人しく、犯人に渡すつもりだったが、十津川に、わからないのは、そのあと、犯人は、どうする気なのかということだった。

（五千万円持って、逃げられると思っているのだろうか？）

警笛が、壁に反射して、聞こえてきた。

「わかしお7号」が、やって来たのだ。

十津川は、鞄を持って、立ち上った。

列車が、ゆっくりと、入ってくる。十津川の立っているところより、少し先に、停車した。

運転席の横の窓が開いて、サングラスをかけた男が、顔を出した。

「おい。こっちへ来いよ」

と、その男が、十津川に、いった。

十津川は、近づきながら、三枚の前科者カードにあった写真を思い出していた。

どうやら、この男が、リーダー格の青山らしい。

「五千万円は、持って来たか？」

と、相手が、きいた。

「ああ、これだ」

十津川は、鞄を、ちょっと持ち上げて見せた。

「ちゃんと、五千万円入っているんだろうな？」

「ああ、入ってるよ」

十津川は、鞄を開けて見せた。

「よし。よこせ」

「残りの人質は、いつ解放してくれるんだ？」

「おれたちの安全が確かめられたら、解放するさ」

「それは、いつだ？」

「この紙に、書いてある。その通り、そっちが実行すれば、人質は、解放するさ」

男は、一枚の紙片を、十津川に渡し、代りに、五千万入りの鞄を受け取ると、窓を閉めてしまった。

「わかしお7号」は、今度は、品川に向って、走り出した。

十津川は、ホームに立って、じっと、眼の前を通り過ぎる列車を眺《なが》めた。

先頭から三両目まで、窓には、カーテンがおりていて、中が見えない。犯人たちが、そうしたのだろう。

最後尾の車両が、通り過ぎたとき、開いたままのドアのところから、日下が、軽く、手を振った。うまく、もぐり込んだのだ。

「わかしお7号」が、見えなくなると、亀井と、仁村主任が、ホームにおりて来た。

「どんな具合ですか？」

と、仁村が、きいた。

「先頭から三両目まで、窓にカーテンがかかっていて、中の様子は、見えませんね。だから、乗客がどうなっているか、わかりませんでした」

「若い刑事さんは、もぐり込んだんですか？」

「ええ。日下刑事が、最後尾の車両に、乗り込みました。無茶はするなといってあります」

「これから、犯人は、どうする気なんでしょうか？」

「指示を与えて来ましたよ」

十津川は、メモを、仁村主任に渡した。

亀井刑事も、横から、のぞき込んだ。

○列車は、久里浜に向って、走らせる。邪魔をすれば、乗客を殺す
○ヘリやパトカーは、出すな
○北鎌倉《きたかまくら》駅の前に、マイクロバスを用意しておけ。その車には、妙な細工はするな
○北鎌倉のホームから、駅員と警官は、退去させ、近寄るな

それだけの文字が、ボールペンで、殴《なぐ》り書きしてあった。

「北鎌倉から、車で、逃亡する気ですね」

と、仁村が、いった。

「マイクロバスというのは、人質を、何人か安全のために、乗せて行くつもりに違いありません」

亀井が、いった。

「どうしたら、いいですか?」

仁村主任が、十津川に、きいた。

「乗客の安全を第一に考える必要がありますね」

と、十津川が、いうと、仁村も、肯《うなず》いて、

「われわれも、その点は、同感です。現在、人質になっている乗客が、一人でも、死ぬことがあってはならないと思っています」

「では、犯人側の要求に従って、マイクロバスを、北鎌倉の駅前に、用意することにしましょう。あとは、相手の出方に従って、臨機応変の措置をとります」

と、十津川は、いった。

マイクロバスは、国鉄側が、用意し、十津川と、亀井の乗った覆面パトカーが、先導する恰好で、北鎌倉に向って、走った。

十津川たちの乗っている車に、無線電話で、状況が入って来る。

——今、「わかしお7号」が、地下トンネルを出て、品川駅を通過しました。

と、報告が、入る。

「どうも、わからないな」

十津川が、助手席で、呟《つぶや》いた。

運転している亀井は、前方を見つめたまま、

「何がですか？」

「犯人たちが、錦糸町で、女子供を降ろしたことだ。なぜ、そんなことをしたんだろうか？」

「人質は、男だけでいいと、判断したからでしょう」

「しかし、まだ、彼等は、五千万円を手にしてなかったんだ。それなのに、やけに、紳士的に、女子供を解放したものだと、そのときは、おかしな気がしたんだがね」

十津川は、首をひねった。

「こういう連中は、見栄《みえ》っぱりなところがありますから、いいところを見せようというんじゃありませんかね。また、いいところを見せれば、五千万円を取りやすくなると思ったのかも知れませんよ」

亀井は、小さく笑った。

確かに、ああいう連中は、妙なところで、強気だったり、正義感ぶるところがある。だが、それでも、まだ、十津川は、完全に納得できないものがあった。

三人は、列車の中で、殺人を犯している。

その上、列車からの脱出に失敗した。後難《こうなん》をおそれたN組では、彼らを破門するだろうということぐらいは、わかっている筈だ。

追いつめられている筈である。だからこそ、逃走資金として、五千万円を要求して来たのだろう。

とすると、人質は、多ければ多いほど、よかったのではないのか。最後の最後で、女子供だけを解放するというのならわかるが、最初の中《うち》に、解放するというのは、どういうことなのだろうか？

どうも、その心理がよくわからないのだ。

「少し急ぎます」

と、亀井は、いい、サイレンを鳴らして、スピードをあげた。

北鎌倉駅に着いた。

無線電話による連絡では、「わかしお7号」は、今、戸塚《とつか》駅を通過したという。あと、十分くらいで、この北鎌倉に、着くだろう。

神奈川県警の刑事十五人も、すでに、集っていた。

その責任者の片山《かたやま》警部と、十津川は、事前に、打ち合せをした。

北鎌倉で逮捕するが、無理はしないという点で、一致した。

用意したマイクロバスの屋根には、白いペンキを塗っておいた。ヘリから、よく見えるようにである。

そのマイクロバスに乗って来た仁村は、駅長と、打ち合せをした。

人質の乗客がいる限り、犯人たちを刺戟してはならない。

犯人たちの要求した通り、ホームから、駅員を遠避けておくことにした。

県警の刑事たちは、北鎌倉駅の周辺に、覆面パトカーを、五台配置させ、残りの五人の刑事は、マイクロバスの置かれた駅前の物かげに、かくれて、待機することになった。

周辺の家や、商店には、事情を話して、しばらくの間、外に出ないように頼んだ。

何しろ、相手は、拳銃を持っている。怪我人が出るのが、一番怖《こわ》かったからである。

万一の時は、犯人たちを射殺するのも、止むを得ないとも、決めていた。

十六時三十分。午後四時三十分になって、「わかしお7号」が、近づいてくるのが見えた。

外房の荒々しい海を図案化したヘッドマークをつけた列車が、横須賀線を走るのは、多分、国鉄始まって以来のことだろう。

列車が、停った。

ホームには、十津川が、たった一人で、迎えに出た。

サングラスをかけた犯人の一人が、運転席の窓から、顔を出して、十津川を見た。

「ああ、お前か」

と、相手は、いった。

五千万円入りの鞄を受け取ったときの男だと、覚えていたのだろう。

「マイクロバスは、用意してあるか？」

「ああ、駅前に置いてある」

「よし。退《さ》がっていろ！」

男は、十津川に向って命令した。

十津川は、大人しく、うしろに退がった。

ドアが開き、まず、今のサングラスの男が、拳銃を手にホームに降りて来た。

続いて、五人の男が、うしろから押されるようにして、ホームに出て来た。

彼等のうしろには、やはり、拳銃を持った二人の男がついていた。その一人が、あの鞄を持っている。

五人の乗客は、これから、マイクロバスに乗せられる人質だろう。

十津川は、その五人の中に、日下の顔を発見した。どうやって、もぐり込んだのかわからないが、日下は、ちらりと、十津川を見て、ウインクして見せた。

三人の犯人に囲まれた五人の乗客は、のろのろと、ホームを進み、改札口を出て行った。

十津川は、停車している「わかしお7号」の車内をのぞいてみた。

先頭から三両には、人質になっていた男の乗客たちが、腰を下していたが、まだ、自分たちが、自由になったのがわからないらしく、動こうとしない。

「私は、捜査一課の十津川です。あなた方は、もう自由です」

と、十津川は、彼等に向って、大声で、いった。

それで、やっと、乗客たちは、ざわざわと動き始めた。

十津川は、それを見てから、改札口に向って、駈け出した。

三人の犯人と、五人の人質は、やっと、駅前に出たところだった。

マイクロバスの傍には、仁村主任が、ひとりで、立っていた。

犯人の中の青山と思われる男は、五人の人質に、拳銃を向けながら、用心深く、周囲を見廻した。

そのあと、仁村に向って、

「お前一人か？」

と、声をかけた。

「ああ、私一人だ」

「警察は？」

「君たちが、近づけるなというから、呼んでない」

「マイクロバスの中に、警官が、かくれていたりしないだろうな？」

「そんなことはしない」

と、仁村主任が、いったが、青山は、信用できないという顔で、

「中田。お前、調べて来い」

と、仲間の一人に、いった。

その中田は、右手に拳銃を持ったまま、マイクロバスの中に、入って行った。座席の下まで、のぞき込んだ。

「誰もいないぞ」

と、中田が、大声で、青山に、いった。

それでも、青山は、疑いの眼で、仁村を見つめていた。

「エンジンやブレーキに細工はしてないだろうな？　もし、そんなことをしていたら、人質の五人を、皆殺しにするぞ」

「細工はしていないし、ガソリンも、満タンにしてある」

と、仁村は、いった。

十津川は、改札口を抜け、彼等の近くまで来ていた。

県警の刑事たちは、物かげから、三人の犯人たちを狙っている筈だった。何かのきっかけがあれば、拳銃で、狙撃《そげき》するだろう。

十津川は、内ポケットに、手をやった。

自動拳銃を抜き出すと、ズボンのベルトに、差し込み、上衣で、かくした。

　五人の人質は、ひとかたまりになっている。

　青山は、まだ、仁村と喋っている。中田は、マイクロバスの中にいて、ハンドルや、ブレーキを点検している。

　人質を監視しているのは、残りの井崎一人である。

　十津川は、日下に眼をやった。

　日下も、拳銃を持っている筈だった。身体検査され、取りあげられたとは思えない。もし、拳銃が見つかっていれば、最後の逃亡のための人質には、選ばれなかったろう。

　日下も、そろそろ、三人の犯人の様子をうかがっている。

　十津川は、今が、チャンスだと思った。

　マイクロバスが、走り出してしまえば、五人の人質が、どうなるかわからなくなってしまうし、日下も、孤立してしまう。

　日下も、今がチャンスと思っているに違いない。物かげにひそんでいる神奈川県警の刑事たちも、同じことを、考えている筈だった。

　十津川は、小さく息を吸い込んでから、何気ない様子で、彼等に近づいて行った。

　日下も、このチャンスに、同時に行動を起こしてくれるだろうと信じてである。もし、この期待が外《はず》れたら、十津川が殺されるか、二人とも、殺されるだろう。

「ちょっと、ききたいことがあるんだがね」

と、十津川は、青山に、声をかけた。

この男が、リーダー格だから、まず、これを、捕らえてしまえば、他の二人は、手をあげるかも知れない。それに、日下もいる。

「何だ？」

と、青山が、十津川を見た。

「グリーン車で殺された男の人の遺体が、見つからないんだけど、どうしたんだね？」

「グリーン車に、放り出してあるよ」

面倒くさそうに、青山がいった。

「それが見つからないんだ。見つけて、処理しないと、国鉄としては――」

喋りながら、少しずつ、青山に近づくと、いきなり、相手に向って、体当りした。

青山の身体が、不意をうたれて、地面に転がった。

「何をしやがる！」

青山が、わめきながら、拳銃を構えようとするのを、十津川は、蹴飛ばした。

あと二人の犯人の動きは、無視した。県警の刑事たちと、日下が、何とかしてくれるだろうと、信じてである。

背後で、井崎が、

「この野郎！」

と、怒鳴った。が、その声が、途中で、消えてしまった。

振り向くと、日下が、拳銃で、井崎の頭を殴りつけていた。

バスに乗っていた中田も、ほとんど同時に、拳銃を構えて、バスから飛びおりて来た。

が、次の瞬間、物かげで狙っていた県警の刑事の拳銃が、火を吹いた。

中田が、悲鳴をあげて、その場に頽《くずお》れた。

右肩から、血が吹き出している。

十津川は、拳銃を抜いて、転がっている青山に、狙いをつけた。

「妙な真似をすると、射つぞ」

と、十津川は、いった。

日下に殴られた井崎は、うずくまったまま、呻《うめ》き声をあげている。

中田は、悲鳴をあげ続けた。

「助けてくれ！　救急車を呼んでくれ！　血を止めてくれよ！」

「みっともないから、静かにしろよ」

リーダー格の青山は、立ちあがると、中田を、叱りつけた。

そのあと、十津川に、向って、

「参ったよ。降参するよ」

と、いった。

物かげから、県警の刑事が、飛び出して来て、三人に、手錠をかけた。

十津川は、五千万円の入っている鞄を、拾いあげた。

仁村が、ほっとした顔で、

「取り戻せましたね」

「念のために、中を調べてみましょう」

十津川は、鞄を開けてみた。

中から出て来たのは、列車内に備付けてある毛布だった。

12

「五千万円は、どこへやったんだ？」

十津川は、青山を見すえた。

青山は、手錠をかけられた両手を、前に突き出すようにして、

「その鞄に入っているだろう？」

「とぼけるなよ。どこに隠したんだ？」

「知らないね。手錠をはめられたおれたちに、何が出来るんだ？」

青山は、肩をすくめて、見せた。

救急車がやって来て、肩を負傷した中田を乗せて行った。

「この二人も、連行して行って、いいですか？」

と、県警の刑事が、十津川を見る。

「連れて行って、五千万円をどうしたか、訊問《じんもん》して下さい」

と、十津川は、いった。

青山と、井崎が、連行されたあと、十津川は、日下と、亀井を呼んだ。

「日下君は、気付かなかったかね？　鞄の中の五千万を、奴等が、どうしたか？」

と、十津川は、きいた。

「私は、人質の中にもぐり込むのが精一杯でしたから」

「列車の中に、かくしたんじゃありませんか？」

亀井が、いった。

三人は、もう一度、駅のホームに戻り、停車している「わかしお７号」の車内を、隅から隅まで、調べてみた。

グリーン車の床に、浜寺信人の死体が転がっていたが、五千万円はおろか、千円札一枚落ちていなかった。

十津川は、死体の処置を、県警に、電話で頼んだ。

「五千万円は、列車の中にも無かったし、三人の犯人も、持っていなかった」

と、十津川は、北鎌倉のホームで、亀井と日下に、いった。

県警が、車内の死体を引き取って行ったあと、「わかしお7号」は、千葉の幕張《まくはり》基地に回送されて行った。

「犯人たちは、途中で、五千万円を投げ捨てたんでしょうか？」

亀井が、きいた。

「折角《せっかく》手に入れた五千万円を、捨てる筈はないよ」

と、十津川は、笑った。

「すると、奴等は、五千万円を鞄から出し、何かの袋に詰めかえて、走っている列車から投げ落としたということになりますね」

亀井が、いう。

「多分ね」

「あとで、そこへ取りに行くことになっていたわけですか？」

日下が、口を挟む。

「しかし、それは、おかしいな」

と、亀井が、首をかしげた。

「それまでに、誰かに、拾われてしまう危険があるよ。五千万円といえば、かなりの大きさだからね」

「すると、誰かと、しめし合せて、落とすところを決めておき、走行中の『わかしお7号』から、落としたということになりますね」

と、日下が、いった。

確かに、日下のいう通りだった。それなら、五千万円が、消えてしまった説明がつく。

「しかし、どうやって、しめし合わせたんだろう？」

と、十津川が、いった。

「列車についている無線電話を使ったんじゃありませんか？　外には、彼等の仲間が、何人もいると思いますから」

日下がいうと、十津川は、笑った。

「それは駄目だよ。列車の無線電話は、総合指令所としか、交信できないんだ。仲間との連絡には、使えないよ」

「それなら、この列車に、乗り込む前に、仲間と、打ち合わせておいたんじゃありませんか？」

日下がいう。

亀井は、首を横に振った。

「それはないな。あの三人は、最初、グリーン車の浜寺信人を殺すために、『わかしお7号』に乗り込んだんだ。殺すことには成功したが、逃げるのに失敗した。それで、居直って、五千万円を、脅し取ることを考えたんだ。前もって、打ち合せてあったとは、思えないね」

「しかし、そうだとすると、どうやって、彼等は、五千万円を――？」

日下が、わからないという顔で、呟やいた。

「あれだよ」

急に、十津川が、ぱちんと、指を鳴らした。

亀井が、びっくりした顔で、十津川を見た。

「何ですか？」

「彼等が、錦糸町で、女子供を解放したろう。あれが、どうも、気になっていたんだ。あまりにも、物わかりが、良すぎたからね。あの時、彼等は、仲間の一人を、外に出したんだよ」

「なるほど」

亀井が、肯いた。

だが、すぐ、また、首をかしげてしまった。

「しかし、警部。錦糸町で、解放されたのは、一人じゃありませんよ。子供も入れて、四十二人が解放されたんじゃありませんか。その中の誰が、彼等の共犯者だったか、わかりますか？」

「いや、たった一人、いるじゃないか」

と、十津川は、いった。

「誰ですか？」

「グリーン車で殺された浜寺信人と一緒にいた女さ。確か、新宿のクラブで働いているホステスだ」

「しかし、警部。あの女は、殺された浜寺の女なんじゃありませんか？」

「浜寺が、襲われた時のことを、考えてみたまえ。三人の犯人は、浜寺が、『わかしお7号』のグリーン車に乗っていることを、ちゃんと知っていて、襲ったんだ。誰が、あの三人に、それを教えたんだろう？　一番、よく知っているのは、当人と、一緒に行くことになっていた、あの女さ。しかも、新宿のクラブで働いている。新宿は、三人の属していたN組の縄張りだ」

「彼女が、裏切っていたわけですか？」

「すぐ、逮捕しましょう」

と日下が、勢い込んでいった。

ひろみこと、原田《はらだ》ゆう子の指名手配が、行われた。

翌日、ゆう子は、五千万円を持って、台湾へ逃亡しようとするところを、空港で、逮捕された。

十津川が、考えたとおり、ゆう子は、浜寺信人と関係があり、彼から、いろいろなものを買って貰っていた。

いわば、浜寺は、ゆう子のパトロンだったが、彼女は、店に時々来るN組の青山と親しくなった。

金の密輸の仕事で、N組と、浜寺の間がおかしくなってから、ゆう子は、一層、青山との関係を深くしていった。

浜寺が、彼女を誘って、南房総に行くことになったとき、そのくわしい月日などを、青山に知らせた。

浜寺を、裏切ったのである。

三人は、グリーン車で、浜寺を射殺したあと、次の駅で、逃げることにしていたのだが失敗してしまった。

そのあと、乗客を人質にして、五千万円を、国鉄から脅しとることを考えた。その金を、列車から投げ落とし、拾う役を、ゆう子にやらせることにしたのである。

青山から頼まれたゆう子は、他の女性客たちと一緒に、錦糸町で降ろされた。そのあと車を用意し、青山からいわれていた場所に、先廻りし、列車から、五千万円が、投げ落とされるのを待った。

青山は、もし、自分たちが、逮捕されたときは、その金で、優秀な弁護士を用意してくれと、ゆう子に、いっていたらしい。

「でも、青山たちが、逮捕されてしまったら、弁護に、金を使うなんて、ばかばかしくなって、五千万円を持って、東南アジアへ、行こうと、考えたのよ」

と、ゆう子は、十津川に、いった。

「つまり、持ち逃げしようとしたわけか？」

十津川がきくと、ゆう子は、肩をすくめて、

「刑務所に入る人のために、お金を使ったって、仕方がないじゃないの」

といった。

死への近道《アクセス》列車

1

平山《ひらやま》は、綿密に計算した。なにしろ、人を殺すのだ。失敗すれば、警察に捕《つかま》って、刑務所行だ。どんな小さなミスも、許されない。

あけみを殺したあと、平山は、香港《ホンコン》に飛ぶつもりだった。

そのあとは、何処《どこ》へでも逃げられると、考えていた。年に四、五回は、東南アジアを旅行していたから、向うの生活は、苦にならない。

一七時五五分成田《なりた》発のノースウエストの切符は、すでに、買ってあった。一時間前までに、チェック・インして、搭乗手続を取る必要があるから、一六時五五分に空港ロビーに入っていればいいだろう。

平山は、そこから、逆算していった。一番怖《こわ》いのは、空港に手配されて、高飛びが出来なくなることだったからである。あけみを殺してから、なるべく早く、機上の人になり、警察が、彼のことを手配した時には、香港に着いていたい。

と、いって、成田から香港までの飛行時間は、短縮できない。平山が、いくら力《りき》んでも、この便《びん》に乗れば、嫌でも、四時間と二十五分かかるのである。

とすれば、あけみを殺してから、ノースウエストのこの便に乗り込むまでの時間を、少しでも、短縮するしかない。

あけみのマンションは、新宿の初台《はつだい》にある。京王《けいおう》線の初台駅から、歩いて、十分ほどの場所だった。

彼女は、銀座のクラブ「フリージア」のホステスで、午前中は、寝ていて、平山が訪ねて行っても、会おうともしない。

午後一時頃に起き出し、出かけるのは、午後六時過ぎである。従って、殺すチャンスは、その間ということになる。

殺したあと、成田空港に急ぎ、一七時五五分発のノースウエスト一七便に乗ってしまえば、成功ということになる。

問題は、あけみのマンションから、成田空港までだった。車では、渋滞に巻き込まれる恐れがある。

それが、春のダイヤから、新宿から成田空港まで、直通の特急列車が、走ることになった。成田エクスプレス、略して、〝NEX〟である。

新宿、東京から乗車できて、成田空港ターミナル直下の空港駅まで走る。この列車が生れたので、平山は、新宿から成田までの時間も、計算できることになった。成田空港に、一六時五五分に着けばいいとすると、丁度、ぴったりの成田エクスプレスがあることに、気がついた。

一六時五五分に成田空港に着く、成田エクスプレス31号である。この列車の新宿発は、一五時四〇分だから、何時に、あけみを殺さなければならないかも、自然に、導き出されてくるのだ。

あけみのマンションから、新宿駅まで、余裕をみて、三十分と考えておくことにした。タクシーを拾って、甲州《こうしゅう》街道を走らせてもいいし、タクシーが拾えないようだったら、京王線を利用すればいいし、それでも、三十分あれば、ゆっくり、新宿駅に着くことが出来る。

引き算をしていくと、あけみを殺す時刻が、自然に、わかってくる。

一五時一〇分。これが、あけみを殺すぎりぎりの線なのだ。これ以前に殺せばいいのだが、あまり前では、成田から飛行機に乗るまでに死体が発見され、手配されてしまう。何しろ、あけみが死ねば、真っ先に疑われる立場にいるからである。

だから、一五時一〇分になるべく近い時間に、彼女を殺し、計画に従って、成田エクスプレスに乗り、成田空港に行かなければならないのだ。

平山は、現在、三十四歳、傷害事件を起こして、執行猶予の刑を受けたことはあるが、もちろん、人を殺した経験はない。

（人を殺すというのは、どういうことなのだろうか？）

と、平山は、考え、

（おれに、本当に、人が殺せるだろうか？）

と、不安になる。

だが、あけみを殺さなければ、自滅することも、はっきりしているのだ。何しろ、あけみが、水商売で貯《た》めた二億円の金を、欺《だま》しとっていたからである。

平山の人生は、嘘でぬりかためられていた。

現在、彼の名刺の一つには、「平山交易株式会社　取締役社長　平山《ひらやま》　実《みのる》」の肩書きがついているが、そんな会社は、実在しない。他にも、いろいろな名刺を刷《す》って、用意してある。

「××探偵事務所」もあれば、「××法律事務所」もある。これは、もっぱら、相手を脅《おど》すためのもので、前者は、小金を貯めている相手を、欺すためのものだった。

今まで、それで、何とか、うまくやって来た。平山の武器は、何となく信用できそうな容貌と、滑《なめ》らかではないが、相手を信用させてしまう話し口だった。

それが、あけみで、失敗してしまった。

欲張り過ぎたのがいけなかったのだと思う。今までは、小悪党らしく、百万円単位の金を欺しとっていたから、平山が、姿を消してしまえば、諦《あき》らめてくれたのだが、あけみの場合は、二億円の大金を、平山交易に、投資させてしまったのである。

あけみは、突然、二億円を、一週間以内に返さなければ、暴力団に頼んで、平山を殺してやると、いい出したのだ。単なる脅しと思えなかったのは、その前に、K組の新井《あらい》という暴力団員を、叔父《おじ》だといって、紹介されたことがあったからである。

もちろん、叔父というのは嘘だが、あけみは、次第に、平山を信用できなくなって、欺すと怖いわよという脅しをかけたのだろう。

平山が、私立探偵に頼んで、調べて貰ったところ、新井には、殺人の前科があり、K組の組員だが、一匹狼に近く、金のためなら、どんなことでもやるということで、組でも、やや、持て余し気味だと、わかった。

そんな男に、あけみが、金を払えば、間違いなく平山は、殺されてしまうだろう。東南アジアに逃げても、K組は、東南アジアに強いから、追いかけてくるに違いなかった。

平山に残された道は、二つしかなかった。二億円を返すか、あけみが新井に、金を渡して、殺しを頼む前に、彼女を殺して、逃げ出すかである。

二億円の中《うち》、一億円近くは、使ってしまったから、返すことは、出来ない。とすれば、あけみが、金を新井に渡す前に、殺して、逃げ出すしかない。新井だって、金にならなければ、平山を、追い廻したりは、しないだろう。

ただ、警察に追われることだけは、覚悟しなければならない。あけみは、店のママや、マネージャーに、平山の会社に投資していることを話していたし、同僚のホステスにも、投資させていたからである。

あけみが、殺されれば、間違いなく、真っ先に、平山が、マークされるのだ。

2

「明後日《あさって》の午後二時過ぎに、金を返しに君のマンションに行くよ」

と、平山は、あけみに、いっておいた。

そして、昨日の午後、実際に、計画通りに、動いてみた。

あけみのマンションの傍から、午後三時一〇分に出発して、京王線を使って、新宿に出て、一五時四〇分発の成田エクスプレスに乗り込み、成田空港に向った。

平山は、成田エクスプレスに乗るのは、初めてだった。この列車が走る前は、タクシーを、成田まで飛ばしたり、上野《うえの》から、京成《けいせい》電鉄を利用して、不便な空港だなと、腹を立てていたのである。

新宿駅も、この列車の発着のために、変ってしまっていた。

南口が、きれいになり、改札口を通って、コンコースに入ると、その奥に、有料の待合室が、作られていた。多分、会社関係の人間が、成田から出発する上司や同僚を送別するのに、使うのだろう。

成田エクスプレスが発着するのは、新しく作られた3・4番ホームである。ホームへおりるエスカレーターに乗りながら、平山は、ホームの番号を頭に叩き込んだ。あわてて、間違えたら、計画が、めちゃめちゃになって、香港行の便に、乗れなくなってしまうからである。

列車は、三両編成。赤黒白と三色に塗《ぬ》りわけられた車両だった。ホームには、同じ赤、黒、白のカラーのユニホームを着たコンパニオンがいて、彼女が、改札して、車内に入る。成田まで、車内改札がないのは、有難かった。

普通車二両と、グリーン車一両で、グリーンには、四人用のコンパートメントもあった。

平山は、グリーン車に乗ってみた。その方が知った人間に顔を合せる可能性が、小さくなると、思ったからである。

この日は、成田まで、知った人間には、会わなかった。明日も、同じであって欲しい。

列車は、東京駅の地下で、横浜《よこはま》から来た列車と、ドッキングして、成田に向う。

成田空港駅には、定刻の一六時五五分に着いた。プラットホームは、地下二階で、改札口は、地下一階になっている。

この外が、セキュリティエリアである。更に進むと、中央ビルの地下で、北ウイングの表示と、一階の到着ロビー、四階の出発ロビーへの矢印が、眼につく。

平山は、腕時計を見ながら、実際に、出発ロビーまであがってみた。明日は、この他に、パスポートや、手荷物のチェックなどに時間がかかるが、何とか、間に合って、香港行の飛行機に乗れることを、確認した。

(これで、大丈夫だ)

と、平山は、自分にいい聞かせたのだが、やはり、明日は、あけみを殺さなければならないと思うと、夜、ベッドに入っても、なかなか、眠れなかった。

金は、もう、香港の銀行に移してある。香港まで逃げられれば、何とかなるのだ。そういい聞かせても、寝つかれない。夜明け近くになって、やっと、うとうとしたが、逃げ切れずに、K組の新井に刺される夢を見て、飛び起きてしまった。

弱気になってくる自分を励まし、午後一時に、あけみに、電話をかけ、念を押した。

「これから、金を持って行くからね」

と、平山は、いった。

「全額、持って来てくれるんでしょうね?」

「ああ、大丈夫だよ。午後二時までに、必ず行く」

と、平山は、いって、電話を切った。

平山は、自宅マンションを出ると、まず、新宿駅に行き、南口のコインロッカーに、トランクを入れておいて、京王線で、初台に向った。

三日前に買ったナイフを、内ポケットに忍ばせていた。殺し方については、いろいろと、考えた。あけみの部屋には、鉄製の灰皿があるから、これで殴りつけてもいいし、コードや、ロープで、首を絞めてもいい。だが、それが、上手《うま》くいかなかった時に使うつもりで、ナイフを、買ったのだ。

失敗は許されなかった。失敗したら、あけみが何をするか、わからないからである。警察に通報するのは、まだいい方で、例の新井に、平山を殺させるかも知れない。多分、失敗は、死に通じるのだ。

二時十五分前に、あけみのマンションに着いた。

ベルを鳴らすと、ネグリジェ姿のあけみが、顔を出した。

「入ってよ」

と、彼女が、いった。

平山は、内ポケットのナイフを確かめてから、中に入った。

あけみは、平山の身体《からだ》を、じろじろ見つめてから、

「手ぶらなの？　お金はどうしたの？」

と、眉を、吊りあげた。

「車に置いてあるよ」

「じゃあ、すぐ、持って来て」

「その前に、冷たいものを、一口飲ませてくれないか。今日は、暑くてね。そのあとで、取ってくるよ」

と、平山は、いった。のどが渇いているのは、本当だった。が、気温のせいではなく、緊張のせいだった。

「ビールでいいの？」

「ああ、それで結構だ」

と、平山が、いうと、あけみは、背を向けて、キッチンに立って行った。

（今だ！）

と、平山は、自分にいい聞かせた。

テーブルにあった鉄製の灰皿を摑《つか》んで、あけみの背後に忍び寄り、振りかぶった。

とたんに、平山は、自分の後頭部に、強烈な衝撃を受けて、眼がくらんだ。誰かが、もう一人、この部屋にいたのだ。

（畜生！）

と、思いながら、平山は、気を失っていった。

3

意識が、戻った。

反射的に、腕時計を見る。ほとんど、時間は、たっていなかった。十二、三分である。

まだ、後頭部が、ずきずきする。起き上ったとき、彼の眼に、倒れているあけみの姿が、飛び込んできた。

最初は、ただ、倒れているだけだと思ったのだが、ネグリジェ姿の背中に、ナイフが突き刺さり、流れ出た血が、ピンクのネグリジェを、赤く染めているのに、気がついた。

見覚えのあるナイフだった。内ポケットに手をやると、ナイフが、無くなっている。無くなっているのは、ナイフだけではなかった。香港までの航空券、それに、香港に支店のあるM銀行の通帳まで、消えてしまっている。

（あいつだ）

と、思った。

新井に違いない。

あけみは、平山が、信用できずに、万一に備えて、新井を呼んでおいて、バスルームにでも、潜《ひそま》せておいたのだろう。

平山が、あけみを、殴り殺そうとしたので、新井が、飛び出して来て、平山を、殴った。

ところが、そのあと、新井は、変心した。あけみを殺し、平山の航空券、預金通帳などを奪った。あけみの金だって、奪ったかも知れない。

そして、香港に逃げる気だ。

(畜生!)

と、思い、平山は、何とかしなければと、自分にいい聞かせた。

洗面所で、顔を洗った。殴られた後頭部を、冷やしながら、どうしたらいいか、考えた。

新井は、平山の用意した航空券で、一七時五五分のノースウエスト一七便に乗る筈だ。追いかけて、つかまえて、奪われたものを、全部、取り返さなければならない。

(香港へ行くのは、おれでなければならないんだ)

平山は、キッチンに行き、そこにあった出刃包丁《でばぼうちょう》を、抜き取り、タオルでくるんだ。

マンションを飛び出し、丁度、通りかかったタクシーに乗り込んで、新宿駅南口に急いだ。

新井だって、一七時五五分発のノースウエスト便に乗るには、成田エクスプレスに乗らなければ、間に合わないのだ。それは、平山自身が、計算したのだから、わかっている。

新宿駅南口に着くと、コインロッカーのことを思い出して、寄ってみた。が、その時になって、ロッカーのキーも、奪われていることに気がついた。

新井は、コインロッカーのキーも、奪ったのだ。きっと、何か、金になるものが、そこに入っていると思ったのだろう。そのトランクの中には、金は入ってないが、全く、金目のものが入っていないこともない。自宅マンションの中にあった、高価なものだけを、放り込んで来たのだ。平山は、カメラ道楽で、昔のライカや、ハッセルブラドなどを持っていたから、それを、トランクの中に入れて来ていた。

それも、新井に、奪われてしまった。腹立たしさが、平山の胸の中で、倍加した。

(取り返してやる)

と、誓った。香港へ行くのは、自分でなければならないのだ。

暴力団員だということは、怖《こわ》い。だが、今は、怒りが、怖さに勝っていた。それに、相手は、あけみを殺して、逃げようとしているのだ。向うには弱味がある。それだけ、こちらが、優位に立っている筈だった。

成田エクスプレスの切符を買い、3・4番ホームに降りていった。

まだ、一五時四〇分発の電車は、ホームに入っていなかった。平山は、ホームで、待っている人々の中に、新井の姿を探したが、見つからない。キヨスクのかげにでも、隠れているのか。見つからないうちに、電車が、3番線に入って来た。

乗客が、どっと、乗り込む。大きな荷物を持った人が多いのは、やはり、成田空港へのアクセス列車である。

平山も、トランクケースを持って、乗る筈だったのに、今は、人を追って、乗り込んだ。

動き出すと、彼は、ゆっくりと、一両ずつ、通路を歩いて行った。

座席は、ほぼ、満席に近かった。帰国するらしい外人客もいれば、向い合せの座席を利用して、お喋りをしている家族連れもいる。やたらに、車内の写真を撮っている若者は、多分、成田から飛行機に乗るのではなく、この列車を見物しに乗ったのだろう。

四人用のコンパートメントには、乗客の姿はなかった。

全部の座席を見たつもりだが、新井の姿はない。トイレに入っているのかとも考え、近くで、じっと待っていたが、出て来たのは、若い女性だった。

(いない)

と、思い、

(おかしいな)

と、首をかしげた。

平山は、成田空港までのルートを、いくつか考えて、比べてみたのだが、成田エクスプレスを利用するのが、一番、早いのである。

しかも、一七時五五分発の香港行ノースウエスト機に乗るのなら、成田エクスプレスを利用しなければ、間に合わない筈だった。一時間前に、チェック・インしておこうと思えばである。

だが、二度、車内を往復しても、新井の姿はなかった。

成田エクスプレスは、次の停車駅の東京まで、ノンストップで走る。使用するレールは、環状線である。

平山は、念のために、車掌に、東京駅の到着時刻を聞いてみた。一六時丁度に着くという。新宿から、二十分かかるのだ。

これなら、新宿で、中央快速に乗った方が、四谷《よつや》、御茶ノ水《おちゃのみず》、神田《かんだ》と停車しても、早く、東京駅に着くのではないか。平山も、何回か、中央快速に乗ったことがあるが、確か、十二、三分で、東京に着いた筈である。

(それなら、新井は、東京まで、中央快速に乗ったのかも知れない)

と、平山は、考えた。それなら、この成田エクスプレスに乗っていなくても、おかしくはないのだ。

車掌のいった通り、一六時丁度に、東京駅の地下ホームに着いた。昨日、乗ったときと、もちろん、同じである。

前方に、横浜発の成田エクスプレスが、先に来て停車していて、ここで、連結される。

ホームで、その様子を見守っている野次馬《やじうま》がいるが、平山は、東京駅から乗ってくる乗客を、見つめた。

十二、三人が、乗って来た。が、なぜか、新井の姿は、なかった。

（おかしい）

と、思っているうちに、六両編成になった成田エクスプレス31号は、東京駅を発車した。

これから先は、成田空港まで、ノンストップである。錦糸町《きんしちょう》近くで地上に出ると、一三〇キロのスピードで走る。

新宿から、東京までは、中央快速に乗ってもいいのだが、東京から先は、この成田エクスプレスより早く、成田空港に着ける交通機関はない筈である。

それなのに、新井は乗っていない。

平山の航空券を奪って、香港に行くつもりだったが、気が変ったのだろうか？

（待てよ）

と、平山は、思った。

あけみのマンションにいたのを、暴力団員の新井と、決めつけていたが、或いは、別人かも知れないと、思い始めたのである。

新井は、確かに、腕力もありそうだし、人殺しの前科もある。脅しに利用するには、恰好《かっこう》の男だろう。

しかし、恋人の感じではない。

マンションに潜《ひそ》んでいたのは、あけみの恋人だったのではないのか？

新井なら、前に、叔父として、平山に紹介しているのだから、別に、隠れている必要もなかったのではないか。堂々と、平山の前に出て来た方が、彼を、ビビらせる効果はある筈だからだ。

平山の知らない恋人だったら、話は別である。万一に備えて、バスルームに隠れていてくれと、あけみが頼んだことは、十分に考えられる。

その恋人が、欲に眼がくらんで、彼女を、裏切ったのではないのか？

それなら、いくら新井を探しても、見つからない筈なのだ。

あけみに、自分以外に、二、三人の男がいたことは、平山も、気付いていた。

彼女の働いていたクラブのマネージャーとも、関係があったと、同僚のホステスから、聞いている。

あのマネージャーなら、よく顔を知っているが、この列車には、乗っていない。

他の男たちの顔は、残念ながら、平山は、知らないのだ。

成田空港着が、一六時五五分だから、あと、五十分近くある。

平山は、自分の座席に腰を下し、必死に考えた。あけみ本人が、恋人のことを、何かいってなかったか、同僚のホステスが、それらしい男のことを、話してくれていなかったか、それを思い出そうと努めた。

あのクラブには、十五、六人のホステスがいた。その中に、一人、古参のホステスで、噂《うわさ》好きで、お喋りがいた。名前は、確か、ひろこだった。そのひろこが、あけみの休みの時、彼女について、あれこれ喋ってくれたことがあったのだが。

4

捜査一課の十津川《とつがわ》たちは、その頃、あけみこと、井上冴子《いのうえさえこ》の死体の傍にいた。

隣室の女が、冴子の部屋のドアが、開けっ放しになっているので、おかしいと思い、のぞき込んで、死体を見つけたのである。

刺された背中から流れ出した血は、すでに、乾いてしまっている。

発見者の隣りの女性が、十津川に、彼女のことで、いろいろと、話してくれた。

「彼女はね、銀座のクラブ『フリージア』で働いてたの。あたしも、似たような仕事をしてるから、彼女と、よくお喋りをしたわ。嫌な客のこととか、お金儲《もう》けのおいしい話はないかとかね」

「犯人に、心当りは？」

と、十津川は、きいた。

「多分、平山という男ね」

「どういう男ですか？」

「口の上手い男だわ。貿易会社の社長だってことだけど、本当かどうかわからないわ。多分、インチキね。彼女、そのインチキに欺されて、二億円近くも、むしり取られたのよ。投資したことになってるのに、ぜんぜん返してくれないって、いつも、怒ってたわ。どんなことをしても、取り返したいっていうから、あたしの知ってる怖いお兄さんに、頼んでみたらって、いったこともあるわ」

「怖いお兄さんというのは、暴力団員のことですか？」

「ええ。K組の新井って人。ちょっと知ってたんで、彼女に、紹介してやったのよ。彼女、新井を使って、平山を脅したみたいだわ。おかげで、二億円を返してくれそうだって、喜んでたんだけど、平山には、その気がなかったみたいね」

「平山の住所は、わかりますか？」

「中野《なかの》のマンション。ヴィラ『中野東』の３０６号室だわ」

「よく知っていますね」

「彼女に、連れて行かれたことがあるの。その頃は、彼女、平山のことを信用していて、あたしにも、投資をすすめたの。あたしは、お金がなかったから、損しなくてすんだけど」

と、笑った。

十津川は、すぐ、若い西本《にしもと》刑事たちを呼んで、平山と、K組の新井に、会ってくるように命じた。

新宿のK組に行った日下《くさか》刑事から、まず、連絡が入った。

「新井と、K組の事務所で会いました。平山には、会ったことがあるといっています。あけみが、彼に、自分のことを、叔父だと紹介したそうです。脅しに、新井を使ったんでしょう。その礼として、十万貰ったと、いっていますが、もっと、貰ったかも知れません」

と、日下は、いった。

続いて、中野に行った西本刑事から、電話があった。

「平山は、いません。管理人に開けて貰って、部屋に入りましたが、これは、高飛びしたあとですね。目ぼしいものは、何もありませんから、持って逃げたんだと思います」

「被害者から欺し取った二億円は、どうなったか知りたいね。近くに、銀行はないか？」

と、十津川は、きいた。

「M銀行の支店があります」

「そこへ廻ってくれ。午後三時を過ぎているが、まだ、支店長はいるだろう。平山が、預金してないかどうか、聞くんだ」

「わかりました」

と、西本はいって、電話を切った。

死体は、解剖のために、運ばれて行った。十津川は、鑑識課員に、

「指紋は、採れそうかね？」

と、きいた。

鑑識の一人が、

「指紋は、べたべたついていますよ。犯人は、よほど、あわてて逃げたんでしょうね。拭き取った気配もありませんね。ドアのノブにもついているし、テーブルにもついて

います」

「ナイフの柄《え》には？」

「そこだけは、拭き取っていますよ」

と、鑑識課員は、いった。

部屋の中を調べていた亀井《かめい》刑事が、被害者が、男と撮っている写真を見つけ出した。四十歳前後の実直なサラリーマンタイプの男と、腕を組んでいる写真だった。隣りの女性に見せると、それが、平山だと、いう。

「まじめそうな顔をしていますね」

と、十津川がいうと、彼女は、苦笑して、

「一見、まじめな感じの顔に、みんな欺されるのよ」

と、いった。

M銀行中野支店に廻った西本刑事から、電話が、入った。

「今、銀行にいます。平山は、一億円あまりの預金をしていたそうです」

と、西本が、いった。

「その預金は、今、どうなってるんだ？」

「それが、面白いことに、最近になって、M銀行の香港支店の方に、どんどん、送金されているんです。平山が、香港に行ったとき、向うで、口座を作ったんだと思いますね」

「香港か」

「全部で、日本円にして、一億二千万円ほどだそうで、中野の口座は、五百円しか、残っていません」

と、西本は、いった。

「五百円じゃあ、ラーメン一杯だな」

「そうです。香港で、生活する気なのかも知れません」

「平山の逃げた先は、香港かも知れんな」

と、十津川は、いった。

「今頃、成田に向っているか、もう、着いているかも知れません」

と、亀井が、横からいった。

十津川は、西本との電話を切り、腕時計に眼をやった。

午後四時二十五分。

「カメさん」

と、亀井に、眼をやって、

「午後四時からあとのすべての香港行の飛行機の乗客名簿の中に、平山の名前があるかどうか、知りたいね」

「すぐ、成田に、電話してみます」

と、亀井が、いった。

5

平山は、思い出そうと、努めていた。

ひろこというホステスが、何を話してくれたかをである。

丁度、店に行ったら、あけみが、休んでいた時だった。

平山のテーブルに、ひろこと、もう一人、若いホステスが、来たのだ。

平山が、あけみを口説《くど》いて、「平山交易」に出資させ始めた頃だったと思う。ひろこには、平山が、あけみに、熱をあげていると、映っていたらしい。

「あけみちゃんには、好きな人がいるのよ」

と、ひろこは、忠告めいた口調で、いったのだ。

あの時、平山は、もっともらしく、

「じゃあ、僕のライバルってわけだね」

と、ひろこにいった。その後、ひろこが、あけみの恋人について、いろいろと、お喋りをしてくれたのだった。

平山は、必死になって、その時のひろこの話を思い出そうとした。
二、三人の男の話をしたのだが、ひろこが、特に、くわしく話してくれた男のことがあった。
名前は、忘れてしまったが、ひろこは、ニヤニヤ笑いながら、

「それが、本当に、いい男なの」

と、いっていた。

「男前だけなら、ドラマの主役をやれると思うんだけど、なぜか、人気がないのよね」

とも、ひろこは、いった。

俳優なのだ。その男に、あけみが、惚れていると、いっていた。あの時は、平山は、あけみの金を巻きあげるのが目的だったから、別に、彼女に恋人がいても、どうということはなくて、聞き流してしまったのである。

ひろこと一緒に、平山のテーブルに来た若いホステスも、その男について、何かいった筈なのだ。

確か、アメリカの俳優の誰かに似ているといったのではなかったか。かなり有名な俳優で、彼が主演した映画のことが、話題になったのを、思い出した。

平山も、その映画を見ていたから、ひろこたちと、話が、はずんだのである。平山

は、年間、一本か、二本しか映画を見ていない。従って、その映画は、限られてくる。

（何という映画だったろうか？）

平山は、最近見たアメリカ映画の題名を、思い出そうとした。

今年は、まだ一本も見に行っていないし、去年も、二本しか見ていないから、題名は、簡単に、思い出せた。

多分、その二本のどちらかなのだ。

平山は、恋愛映画は、苦手で、勇ましいか、はらはらする映画しか見ない。去年見たのは、ダイハード2と、インディ・ジョーンズの三作目である。

そのどちらかに出ている俳優と、似ているということなのだ。

ダイ・ハード2の主演は、ブルース・ウィリス。インディ・ジョーンズは、ハリソン・フォードだった筈である。

そのどちらだったろうか。平山は、また、記憶の糸を、必死に、つむぐことにした。

確か、若いホステスが、自分も、その俳優が好きだといったのだ。そのくせ、映画は、ほとんど見ないとも、いっていた。

と、すると、彼女は、テレビで、その俳優を見たのだ。どちらの俳優が、テレビに出ていたろうか？

インディ・ジョーンズの第一作が、テレビで放映されたことがある。確か、午後九時からの放送だった。ダイ・ハード2は、まだだが、1の方が、最近、放映されている。それに、「こちら、ブルームーン探偵社」という、ブルース・ウィリスのドラマが、連続して、放映されている。

これでは、どちらともいえないのだ。

(それに、夜の仕事のホステスが、夜に放映されたドラマを見るだろうか?)

もちろん、ビデオで録画しておけば、見られるが、あのホステスは、そんな面倒なことをしそうな女ではなかった。

とすると、あと考えられるのは、CMだった。アメリカの有名な俳優が、日本のCMによく出ているから、ホステスは、それを見たのではないか。

そう考えると、ブルース・ウィリスの可能性が強くなってくる。最近、ダイ・ハードのパロディで、CMに、ひんぱんに出ているからだ。

(ブルース・ウィリスに似た男か)

日本人と、アメリカ人では、骨格が違うから、ブルース・ウィリスにそっくりの日本人がいる筈がない。恐らく、感じが似ているのだろう。

平山は、その気になって、もう一度、車内を、歩いた。

成田エクスプレスは、時速一三〇キロで、走り続けている。快適なスピードながら、かなりゆれる。

平山は、身体の平衡《へいこう》を保ちながら、通路を歩いた。何となく、航空機の機内を思わせる車内である。

国際空港行ということで、外国人の姿も多い。ふと、ブルース・ウィリスに似た顔を見つけて、はっとしたが、それは、本物の外国人だった。

肝心の男は、なかなか、見つからない。考えてみれば、ブルース・ウィリスに似ているといったのは、ホステス二人で、彼女たちの勝手な考え方かも知れないのである。

平山は、別の方法をとることにした。

新宿駅南口のコインロッカーから奪われたサムソナイトのトランクのことだった。ブルーのトランクで、隅にフィリピン旅行の時につけた傷がある。

この列車には、荷物を入れる場所が多い。座席の頭上に、航空機と同じ開閉式の荷棚があるが、あのトランクは、入らないだろう。

と、すると、各車両のデッキ近くにある大型荷物の置場にある筈だと思い、平山は、見ていった。

さすがに、海外旅行をする乗客が多いので、どの車両の荷物置場も、トランクや、スーツケースで、一杯だった。

本来なら、平山が、ここにトランクを置いて、グリーンの座席に腰を下し、香港旅行の夢を見ている筈なのだ。

似たようなトランクもあって、よくわからない。平山は、しゃがみ込んで、念入りに、調べていった。通りがかった乗客が、変な顔をして、見ていく。

一両、二両と、調べていった。見つからないと、もう一度、逆の車両から、調べていった。

（見つけたぞ！）

と、思った。

やっと、見つけたのだ。間違いなく、自分のトランクだった。

グリーン車の荷物置場である。

平山は、サングラスを掛け直して、改めて、座席を見て歩いていった。

6

成田空港に問い合せていた乗客名簿について、回答が、十津川に届いた。

平山の名前が、今日の一七時五五分発、香港行の乗客名簿に、のっているという回答である。

十津川は、反射的に、時計に眼をやった。

一六時三〇分を過ぎたところだった。

「国際線は、何時間前に、行けばよかったかな？」

と、十津川は、部下の刑事たちの顔を見廻した。

「確か、一時間前だったと思います」

と、亀井が、答える。

「すると、あと、二十五分か」

「空港派出所に電話して、平山が現われたら、逮捕しておくように、頼んでおきましょう」

「出来れば、われわれも、成田へ行きたいがね」

と、十津川は、いった。

「普通の方法では、とても、間に合いません。ヘリコプターを、頼みましょう」

と、亀井がいった。

警視庁航空隊のヘリに運んで貰うことにした。

それも、基地まで行っていたのでは間に合わない。

そこで、近くの中野の小学校の校庭を、借りることにした。

十津川たちは、パトカーで、話のついた中野×小学校の校庭に、急行した。

7

ゆったりしたグリーン車の通路を、平山は、ゆっくり歩いて行った。

向うは、平山の顔を知っている筈だった。背後から殴って、気絶させ、彼を、あけみ殺しの犯人に仕立てたのは、そいつに、違いなかったからである。

だが、平山の方は、ブルース・ウィリスに似た俳優としか、わからないのだ。

座席は、通路の両側に一列ずつというぜいたくさで、回転式なので、窓に向けて、座っている乗客もいる。

（おれを見て、逃げ出すのが、奴なのだ）

と、思い、平山は、わざと、サングラスを外して、歩いて行った。

だが、見つからない。

（あとは、個室だ）

と、思った。この列車には、四人用のグリーン個室がある。四人分だけ、料金さえ払えば、一人で占領することも、出来る筈だった。

平山は、閉まっているドアをノックした。

「車掌です。開けてくれませんか」

と、大声で、いうと、ドアが、小さく開いた。

顔が合ったとたんに、平山は、

(こいつだ!)

と、直感した。雰囲気が、あのブルース・ウィリスなのだ。

あわてて、ドアを閉めようとする男を、蹴飛ばして、平山は、自分も、個室の中に、入って行った。

他に、乗客はいない。やはり、ひとりで、占領していたのだ。

「あけみを殺したな!」

と、平山は、叫んだ。

「そんなことは、知らん!」

と、男も、大声で、叫んだ。

「とぼけるんじゃない! おれを、あけみ殺しの犯人にして、香港へ飛ぶ気なんだろう。遊んで帰って来る頃は、おれが、犯人として、捕《つかま》ってるとでも思ったのか」

「何のことか、わからないね」

男は、青ざめた顔ながら、落ち着いた眼になって、平山を見返した。

(こんなことには、馴れてる奴なのか)

と、平山は、思った。

ブルース・ウィリスに似て、がっしりした身体つきである。傷害事件くらい起こしている男かも知れない。

平山は内ポケットから、持って来た出刃包丁を取り出した。乱暴に、巻いていたタオルを振りほどく。

とたんに、男の顔が、緊張し、怯《おび》えの色が走った。

「まず、おれの航空券や、預金通帳を返して貰おうか」

と、平山は、包丁を、男に突きつけて、いった。平山の方も、緊張のあまり、声が、ふるえてしまった。

「わかったよ」

と、急に、男が、小さく、手を広げるようなポーズを作った。

平山も、一瞬、拍子抜けした感じで、

「それなら、全部、返すんだ。それから、君には、自首して貰う。おれは、やってもいない殺人で、警察に追いかけられるのは、嫌だからな」

「わかってるよ。全部、返すよ」

と、男は、いい、内ポケットに、手をやるようなゼスチュアを見せてから、いきなり、右足で、平山を、蹴りあげてきた。

油断していたところを蹴られて、平山は、反対側のソファに、引っくり返った。

手に持っていた包丁が、飛んで、床に落ちた。

「畜生！」

と、跳ね起きて、個室から逃げ出そうとする男の腰に、しがみつく。

間もなく、成田である。逃がしてたまるかという気持だった。

男は、振り向くと、凄い眼つきで、平山を睨《にら》んだ。いきなり、男の右の拳が、飛んできた。

ぐわんと、激しい衝撃が、平山を、また、はじき飛ばした。一瞬、目まいがした。

床に転がったが、伸した手の先に、包丁があった、それをつかむと、

「殺してやる！」

と、平山は、叫んだ。

本当に、殺す気になっていた。

男は、通路に飛び出すと、突然、「助けてくれ！」と、大声で、叫んだ。

「こいつは、人殺しだ！　東京で、人を殺して来たんだ！」

続いて飛び出した平山は、男のその叫びに、立ちすくんだ。

車内の乗客が、一斉に、自分を見ているのに、気付いたからだった。

殴られた時、唇を切って、血が流れている。

そんな男が、出刃包丁をつかんで、仁王《におう》立《だ》ちになっているのだから、誰が見ても、

人殺しの感じだろう。

外国人の女性が、派手な悲鳴をあげた。

男は、じりじりと、後ずさりしながら、

「皆さん。用心して下さい！　あいつは、見境いなく、人を殺しますよ！」

と、叫び続けている。

乗客たちは、怯《おび》えて、立ち上り、逃げ出して行く。

「違うんだ。そいつが、人殺しだ！」

と、平山は、怒鳴り返した。

が、誰も、信じる気配はない。

騒ぎで、車掌が、飛び込んで来たが、平山に向って、両手で、押し戻すような仕草《しぐさ》を見せて、

「お客さん。何があったのか知りませんが、落ち着いて下さい！」

と、声をふるわせて、いった。

「おれは、人殺しなんかじゃない！」

「わかっています。わかっています。だから、落ち着いて下さい」

と、何もわかっていない顔でいう。

その間にも、あの男は、逃げる乗客と一緒に、姿を消してしまった。

いつの間にか、グリーン車の中は、平山と、車掌の二人だけになっている。

(このまま、成田空港駅に着いてしまったら、あの男に、まんまと、逃げられてしまう)


と、平山は、思った。

あせった。間もなく、空港なのだ。

「列車を止めろ！」

と、平山は、包丁を突きつけながら、車掌に、いった。

「それは、出来ません。間もなく、空港駅に着きます。そうしたら、ゆっくり、話し合いましょう」

と、車掌が、いう。彼も逃げたいのだろうが、責任があるので、逃げられないでいる感じだった。

「話し合いなんか必要ないんだ。今、逃げて行った奴が、人殺しなんだよ。捕えて、警察に突き出してくれ。おれは、何にもやってないんだ」

と、平山は、繰り返した。

「それを、私と一緒に行って、警察に話したらいいですよ」

車掌は、努めて、優しい声を出した。

平山は、話しても、駄目だと思った。車掌は、全く、彼の言葉を信じていないからだ。空港駅に着いたら、すぐ、警察に突き出す気なのだ。そうなれば、平山には、犯人ではないことを証明する手段がない。

平山は、車掌を説得するのを諦めて、非常用ボタンを探した。

このまま、この列車を、空港駅に着けてはいけない。その意識だけが、平山の頭を、支配していった。

もう、香港に行きたいとは、考えなくなっていた。

あいつを、行かせてはならない。もし、奴が、香港に逃げてしまったら、間違いなく、自分が、あけみ殺しの犯人にされてしまうだろう。

十分すぎるほどの動機があるし、現に、殺そうとして、あけみのマンションに、出かけているのだ。

それに反して、シロだと、証明するものは、何もないに等しい。あいつが、犯人だと主張したって、平山は、名前さえ知らないのだ。これでは、警察が、信用してくれる筈がない。

何としてでも、あいつを捕え、警察に引きずって行って、白状させるより、仕方がないのだ。

（見つけた！）

平山は、非常用ボタンを見つけ、それを思いっ切り、押した。

六両編成の成田エクスプレスは、悲鳴をあげながら、急停車した。

「やめて下さい！」

と、車掌が、金切り声を、あげた。平山が、列車をとめて、包丁を振り廻すと、思ったのだろうか？

他の乗客たちも、列車が急停車したことで、悲鳴をあげ、騒ぎ立てた。

平山は、出刃包丁を手に持って、必死で、あの男を、追った。

男は、グリーン車から、他の車両に逃げてしまっていた。平山は、グリーン車から、隣りの車両へ、突き進んだ。そこの乗客が、血を流し、包丁を持っている平山を見て、逃げまどった。

そのうちに、一人の乗客が、自動ドアを手で押し開けて、地面に、飛び降りた。続いて、もう一人が、降りると、あとは、どっと、車両から、逃げ出した。

「危険ですから、外へ出ないで下さい！」

車掌が、悲鳴に近い声をあげた。が、それがかえって、乗客の恐怖心に、拍車《はくしゃ》をかけた感じだった。

乗客が、次々と、飛び降りて行く。

この辺《あた》りは、もう、成田空港に近く、線路の両側には、畠や、雑木林が、広がっている。

線路に人が入り込むのを防ぐためか、コンクリートの壁が、続いている。

線路に飛び降りた乗客は、その壁を、よじ登ったり、線路を、空港の方向に向って、走って行く。

（あいつは、何処へ行った？）

平山も、線路に飛び降り、血走った眼で、あの男を探した。

逃げ走る乗客たちで、あの男が、なかなか、見つからない。

（何処へ行きやがった？）

平山は、唸《うな》り声をあげながら、男を探し続けた。

その平山の頭上を、巨大なボーイング７４７が、低く、飛び去って行った。

8

生徒たちが帰宅してしまった小学校の校庭は、ひっそりとしている。

十津川と亀井は、校庭の隅にとめたパトカーの中で、ヘリが来るのを、待った。パトカーの中にいるのは、西本刑事たちからの報告を、聞くためだった。

被害者あけみこと、井上冴子について、その後、わかったこと、容疑者の平山について、調べたことなどを、次々に、知らせてくるのを、最後まで、聞きたかったのだ。

平山について、西本が、無線電話で、報告してきた。

「平山は、詐欺の常習犯みたいなものですよ。特に、女を欺して、貯めた金を巻きあげて、暮らしていたようです」

「なぜ、今まで、捕まらなかったんだ」

と、十津川が、きいた。

「それが、せいぜい、一人の女から、百万単位の金しか巻き上げないので、相手の女性も、告発しなかったからのようです」

「なるほどな」

「それが、あけみこと井上冴子からは、二億円もの大金を巻きあげたので、彼女も、必死になって、取り返そうとしたんだと思います」

「ヤクザの新井なんかも、そのために、使ったんだろうね」

「そう思います。それで、平山は、逃げ切れなくなって、彼女を殺したんだと思います。殺しておいて、香港へ逃げる気だったんじゃないでしょうか。平山は、よく、東南アジアへ旅行していたといいますから、香港から、東南アジアへ、逃げる手筈と、思います」

「目撃者は、まだ、見つからないか？」

と、十津川は、きいた。

「一人見つかりました。マンションの前にある喫茶店のオーナーですが、午後三時十二、三分頃、マンションから、一人の男が、血相を変えて、飛び出してくると、タクシーを拾って、新宿方面に、消えたと証言しています」

「その男が、平山に似ているということかね？」

「そうです。このオーナーが話す男の顔立ちや、背格好は、明らかに、平山です」

「今、血相を変えて、飛び出して来たと、いったね？」

「喫茶店のオーナーは、そう証言していますが」

「わかった。指紋の方は、どうなった？」

「今、照合しているところのようで、鑑識からは、まだ、何もいって来ていません」

と、西本は、いった。

無線が切れてすぐ、頭上に、轟音《ごうおん》が聞こえて、ヘリコプターが、姿を現わした。

警視庁の文字の入ったヘリは、ゆっくりと、舞いおりて来た。

十津川と、亀井が、パトカーから降りて、ヘリのところへ走った。二人が、乗り込むと同時に、ヘリは再び、舞いあがった。

高度をあげると、今度は、東に向って、スピードをあげた。

六人乗りのヘリのシートに、十津川と、亀井は、並んで腰を下した。が、何か、困惑した表情の十津川を見て、亀井が、

「どうされたんですか？」

と、声をかけた。

ヘリの機内は、音がやかましい。十津川は、最初、亀井の声が聞こえなくて、

「え？」と、聞き返したが、

「何か、困ったことでも、ありますか？」

と、亀井に、きかれて、

「一つ、引っかかることが、あってね」

「何ですか？」

「マンションの前の喫茶店のオーナーの証言さ」

「平山が、飛び出してくるのを見たという証言でしょう？」

「そうだ」

「どこか、おかしいですか？」

「血相を変えて、飛び出して来たと、証言したそうだ」

「それが、おかしいですか？」

「平山は、詐欺の常習犯だと、いっている。悪党だよ。それが、被害者を、殺したわけだが、香港に逃げるルートを確保しておいて、計画的に、殺したんだ」

「そうです」

「ナイフも、用意して行き、それで、刺殺したと思われる」

「そうです」

「それなら、落ち着き払って、怪しまれないように、現場のマンションを出て来るんじゃないかねえ？」

「詐欺の常習犯だったとしても、人を殺したのが初めてなら、落ち着きを失ってしまったとしても、おかしくは、ないと思いますが」

「落ち着きを失ったというのならいいんだ。青ざめた顔でもいいのさ。血相を変えて、飛び出して来たというので、引っかかってしまったんだ。言葉の綾《あや》かも知れないが、やはり、おかしいと、思うんだよ」

と、十津川は、いった。

「しかし、犯人は、平山以外は、考えられませんが」

と、亀井が、いう。

「私も平山が、犯人と思うがね。彼が、計画通りに、彼女を殺したとしよう。初めての殺人だから、カメさんのいうように、カッとしてしまうだろうし、落ち着きを失ってしまうだろうと、私も、思うよ。しかし、それでも、マンションを、飛び出しはしないと、思うんだがね。そんなことをすれば、怪しまれるのが、わかっているからだ。足が宙に浮いていても、努めて、落ち着き払って、タクシーをとめると思うよ。まだ、成田空港には、間に合うからだ」

と、十津川は、いった。

「そういえば、何となく、変だという気がしてきましたが——」

と、亀井も、いった。

「血相を変えて、飛び出すというのは、どういう場合だろうか?」

十津川は、自問の調子で、いった。

「そうですねえ」

と、亀井は、考え込んでいたが、

「裏切られた時ですかね。とにかく、予期しないことにぶつかった時ということが多いと思いますがね」

「同感だね」

「警部は、平山も、そういうケースだったと、思われるんですか?」

「いや、断定はしないよ。証言者が、果して、事実をいっているかどうか、今の段階では、わからないからね。人間というのは、思い込んでしまうことがあるからだ」

「そうです。西本刑事は、喫茶店のオーナーに、向いのマンションで、殺人があったことを話して、何か見ませんでしたかと、問うたと思うのです。先入主を与えられているわけですからね。飛び出してきたとか、血相を変えていたとか、自然と、そんな表現になったとしても、おかしくは、ありません」

と、亀井は、いった。

「確かにね」

と、十津川も、肯《うなず》いた。

先入主の他に、証言者が、質問者の刑事に、おもねってしまうということもあるのを、十津川は、知っていた。

刑事が期待しているだろう答を、考えて、それに合せてしまうのである。

だが、十津川は、そのあとで、「しかし」といった。

「喫茶店のオーナーが、ありのままを、証言している場合も、あり得るんだ」

「ええ。あり得ます」

と、亀井は、肯いたが、

「しかし、今のところ、平山以外に、犯人は、考えられませんが」

「だから、当惑しているんだよ」

と、十津川は、苦笑した。

彼は、機内の無線電話を借りて、西本刑事に、連絡を取った。

「被害者の周辺を、徹底的に、調べてみてくれないか」

と、十津川は、エンジン音に負けないように、大声を出した。

「調べますが、一番、動機のあるのは、平山ですよ」

と、西本が、いう。

「わかっている。彼女のマンションの部屋を、隅から隅まで、調べれば、平山以外の男の名前が、出てくるんじゃないかと、思っているんだよ。どんな男か、知りたいんだ」

「それは、今、日下刑事たちが、調べていますから、出てくれば、わかると思います」

「わかったら、すぐ、報告してくれ」

と、十津川は、いって、いったん、電話を切った。

その間も、十津川たちを乗せたヘリコプターは、成田空港に向けて、飛び続けている。時速は、約三〇〇キロ。成田エクスプレスの二倍以上のスピードである。

「下を見て下さい！」

と、突然、副操縦士が、振り向いて、十津川に、声をかけた。

「どうしたのかね？」

「成田エクスプレスが、立ち往生しています。どうしたのかな？」

と、副操縦士が、いう。

十津川と、亀井も、眼をこらした。

成程《なるほど》、眼下に、六両編成の列車が、駅でもない場所で、停車している。

十津川は、成田エクスプレスに、一度だけ、乗ったことがあったが、すぐには、同じ列車には、思えなかった。

十津川は、一週間ほど前、アメリカから帰国した友人を迎えに行ったとき、成田エクスプレスに乗ったのである。

その時、赤、黒、白の三色に塗りわけられた車体を見て、いかにも、国際空港へのアクセスらしい列車だと、思ったものである。

だが、今、空から見下すと、屋根しか見えないから、別の列車に見えたのだ。屋根は、赤一色だからだろう。

なぜか、列車の外に、散らばっていた乗客たちが、戻って来て、列車に、乗り込もうとしている。

「何があったんですかね？」

と、亀井が、見下しながら、きいた。

操縦士《パイロット》は、高度を下げ、ホバリングさせた。

ヘリを見上げている乗客もいる。

「故障して、動かなくなったんで、諦《あき》めて、列車を降りて、歩き出したら、また、動くことになって、あわてて、乗っているのかも知れないな」

と、十津川は、いった。

「もし、あの列車に、平山が乗っているとしたら、われわれの方が、成田空港に、先廻り出来ますよ」

亀井が、嬉しそうに、いった。

「早く行ってくれ」

と、十津川は、操縦士《パイロット》に、いった。

二人を乗せたヘリコプターは、再び、スピードを上げて、空港に向った。

すでに、前方に、成田空港が、見えている。長く延びた滑走路が、西陽《にしび》の中で、光って見え、離陸して行くジャンボ機も、見える。

ヘリコプターは、低く飛び続け、空港の隅に、着陸した。

午後五時十五分。問題の香港行のノースウエスト機の出発まで、あと、四十分である。

十津川と、亀井が、出発ロビーに入って行くと、成田エクスプレスが、遅れていることが、話題になっていた。

成田エクスプレスには、当然、この成田空港から、出発する乗客が、何人も、乗っているからだろう。

搭乗手続きは、一応、一時間前までにということになっているが、成田エクスプレスの到着がおくれているので、ぎりぎりまで受けつけるという掲示が出ていた。

「成田エクスプレスは、故障だったんですか？」

と、十津川は、JRの駅員に、きいてみた。

駅員は、苦笑しながら、

「それが、乗客の一人が、非常ボタンを押して、列車を停めてしまったんですよ」

「なぜ、そんなことをしたんですか？」

「間もなく、その列車が到着しますから、はっきりしたことが、わかると思いますが、車掌が、連絡したところでは、問題の乗客が、列車を停めた上、出刃包丁を振り廻したそうなんです」

と、JRの駅員が、いった。

十津川は、びっくりして、

「なぜ、そんなことを、したんですかね？」

「全くわかりませんが、車掌の話では、その男の人は、乗客の一人を、殺そうとしているみたいだったということです」

と、駅員は、いった。

それだけでは、よくわからないし、包丁を振り廻した人間の名前も、わからないのだ。

十津川は、ノースウエストの営業所へ行き、一七時五五分の便に乗る予定の平山が、搭乗手続きを取ったかどうかを、聞いてみた。

「まだ、手続きをとっておられませんが、ついさっき、電話がありました」

カウンターにいた若い女子社員が、ニコヤカに、話してくれた。

「電話で、何と、いったんですか？」

と、十津川は、きいた。

「成田エクスプレスの故障でおくれているが、必ず行くと、おっしゃいましたわ。それから、妙なことも、おっしゃっていました」

「どんなことを、いっていました？」

「航空券を盗まれた。盗《と》った男が、乗ろうとするかも知れないが、その男は、人殺しだから、乗せないでくれと」

「盗られたですか」

「はい。ファーストクラスの航空券です」

「平山は、電話で、自分の名前を、いったんですね？」

「はい。平山だと、おっしゃいました」

「彼が、現われたら、教えて下さい。われわれも、見張っていますが」

と、十津川が、いうと、カウンターの女性は、急に、こわばった表情になって、

「何か、事件に関係した方なんでしょうか？」

と、きく。

「いや、参考人です。あなたは、ただ、知らせてくれれば、結構ですよ」

十津川は、相手を、怖がらせないように、おだやかに、いった。

十津川が、亀井のところに戻ると、亀井が、

「間もなく、成田エクスプレスが、到着するそうです。地下二階のステーションには、空港派出所の警官が、飛んで行っていますよ。車内で、出刃包丁を振り廻した男がいるというので」

と、報告した。

「どうやら、その男が、平山らしいんだ」

「なぜ、彼は、そんなことをしたんでしょうか？」

「ノースウエストのカウンターに、電話して来て、航空券を盗られたと、いったらしい」

「妙な具合ですね。香港に逃げるんなら、騒ぎ立てて、注目されるのは、損でしょうにね」

と、亀井が、首をかしげた。

「その通りだよ。血相を変えてたという証言にしろ、出刃包丁を振り廻す行為にしろ、

妙なことばかりなんだよ」

「警部は、どう思われるんですか？」

と、亀井が、きいた。

「カメさんは、気に食わないかも知れないが、見方を変えた方が、いいかも知れないと、思っているんだがね」

「平山が、犯人ではないということですか？」

「その可能性が、出て来たような気がしているんだよ。平山も、誰かに、はめられたんじゃないかと、思ってね」

「しかし、証拠は、ありませんよ」

と、亀井が、いった。

「もう一度、西本刑事に、連絡してくる。もし、平山が現われたら、知らせてくれ」

と、十津川は、いい、公衆電話ボックスのところへ走って行った。

西本刑事を、電話で、呼び出した。

「今、成田空港だが、被害者の男関係で、何か、わかったかね？」

と、きくと、西本が、待っていたように、

「彼女の部屋を探していた日下刑事が、手紙と写真を見つけました。ラブレターが、五通で、彼女の男であることは、間違いないと思います。面白いことに、その手紙の中に、平山の名前も出て来ます」

「平山のことを、どんな風に、書いてあるんだ？」

「読みます。『平山という男は、くわせ者とおもうが、君に惚れていれば、うまく利用したらいいよ』と、あります。彼女は、平山について、その男に、相談していたものと思います」

「名前は、何というんだ？」

「小島祐一郎《こじまゆういちろう》。三十代の男ですね」

「タレントみたいな名前だな？」

「俳優です。テレビドラマのロケ先からの手紙も一通ありまして、撮影の模様が、書いてあります」

「顔写真が、欲しいな」

「空港へ、電送しましょう。それから、清水《しみず》刑事が、この小島祐一郎のマンションに飛びましたが、留守だそうです」

「いま、何処にいるか、どんな男か、至急、知りたいね」

と、十津川は、いった。

「他の連中で、小島について、聞き込みをやっていますから、何かわかると思います」

「パスポートを持っているかどうかも、知りたいね」

「持っています。今、いったロケ先は、カナダですから」

と、西本が、いった。

「それなら、予約の航空券があれば、簡単に、香港に行けるわけだ」

「香港に行こうとしているんですか？」

「多分ね」

「ちょっと待って下さい。今、小島祐一郎について、聞き込みをやっていた北条《ほうじょう》刑事が、戻って来たので、電話に出します」

と、西本がいい、北条早苗《さなえ》の、やや甲高い声に、代った。

「小島は、女にだらしのない男です」

と、早苗は、いきなり、いった。

十津川は、思わず、苦笑して、

「ずいぶん、直截《ちょくせつ》ないい方だね。何か、それらしい話があるのかね？」

「小島は、二つで、二枚目という定評があるのに、売れません。関係者の話では、売れない理由は、二つで、大根だということと、性格が悪いことだそうです。傲慢《ごうまん》で、冷酷だといっています。それで、あんな二枚目なのに、端役《はやく》しか来ないのだといいます」

「女に、だらしがないというのは？」

「売れない俳優ですが、とにかく、美男子ですから、女にもてるそうで、小島は、関係した女から、金を貢がせているという話です。あれだけ、女を泣かせていると、そのうちに、ひどい目にあうだろうといっている人もいます」

「井上冴子との関係は？」

「これは、彼女の方が、熱をあげていたようです。小島が、属しているプロダクションの人たちの話では、彼女が、撮影現場にも、押しかけて来たことがあると、いっていました。小島の方は、あの女は、いろいろと物をくれるから、つき合ってやっているんだと、嘲笑《あざわら》っていたようで、そうした冷たさが、嫌われる理由だったんじゃないでしょうか？」

「平山とは、三角関係ということだったのかね？」

「それは、違うと思います。井上冴子は、小島には、男として、魅力を感じていたんだと思いますが、平山の方は、貯めたお金を、増やしてくれる機械みたいに考えていたようです」

「ところが、その機械が、とんだ喰わせ物だったわけだな」

「平山の方は、誠実さを装って近づき、冴子から、大金を巻きあげようとしていたわけです。小島が、同じプロダクションの人間に、『あのバカが、サギ師に、大金を巻きあげられやがった』と、舌打ちして見せたことがあるそうです」

と、早苗は、いった。

「すると、小島は、平山に腹を立てていたわけだね？」

「本当は、腹を立てる理由なんか、何もないんです。井上冴子が、大金を欺し取られたって、それは、彼女のお金であって、小島のお金じゃないんですから」

と、早苗は、腹立たしげに、いった。

十津川は、クスッと、笑ってから、

「そりゃあ、そうだな」

「小島が、腹を立てているのは、自分のものになるかも知れないお金が、平山のところに入ってしまったからなんです」

「二人の悪党が、獲物の取り合いをしていたということか」

「そうです。可哀そうなのは、井上冴子ですわ。平山に欺し取られなければ、小島に、巻きあげられていたと思いますから」

と、早苗は、いった。

「小島が、今、何処にいるかわからないのかね？」

「わかりません。プロダクションの人の話では、珍しく、連ドラの話が来たので、今朝から、小島に連絡を取ろうとしているが、全然、取れなくて困っているそうです」

「凶暴な男かね？」

と、十津川は、きいた。

「小島は、空手を習っていたことがあって、よく、それを、ひけらかしていたそうです。小島に、空手で、胸を突かれ、肋骨《ろっこつ》を折って、入院したタレントもいると、聞きました」

と、早苗は、いう。

「わかった。続けて、調べておいてくれ」

と、十津川は、いった。

9

空港事務所の職員が、亀井と一緒に、小走りに、やって来た。

「小島祐一郎の顔写真が、送られて来ました」

と、亀井が、職員から受け取った写真を、十津川に見せた。

FAXで送られたので、白黒になっている。が、美男子ということは、すぐ、わかった。いかにも、いい男、女に好かれるだろうなという顔である。

そうした自信が、表情に見えた。

十津川は、持って来てくれた職員に、礼をいってから、

「犯人は、平山か、この小島か、どっちともいえなくなったよ」

と、亀井に、いった。

「小島が、平山の航空券を奪って逃げ、それを、出刃包丁を持った平山が、追いかけて来て、成田エクスプレスの中で、乱闘になったというわけですか？」

「そう考えると、辻褄《つじつま》があってくるんじゃないかね。平山が、井上冴子を殺して、成田エクスプレスで、逃げたとする。これでは、彼が血相を変えて、冴子のマンションから飛び出して来たという証言が、おかしくなってしまう。それに、成田エクスプレスの中で、出刃包丁を振り廻した理由も、わからない」

「小島が、犯人なら、上手く説明がつくでしょうか？」

亀井は、まだ、半信半疑の顔だった。

「平山は、井上冴子を殺して、予約しておいたノースウエスト機で、香港に逃げる気だったんだと思うよ。そのつもりで、彼女のマンションに行ったのも、事実と思うね。彼が、そのマンションから、飛び出してくるのを、目撃されているからね。だが、計画が、狂ったんだ」

「それが、小島ですね？」

「恐らくね。小島は、日頃から、平山を憎んでいたということだ。自分の女である冴子の金を、平山が、巻きあげたからだよ」

「悪党が、悪党に、腹を立てていたわけですか？」

「ああ、そうだ。小島は、今日、平山が、冴子に会いに来ると知って、マンションに行き、日頃のうっぷんを、晴らそうとしたんだろうね」

「航空券を、奪ってですか？」

「そんなことで、すむものか。また、平山が、血相を変えたりしないだろう」

「冴子を、小島が、殺して、その罪を、平山になすりつけた——？」

「それだけでもあるまい。金だよ。平山は、冴子から巻きあげた金を、日本の銀行の香港支店に、送金していたらしい。小島は、その通帳なり、証書なりを、奪い取ったんだろう。その上、冴子を殺して、平山を犯人にして、逃げたんじゃないかな。だから、平山が、血相を変えて、追いかけたんだ」

「なるほど。しかし、なぜ、成田エクスプレスに、二人とも乗って、車内で、乱闘になってしまったんでしょう？　タクシーでもいいわけですし、上野から、京成でも、来られるでしょう？」

「それは、一七時五五分の航空券のせいだよ。さっき、ノースウエストのカウンターで聞いてみたんだが、今、都内から成田空港まで一番早い交通機関は、成田エクスプレスだそうだ。だから、この便に乗るために、二人とも、成田エクスプレスに、乗ったんだよ」

と、十津川は、明確に、いった。

「その成田エクスプレスは、もう着いていますが、平山も、小島も、まだ、現われていませんね」

亀井は、出発ロビーの中を、見廻した。

「出刃包丁を振り廻して、車内で乱闘をやったとすると、そのまま、乗っているわけには、いかなかったんだろう。だが、ノースウエスト機に間に合うと思えば、ここへ来る筈だ」

と、十津川は、いった。

亀井は、もう一度ロビーを見廻していたが、

「ノースウエストのカウンター係が、こっちを見ていますよ」

と、十津川に、囁《ささ》やいた。

十津川が、見ると、さっきの女子社員が、しきりに、眼で合図している。

十津川と、亀井は、カウンターに、駈け寄った。女子社員は、青ざめた顔で、

「今、刑事さんのいっていた男の方が、来ました」

と、いう。

「平山だね」

「はい。予約されていた方です」

「それで？」

「航空券のナンバーをいわれて、この航空券を持った男は、まだ、来ないかと、聞かれました。なんでも、盗まれたとか、おっしゃって」

「それで？」

「そのナンバーの航空券をお持ちの方は、まだ、見えませんといいましたら、急に、姿を消してしまって――」

「われわれに気付いたのかも知れませんね」

と、亀井が、小声で、いった。

「探そう」

と、十津川は、短かく、いった。

二人は、平山を求めて、出発ロビーを、探して歩いた。

海外旅行ブームで、出発ロビーには、人があふれている。人々の流れが、邪魔になって、なかなか、平山が、見つからない。

「もう、外へ出てしまったんじゃありませんか？」

と、歩きながら、亀井が、いった。

「平山が、井上冴子殺しの犯人なら、カメさんのいうように、素早く逃げてるさ。しかし、犯人でなければ、逃げない筈だ」

「なぜですか？」

と、亀井が、きく。

「平山が、犯人でなければ、何とかして、自分の無実を証明しようと思うだろう。唯一の方法は、彼の航空券を盗った男、つまり、小島を捕えて、白状させることだ。だから、平山は、ここから、逃げられないんだよ。自分の航空券を持って現われる小島を、捕えなければならないからね」

と、十津川は、いった。

「その小島は、ここに、現われるんでしょうか？」

と、十津川が、いったとき、亀井が、急に、眼を光らせて、

「どうかな」

「いました！」

と、小さく、叫んだ。

二人は、走り出した。人波を、かきわけるようにして、十津川と、亀井は、ちらりと見えた平山に向かって、突進した。

平山が、逃げ出す。彼に体当りされた女性が、悲鳴をあげて、横転した。

十津川は、彼女を飛び越えて、平山に、躍《おど》りかかった。

亀井が、それに続く。近くにいた人々が、あっけにとられて、見守っている。

十津川は、平山と一緒に、床に転がった。平山は、何か叫びながら、十津川に向って、殴りかかってくる。

「君を、井上冴子殺人の容疑で、逮捕する！」

と、十津川は、わざと、大声で、いった。

周囲を取り巻いていた人々が、驚きや、好奇の眼になって、平山を見つめている。

「おれは、殺してない！」

と、平山が、叫ぶ。

「そんな嘘が通用すると、思ってるのか！」

十津川は、押さえつけるようにいい、平山の腕をねじあげて、手錠をかけた。

「おれじゃない！」

と、また、平山が、甲高い声で叫ぶのを、十津川は、いきなり、殴りつけた。

「人殺しが、見苦しいぞ！」

と、十津川は、怒鳴りつけた。

それでも、平山が、また、何かいおうとするのを、十津川は、また、殴りつけた。

十津川は、亀井と、平山の両腕をつかみ、引きずるようにして、空港派出所に、連行して行った。

空港派出所に着くと、十津川は、平山を、奥へ連れて行った。そこにいた警官たち

に、十津川は、

「この男を頼むよ」

「何ですか？　こいつは？」

「殺人容疑者だよ」

「それでは、ここで訊問ですね？」

と、警官が、きくのへ、十津川は、

「その暇はないんだ。この男のいい分は、君たちが、聞いておいてくれ」

「私たちがですか？」

「そうだよ。いろいろというだろうが、全部、聞いておいてやって欲しい」

と、いい残して、十津川は、亀井と、派出所を出た。

亀井は、並んで、出発ロビーに戻りながら、ニヤニヤ笑った。

「やはり、あれは、芝居だったんですね」

「下手な芝居だと、自分でも、照れ臭かったよ」

と、十津川も、笑った。

十津川は、よほどの怒りがなければ、逮捕した相手を殴ったりしない。手錠をかけても、相手は、まだ、犯人と決ったわけではないのだし、第一、相手を殴れば、自分が傷つくだけだからだ。

だが、今日は、平山を殴りつけた。理不尽な殴り方をした。それは、全て、周囲のヤジ馬に、みせるためだった。

「あれで、効果がありましたかね？」

と、亀井が、きいた。

「ヤジ馬の中に、真犯人の小島がいてくれれば、効果があったと思うんだがね」

「もし、いなかったら、どうなりますか？」

「いなければ、ゼロだね。バカな独り芝居ということさ。しかし、私は、小島は、いたと思っている。平山が犯人として、逮捕されれば、彼は、安心できるからだよ」

「安心して、香港へ行けるというわけですね」

「そうさ。そんな甘美な誘惑に勝てると思うかね？」

と、十津川は、いった。

亀井が、歩きながら、腕時計に眼をやった。

「一七時四〇分。あと十五分で、問題のノースウエスト便が、出発します」

「急ごう」

と、十津川は、いった。

ノースウエスト便の搭乗が、すでに始まっていた。

十津川は、カウンターに行き、さっきの女性に、

「例の航空券の客は、来ましたか？」

と、きいた。

「はい、いらっしゃいました」

「この男ですか？」

十津川は、小島祐一郎の顔写真を、相手に見せた。

「この方ですわ」

「間違いありませんね？」

「ええ」

「もう乗ってしまったのかな？」

「丁度、ギャングウェイを、歩いていらっしゃるところだと思いますけど」

と、いう答だった。

十津川と、亀井は、飛行機に連絡するギャングウェイに向って、走った。

航空券を改めている係員に、警察手帳を見せて、ギャングウェイの中に、駈け込んだ。

手荷物を持って、乗客が、ゆっくり歩いて行く。それを、追い越しながら、小島の姿を探した。

日本人にしては、背の高い、スタイルのいい男の後ろ姿が、見えた。

「小島祐一郎！」

と、亀井が、大声で、呼びかけた。

男が、びくっとしたように、立ち止まって、振り向いた。

十津川と、亀井が、さっと近寄って、両側から、挟みつけた。

「殺人容疑で、君を逮捕する。それに、窃盗もある」

と、十津川が、いった。

小島の彫りの深い顔が、ゆがんだ。

「何かの間違いだよ。僕は、休暇で、香港へ行くんだ」

「井上冴子殺害容疑だよ」

と、亀井が、いった。

「その犯人なら、さっき、捕った筈だ。そうだろう？」

小島がいうと、亀井が、思わず笑い出した。

「やっぱり、あれを見ていたんだな」

と、亀井がいうと、小島は、きょとんとした顔になって、

「そうだ。あんた方が、さっき、井上冴子殺しの犯人を、逮捕したんじゃないか。それなら、僕は、関係ないよ。間もなく、出発なんだ。放っておいてくれ」

「君は、乗れないんだよ。君が行くのは、香港じゃなくて、刑務所だ」

と、亀井が、いった。

10

平山は、釈放された。

だが、彼が乗ることになっていた香港行のボーイング７４７は、すでに、飛び立ってしまっていた。

小島に奪われた銀行の通帳などは、返して貰えなかった。事件の重要な参考資料として、預かっておくといわれたのである。

平山が、文句をいうと、亀井刑事が、怖い顔で、

「もともと、その金は、死んだ井上冴子から巻きあげたものだろうが。逮捕されなかっただけよかったと、思うんだな」

と、いった。

「逮捕って、何もやってませんよ。彼女を殺したのは、小島という男なんだ」

平山が、主張すると、今度は、十津川が、彼を睨んで、

「何もやっていないだって。君を逮捕しようと思えば、いくらでも、理由があげられるよ。君は、出刃包丁を、成田エクスプレスの車内で、振り廻している。これだけだ

って、十分に、逮捕の理由になるんだ。それに、井上冴子を欺して、二億円を詐取した。サギ罪に当る。それに、小島の証言では、君は、彼女を殺そうとしている。どうだね？」

と、十津川は、いった。

これ以上、文句をいえば、本当に逮捕されそうなので、平山は、逃げ出した。

預金通帳も、航空券もない。財布の中には、二万円足らずの金が入っているだけだった。

香港に着けば、いくらでも、銀行でおろせると思って、当座の金は、用意しなかったのだ。

今度の事件で、裁判が始まれば、証人として出廷して貰うから、海外へは、出ないようにと、十津川に、釘《くぎ》を刺されていた。

〈預金通帳が、戻ってくるまで、何とかして、稼がないとな〉

と、平山は、考えた。

東京に戻るために、今度は、上りの成田エクスプレスに乗った。

なけなしの金をはたいて、グリーン車にした。

おかげで、外国帰りらしい女性が、見つかった。年齢は、三十歳前後、キャリア・ウーマンという感じだった。シャネルのバッグを持ち、シャネルの腕時計を、身につけている。スーツケースには、アメリカ東海岸のラベルが、貼りつけてある。

（土産品《スーベニール》を持っていないところをみると、家族はいないのだろう）

平山が、狙うには、丁度いい女に見える。

彼は、そっと近づいて、声をかけた。

「失礼ですが、ニューヨークで、お見かけしたような気がするんですが――」

解説

推理小説研究家　山前　譲

数えてみると、二〇二〇年に、十津川警部シリーズの長編トラベルミステリーが四〇〇作に到達している。その舞台は北は北海道から南は沖縄までじつに多彩だ。全国にはトータルすると四十七都道府県あるのだから、単純に計算すると、十津川警部は日本各地を八周半ほどした計算になる。しかし、実際にはそれほど単純なものではない。やはり舞台に選ばれる地域には偏《かたよ》りがあり、とくに北の大地、北海道や東北がよく事件現場となってきたのは周知の通りだ。

そして逆に、あまり事件現場となっていないのが関東である。もちろん東京都は十津川警部のホームグラウンドなので、その意味ではもっとも事件が起こっている地域だ。また、伊豆半島に近い神奈川県の箱根は、温泉でも有名とあって、『富士・箱根殺人ルート』や『箱根　愛と死のラビリンス』などの長編や短編でたびたび取り上げられている。だが、それ以外の関東、すなわち栃木県、群馬県、埼玉県、そして千葉県となると、意外にもなかなかメインの舞台とはなっていない。

関東地方を舞台にした長編は二〇〇六年頃からようやく増えてきたが、以前はほとんどなかった。短編も含めても、東京以外の関東において、事件発生率が少ないのは間違いない。もちろんそれが現実の犯罪ならば嬉しいことだが、こと西村作品でならば別である。もっと舞台にしてほしいと願っている愛読者は多いに違いない。

本書『十津川警部捜査行　愛と幻影の谷川特急』はその意味で貴重な一冊となるだろう。東京駅を挟んでのスリリングな鉄道サスペンスから、北関東の温泉地を舞台にしたものまで、関東を舞台にした短編五作がまとめられているからである。

「鬼怒川心中事件」(「別冊小説宝石」一九九三・九　光文社文庫『伊豆・河津七滝に消えた女』収録)は、鬼怒川温泉という舞台とともに、ミステリー短編を巡っての物語が興味をそそるだろう。ある小説誌に「鬼怒川心中事件」と題された百枚の原稿がFAXで届いた。かねてから執筆を頼んでいた作家の作品なので、編集部は喜ぶが、当の作家は書いた覚えがないというのだ。数日後、その作家が死体となって発見される。青酸カリによる服毒死だった。自殺か？　一方、鬼怒川温泉でも女性の死体が発見された。謎めいた小説「鬼怒川心中事件」の物語をなぞったような事件なのだが……。

栃木県日光市の鬼怒川温泉は、東京の「奥座敷」とも言われているが、源泉が寺社領にあったため、一般に開放されたのは明治になってからだという。泉質はアルカリ単純泉である。事件関係者を尾行する十津川警部は、東武鉄道の浅草駅から鬼怒川温泉行き特急「きぬ」に乗っている。スペーシアと呼ばれる快適な車両での二時間ほどの旅だ。二〇〇六年からは、ＪＲ新宿駅発の直通特急「きぬがわ」「スペーシアきぬがわ」も運行され、首都圏からのアクセスがいっそう便利になった。その鬼怒川温泉で、十津川警部と亀井刑事が事件の真相に迫っている。

群馬県の草津温泉を舞台にしているのは「死を運ぶ特急『谷川5号』」（「小説新潮」一九八三・一〇　新潮文庫『展望車殺人事件』収録）だ。デザイナーの世界ですっかり孤立してしまった男が、その原因となったふたりの男に復讐しようと、完全犯罪の計画を練る。上野発のＬ特急「谷川」のちょっと変わった運行を利用してアリバイを作り、予定どおり復讐を果たした男は、長野原で降りて草津温泉へ向かい、数日間のんびりしてから、東京の自宅に帰った。そこを訪ねてきたのが、群馬県警の矢木刑事、そして警視庁の十津川警部と亀井刑事だった……。

犯人側から犯罪を描いていくいわゆる倒叙《とうじょ》推理のスタイルをとった短編だが、完全犯罪のトリックに利用されているのが、上野と上越線の水上・石打を結ぶ特急列車である。急行「ゆけむり」の一部昇格によって、特急「谷川」の運転が開始されたのは一九八二年十一月十五日だった。だから、「死を運ぶ特急『谷川5号』」が書かれたのは、「谷川」が走り出してからまだ一年も経っていない頃になる。上野を発車する時、途中から吾妻線へと分かれる特急「白根」を連結しているのが、トリックの要だ。

ある意味で主役的存在の特急「谷川」は、一九八五年からは新特急「谷川」として親しまれた。だが、一九九七年に上越新幹線の「たにがわ」にその名を譲り、水上方面の特急は「水上」に列車名が改められている。

その「谷川」に連結されていた「白根」は、一九七一年から臨時列車として上野と万座・鹿沢口を結び、一九八二年にL特急として定期列車化された。ところが、一九八五年に新特急「草津」と改称され、「白根」の名はすぐ消えてしまう。ただし、二〇〇二年から五年ほど、臨時列車（のちに土日定期運行）として特急「草津白根」が運行されていたこともある。

どうやら「白根」よりも「草津」のほうがより支持されたようだが、やはり吾妻線沿線の人気観光地といえば、まず思い浮かべるのは草津温泉だろう。日本三名泉に数えられる温泉には、日本武尊や行基、あるいは源頼朝が開湯したという伝説があり、十五世紀末には早くも全国的に知られていたらしい。基本的に酸性泉で、そのPHは2前後と、かなり酸性が強い。湯量は豊富で温度も高く、その成分を抽出した「湯の花」が有名である。

十津川のニセ者が現れている異色長編『草津逃避行』でその温泉街の様子はたっぷり楽しめるほか、『十津川警部　殺しのトライアングル』でも草津温泉が舞台となった。なお、JR吾妻線の最寄り駅である「長野原」は、一九九一年に「長野原草津口」と改称されている。

日下刑事の大学の同窓生が被害者となってしまった「恋と幻想の上越線」（「オール讀物」一九九三・一　文春文庫『恋と裏切りの山陰本線』収録）は、群馬県・水上温泉の観光ポスターが事件の鍵を握っている。そして、十津川が日下とともに水上へ向かうとき乗車しているのは、すでに新特急となった「谷川」だ。その新特急を利用して、いつもながらの軽いフットワークで東京と水上を往復する十津川警部が、ポスターのモデルに秘められた謎を徐々に解き明かしていく。

水上温泉もまた群馬県を代表する名湯である。室町時代末期に発見されたと伝えられているが、利根川上流の渓流沿いにあり、湯原温泉と呼ばれていた頃は交通の便が悪く、秘湯的存在だったらしい。若山牧水《わかやまぼくすい》ほか文人墨客に愛された温泉でもあった。一九三一年に上越線が開通すると、こちらも東京の「奥座敷」として、団体客で賑わうようになった。泉質は単純温泉・硫酸塩泉だが、十津川警部にはのんびり湯につかる余裕はなかったようだ。

群馬県の東隣りの栃木県には、世界遺産にも登録された人気観光地の日光がある。猿の啼《な》き声が異様な雰囲気を醸し出す『猿が啼くとき人が死ぬ』が、その日光を舞台としていた。莫大な遺産を巡って事件が起こる『愛と悲しみの墓標』では、会津とともに日光が舞台となっている。

また、栃木県を南北に貫く東北新幹線や東北本線は、北への旅の大動脈である。事件の主役となる列車の多くが栃木県を通過してきたのだ。そして、「死への旅『奥羽本線』」や「新婚旅行殺人事件」では宇都宮駅が、「特急あいづ殺人事件」では西那須野駅付近が、事件発生の場となっていた。

さらに東隣りの茨城県は、長編ではメインの舞台になってはいない。ただ、県内を走っている常磐線が、西村作品にとっては重要な鉄道路線で、とくに『終着駅殺人事件』でトリックに大きく関わっている。

千葉県を舞台にした長編も、『銚子電鉄　六・四キロの追跡』、『房総の列車が停まった日』、『十津川警部　わが愛する犬吠の海』、『十津川警部　両国駅3番ホームの怪談』と、このところ増えてきた。短編には「内房線で出会った女」があるが、残念ながら短編のほうは十津川警部の解決した事件ではなかった。もちろん首都圏の行楽地として千葉県は人気があり、『東京湾アクアライン一五・一キロの罠』に描かれているように、東京湾を横断する新しいルートもできてますます便利になっている。

「ATC作動せず」（「小説現代」一九八四・一〇　講談社文庫『行楽特急殺人事件』収録）は、その千葉県と神奈川県の北鎌倉を結んでのダイナミックな事件である。外房線を走る下りL特急「わかしお」の車内で宝石商を射殺した三人組が、勝浦駅での逃走に失敗して特急を乗っ取る。乗客を人質にした犯人たちの最初の要求は、列車をノンストップで走らせろというものだった。「わかしお」は外房線から内房線へ、そして……。西村作品らしいサスペンスたっぷりの展開だ。

作中に触れられているが、一九七五年までは、急行列車の「なぎさ」や「みさき」など、外房線（千葉―安房鴨川）と内房線（蘇我―安房鴨川）を相互直通する列車が走っていた。もちろんそれが可能なのは、レールの幅が同じだからである。かつての国鉄区間ならば、青函トンネルと瀬戸大橋ができた今、北海道から四国や九州まで乗り換えることなしに回れるはずだが、もちろんそんな列車は運行されていない。たとえ理論的には乗り入れ可能であっても、列車運行のシステム的にいろいろと問題があるようだ。

しかし、逃走に必死となっている「ATC作動せず」の犯人たちには、鉄道のシステムなどまったく関係ない。逃走資金の要求もあった。乗っ取られたまま疾走する列車と、それを追いかける十津川警部たちの息詰まる攻防がつづく。

「死への近道列車」（「小説現代」一九九一・七　講談社文庫『十津川警部C11を追う』収録）はふたたび倒叙推理である。二億円という大金を借りている女性を殺したあとで、海外へ逃亡しようと、男が綿密に犯罪計画を立てている。成田空港へ向かうのには成田エクスプレスを利用する。その時刻表から逆算して、計画は組み立てられた。ところが犯行当日、思いもかけない展開に直面し、すっかり慌ててしまうのだ。

日本の空の新たな玄関として新東京国際空港（現・成田国際空港）が千葉県成田に

開港したのは一九七八年である。アクセス手段として考えられていた成田新幹線はまったく開通の見通しが立たず、京成電鉄の特急スカイライナーが上野と成田空港（現・東成田）を結んだ。しかし、空港ターミナルまではさらにバスを乗り継がなければならなかった。ようやく一九九一年三月、現在の成田空港駅が開通して、特急の成田エクスプレスが運行を開始する。空港へのアクセスがずいぶん改善されたことは作中でも触れられているが、やはり新しい特急への作者の関心は高い。

旅好きの十津川警部は、出張というと、つい東京から遠く離れた地域を思い浮かべるのかもしれない。埼玉県などは、大宮駅付近において新幹線内で爆弾が爆発する『上越新幹線殺人事件』のように、やはり通過するだけの地域になってしまうのだろうか。たしかに、あまりに近い地域や、移動時間の短い旅は物足りないときもあるかもしれないが、景勝地や温泉だけでなく、関東のそこかしこにトラベルミステリーの舞台がある。十津川警部には未知の場所もまだたくさんあるに違いない。さらなるミステリーを期待しよう。

本書収録の作品には、現在と違う名称や事実関係が出てきますが、小説作品として発表された当時のままの表記、表現にしてあります。

（編集部）

二〇〇八年五月ジョイ・ノベルス（実業之日本社）刊
二〇〇九年七月双葉文庫刊

実業之日本社文庫 に 1 24

十津川《とつがわ》警部《けいぶ》捜査行《そうさこう》　愛《あい》と幻影《げんえい》の谷川《たにがわ》特急《とっきゅう》

2021年4月15日　初版第1刷発行

著　者　西村《にしむら》京《きょう》太郎《たろう》

発行者　岩野裕一
発行所　株式会社実業之日本社
〒107-0062　東京都港区南青山 5-4-30
CoSTUME NATIONAL Aoyama Complex 2F
電話［編集］03(6809)0473［販売］03(6809)0495
ホームページ https://www.j-n.co.jp/
ＤＴＰ　株式会社千秋社
印刷所　大日本印刷株式会社
製本所　大日本印刷株式会社

フォーマットデザイン　鈴木正道(Suzuki Design)

ISBN978-4-408-55645-1（第二文芸）